真田信幸

天下を飾る者

岳真也

Gaku Shinya

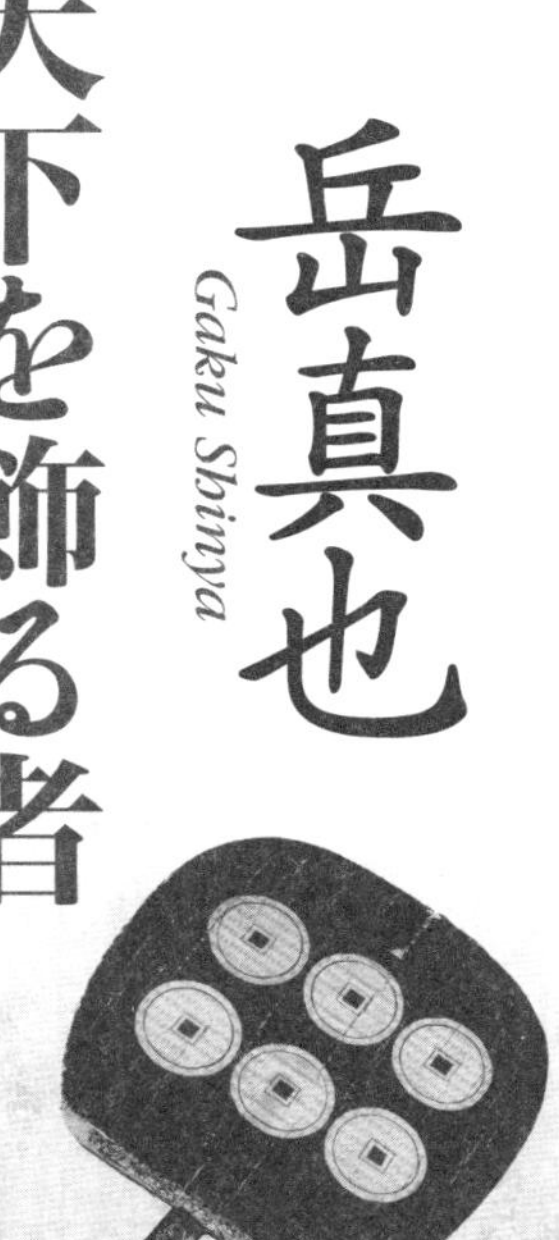

作品社

真田信幸／目次

真田信幸

――天下を飾る者

序章

「たより候《そうろう》まゝ一筆申候。其後御そく才（息災）にて候や。われらもいまた命なからへい申候。さて〳〵われ〳〵事、此たひ国かへのやうなる事にあい申候。いまほとは川中島松城《まつしろ》（松代）と申所に移り申候」

　これは、信州の真田勘解由《かげゆ》家に伝わる秘蔵の文書――元和《げんな》八（一六二二）年、真田伊豆守信幸《いずのかみのぶゆき》が幕府に国替え、すなわち転封を命ぜられた折りに、京にいるお通《つう》なる女人《にょにん》に向けて書いた手紙である。

　このあと信幸は、松代は遠国ながら西行の歌にもある明石の松や倉科《くらしな》の里、姥捨山《うばすてやま》に月の更級《さらしな》、田毎《たごと》、そして三国一の善光寺など、名所旧跡がたくさんある、と、一見「お国自慢」をしてみせる。

　だが、末尾になると、むりやり領国を替えさせられたことへの悲憤をあらわにしている。

「……さてもかやうになりはてたる世中、いにしへ存しつゝけ、我と人しき人しなければ、あさ夕なみた（涙）はかりにて候。もはや国もかうり（郷里）も、そこ（底）からおもしろくも候はす候。御すもし候て、あはれとせめておほしめし候て給《たま》へく候。申たき事山〳〵候へ共、筆にのこし申候。

かしく」

朝夕涙ばかりにて、面白いことは何もない。せめて哀れと思ってほしい、と訴えているのだ。文《ふみ》には追而書《おってがき》（追伸）もついていて、信幸はお通に気の利いた召使いを世話してくれるよう頼んでいるのだが、そちらにも、こんなことが書かれている。

「もはやうきよ（浮き世）いらぬと存し候へ共、子共（供）のためとそん（存）し、露の命のきへぬほととて世を渡る、あさけのけふり（煙）心ほそさ、御をしはかり候てくたされへく候」

もはや浮き世は要らぬと思うけれども、ただ子ども子孫のためと、露のごとき生命《いのち》の消えぬくらいに細々と、世を渡っていかねばなりませぬ。その心ぼそさを、どうか推し量ってくださりませ。

信幸がこの文をあてたさきの小野《おのの》お通は、

「戦国から江戸の初期に咲いた一輪の花」

といわれるほどの才媛である。

もとは藤原宮小野家実頼《さねより》の遠孫にあたる。小野家はひさしく美濃国の国司に任ぜられ、実父の小野正秀は濃州の北方を領していた。それが、お通が生まれてまもなく、織田信長と三好長慶《ながよし》が争った六条河原の合戦にて討ち死にした。

小野の一家一門は離散の憂き目にあったが、信長はまだ幼いお通の身を哀れみ、その生母ともども、そば近くにおいて養育したのである。

それから十余年、お通は信長の庇護のもと、名だたる歌人の九条稙道《たねみち》をはじめ、当時の文化各界の第一人者の薫陶《くんとう》を受けた。歌も書も、画すらも達人の域に達し、信長亡きあとは秀吉に支援され、さらに家康からもその才を愛《め》でられた。

京の貴人はもとより、全国の武人のなかでも、

「少し教養のある者ならば、その名を知らぬ者はいなかった」

とまで伝えられる。

そのお通と、信幸は天正十四（一五八六）年の春、父・昌幸《まさゆき》や弟の信繁《のぶしげ》とともに初めて上洛、関白・秀吉に謁見《えっけん》しての帰路に出逢った。まだ齢《よわい》二十一、二のころである。父と弟を大坂の城に残して、一人さきに京へ帰ろうとしたとき、稀代《きだい》の「かぶき者」として知られる知己の前田慶次利益《とします》によびとめられ、誘われて、洛西の小野屋敷をおとずれたのだ。

そこでお通に茶の湯を供され、以後、二、三度逢ったが、信幸は国もとの信州上田へもどらねばならず、諸事多忙で、再会したのは八年後の文禄三（一五九四）年のこと。伏見城改築の普請役を課されて、信幸が半年ほども京師《けいし》に逗留したせいであった。そのころには信幸にも妻子がいて、お通にも遁世《とんせい》の文人・渡瀬羽林《わたせうりん》なる夫がいた。

その羽林をもまじえての付き合いがしばしつづいたが、役務を終えて、信幸は帰国。つぎに行

き逢ったのは慶長三（一五九八）年、太閤・秀吉の一世一代、最期《さいご》の饗宴となった「醍醐《だいご》の花見」の折りのことで、信幸もお通も三十路《みそじ》をとうにすぎていた。お通は渡瀬羽林と死別して一年……束の間の触れ合いはあったが、ほどなく秀吉が薨《こう》じて、信幸の主家たる徳川家康の天下取りへの野望が具現化する。

天下分け目の「関ヶ原の合戦」をはさんだころで、たがいに折りにふれて手紙を書き送ることだけは怠らなかったものの、それきり信幸とお通は相まみえることなく、長い歳月が流れる。そして十七年後、またしても二人は対面することになる。——

元和元（一六一五）年、ときあたかも大坂夏の陣のはじまる直前で、豊臣軍に参じた弟の信繁を徳川軍に降下するよう説伏すべく、信幸は入京する。家康からじきじきに内命を受けたものだが、その真田兄弟の取り持ち役をつとめたのが、小野お通だったのである。

その後また、信幸とお通は逢うことのないままに時がすぎたが、文のやりとりを重ね、男女の別を超えて、心と心を通わせあう友となっていた。

あるいは信幸はみずからに語りかけ、慰めるようにして、日記でもつづるかのように、お通への便りをしたためたのかもしれない。

そうであればこそ、悲痛な訴えや、おのれの懊悩《おうのう》をさらけだしてみせたのだ。そのありさまは見ようによっては、女々《めめ》しいとさえも思われようが、現実の信幸はそんな男ではなかった。

表向き、柳のようにしなやかでありながら、芯は竹のごとく剛直で、一本気な士《もののふ》である。それが何故に、「もはやうきよいらぬ」とまでも書いたのか。書かざるを得なかったのか。

徳川将軍家二代目・秀忠によびだされ、こう言われたのだ。

「その方、現領地の上田より川中島(松代)へと国替え申しつくる……よいな、二万石の加増であるぞ」

ふつうならば「栄転」であり、移るのは勝手知ったる隣国――喜ぶべきことのはずである。

だが武田、織田、豊臣の政権下でも、徳川と真田は陰に陽に対立をつづけてきた。二度にわたる上田城の攻防。わけても関ヶ原の戦いの前哨戦ともいうべき戦《いく》さでは、秀忠は真田昌幸・信繁の父子に煮え湯を呑まされ、もともと後詰めだったとはいえ、本戦に遅参《ちさん》するという失態を演じた。

昌幸・信繁と袂《たもと》を分かち、あくまでも家康への忠誠をつらぬき通した信幸は、みずからの一命を賭《と》して父と弟の助命嘆願を申しで、みとめられる。

罪人二人は死罪を免じられ、高野山のふもと、九度山《くどやま》村に配流《はいる》されるのだが、病死した昌幸はともかく、信繁は大坂冬の陣・夏の陣の双方で豊臣方につき、

「真田、日本一の兵《つわもの》」

と讃えられるほどの活躍ぶりをみせる。夏の陣では、いっとき家康の本陣に突入し、その首を刎《は》ねる寸前にまでもいたったという。

当の家康には気に入られていたものの、このたびの秀忠の真田信幸に対する「転封命令」には、そうした二十年来の怨念がこもっている。

英明な信幸はとうに、それを察していた。察しながらも、これまでと同様、必死に自分を抑え、

耐えた。

「すべては、お家のためである」

その堪忍自重の反動ともいうべきもの。それがいっきに吹きだしたのが、心友・お通への一通の手紙だったのである。

それかあらぬか、お通への文をしたためながら、信幸の頭には、若年のころから今日にいたるまでの艱難《かんなん》辛苦、波瀾《はらん》万丈の半生が、走馬燈《そうまとう》のようにくるくると駆け巡っていたのであった。

第一章　甲州脱出

一

夜盗、現わる。

その第一報がはいったとき、信幸らの一行は甲信国境を越え、鳥居峠のふもとに達していた。

壊滅寸前の武田勢の落人たちを狙って、夜盗や野伏《のぶせり》らが山野に出没している。そんな噂を耳にしていただけに、真田の一族郎党をひきいる信幸は、武田の本拠・甲府からここまでの道々、物見を数人、そこかしこに残してきた。

そのうちの一人が、夜盗どもが集結しているのを確認、彼らの眼をかすめ、早駆けしてきて伝えたのだ。

「間違いございませぬ。若殿……信幸さまらの行列のあとを追ってきておりまする」

信幸は馬を下り、さきに下馬してひざまずいた物見に向かい、神妙な顔でうなずきかえすと、

「して、盗賊どもの数は……幾人《いくたり》ほど、おるのじゃ？」

「それがしがこの眼で確かめただけで、百数十。時を追うて、非常な勢いで増えておるようでござりますゆえ、もうすでにその倍か、三倍にもなっておりましょうか」

「二百、三百……とな」

信幸は身につけた鎧《よろい》の下の二の腕のあたりが妙に熱くなり、痺れて、大きく震えるのを覚えた。まぎれもない、武者震いである。

これより三年まえ、天正七（一五七九）年に信幸は十四歳で元服した。近侍していた武田勝頼の嫡男《ちゃくなん》・信勝にあわせて元服をゆるされ、「信」の一字をたまわったのだが、信幸自身は今は亡き「大殿」、信玄公にあやかったもの、と思っている。

元服後の「初陣《ういじん》」は、武田と対立していた北条勢との小戦《こいく》さ——否、戦さともいえない小競り合いで、かくべつの武《いくさ》ばたらきもしてはいない。

その意味では、このたびの脱出行こそが本当の初陣であり、どれほど多くの夜盗、野伏らが襲いかかってこようとも、撃退せねばならない。そうして母者をはじめ、父より託された真田一族の生命《いのち》を守り通してやらねばならなかった。

それにしても、この一行、ほぼ二百人と、敵の夜盗らと数のうえでは負けぬのだが、過半までが女子ども。刀槍、銃などの得物《えもの》をとって戦える武士は半分に満たないのだ。

しかも、であった。「山之手殿」もしくは「山手の奥方」とよばれる信幸の母の松や、長姉のお

涼（のちの村松殿）をはじめとする姉妹たちは、輿《こし》だの荷車だのに乗っているが、荷物もつんでいるので、道ははかどらない。

他の女人《にょにん》や子らは、ほとんどが徒歩《かち》である。

その歩みは遅い。遅すぎる。いずれ、夜盗どもに追いつかれよう。が、物見の判断では、

「敵がわれらに追いつくには一ツ刻《ひととき》（約二時間）……早くても半刻（約一時間）ほどは要しましょう」

「ならば、まだ間があるな」

信幸は小さく笑みをうかべた。

すでにして腕の震えはおさまっている。彼は胸のまえで腕を組むと、眼をつぶり、静かに首をかたむけて、敵をしりぞける策を考えはじめた。

事の起こりは、武田本家の勝頼に対する縁戚・木曾義昌《きそよしまさ》の謀反《むほん》にあった。先代の信玄以来、武田勢と対峙《たいじ》していた織田信長に内応したのである。

これが天正十（一五八二）年の初頭のことで、勝頼が従来の居館・躑躅崎館《つつじがさき》のある甲府に隣接した韮崎《にらさき》に、新府を築城した矢先であった。

同年二月、勝頼は義昌征討の兵をあげ、信州諏訪《すわ》へと進攻したが、その隙に北条や徳川勢とむすんだ織田軍が甲州へとなだれこみ、武田の部将たちを震撼《しんかん》させた。

とりわけて、その月の末に、信玄の妹婿で、勝頼には義理の叔父にあたる穴山梅雪《ばいせつ》（信君）が裏切ったのが大きかった。梅雪もまた、徳川家康を介して信長方に通じたのだ。

その梅雪の寝返りを機に、櫛《くし》の歯《は》が欠けるようにして味方の将兵の離反があいつぎ、勝頼はまさに、

「……四面楚歌《しめんそか》」

ともいうべき状態におちいった。

諸方が敵、ないしは敵にくみした者ばかりである。

もはや木曾義昌を討つどころではない。

今後をどうするか——信濃より甲州へと帰陣中、勝頼は残存する主だった部下をあつめて評定《ひょうじょう》をもよおした。そのおり、主家・武田に対する忠節心に篤い信幸の父の真田昌幸が、

「お屋形《やかた》さま。このままでは甲府におもどりになることすらも、おぼつきませぬ。ここは一つ、わが領地にお出でくださりませ」

と進言した。

「ことに上州吾妻《あがつま》の岩櫃《いわびつ》城は天嶮の要害であり、近隣にお味方も多うござります。上州沼田にはわが舎弟の真田隠岐守信尹《おきのかみのぶただ》、箕輪《みのわ》に内藤大和《やまと》、小諸には殿のご従弟《いとこ》の武田信豊《のぶとよ》左衛門さまをお迎えし……上田の城には、みどもの伜の信幸を配しましょうぞ」

「信幸、か……そちの嫡男じゃな。いくつになった?」

「いまだ齢《よわい》十七。未熟者ではござりまするが、幼少のころより、戦略謀略の機微なぞ、みどもがたっぷり教えこんでおりますれば」

「聡明にして胆力もある、と聞いておる。すえ頼もしいな」

「恐れ入ってござりまする」

そんなやりとりののち、昌幸が言った。

「……充分な弾薬兵糧《ひょうろう》をたくわえたうえで、三千の兵を擁し、岩櫃の城に立てこもりますれば、いかなる大敵が押し寄せようとも、けっして落城はいたしませぬ」

「その間に越後の上杉や、会津の葦名《あしな》なぞに援軍を頼むか」

勝頼はすっかりその気になり、

「それでは、そのほう、さっそく国もとへ帰り、余《よ》が城に籠もる支度をしておいてはくれぬか」

「……かしこまりました」

昌幸は手下《てか》の兵をひきいて上州吾妻へと向かい、岩櫃の城を修復、勝頼を迎える御前の間までしつらえて、籠城の用意をはじめた。

ところが、であった。

昌幸が去ってまもなく、勝頼の側近衆たる長坂長閑《ちょうかん》や跡部《あとべ》大炊《おおい》らが、異論を唱えたのだ。

「真田はたしかに勇敢にして知謀に秀でた将ではござりまするが、まだご当家に仕えて三代にすぎませぬ」

その点、より長きにわたって武田家に仕えてきた譜代のほうが安心出来る。

「そこでお屋形さま、譜代相伝十一代の小山田左《さ》兵衛尉《ひょうえのじょう》信茂どのを頼られることを、お勧めいたしまする。是が非でも、左兵衛尉どののおられる郡内《ぐんない》の岩殿《いわとの》城へ参られませ」

さもありなん、と勝頼は心を変えてしまった。新府から甲府をへて、南甲州は郡内の岩殿をめざすことにしたのである。

出立にさきだって勝頼は、謀反人の人質はことごとく成敗する一方、最後まで忠義をつくしてくれた将の家族には、それぞれに引き出物などをたまわり、国もとへともどすことに決めた。

このとき、なおも新府にとどまっていた信幸もよびだされ、

「諸々事情あって、そのほうの父御《ててご》の申し出を断わらざるを得なくなった……さぞや昌幸も、不甲斐なきあるじと嘆くことであろうよのう」

「いえ、さようなことは……」

と、ひたすら低頭する信幸に、

「されば、そのほう、母堂《ぼどう》や兄弟、親族一同を引き連れて、上州へと立ちもどり、余は小山田のもとへ参った、相済まぬと、余にかわり昌幸にわびてくれぬか」

思いがけぬ優しい勝頼の口ぶりに目頭《めがしら》が熱くなり、信幸は何も言えずに、ただあらためて、ひれ伏すだけで精一杯であった。


その折りに、黄金作りの太刀とともに拝領した駿馬《しゅんめ》「甲州黒」が、かたわらで嘶《いなな》いている。

その黒鹿毛《くろかげ》の駒に騎乗し、信幸は腹心の青木半左衛門をしたがえ、ほぼ先頭を進んできたのだが、行列は中央部に女子どもをはさむ格好で、しんがりを弟の源次郎信繁にまかせてある。

信繁は信幸より一つ年下で、まだ元服したての十六歳でしかないが、これも信幸に後れを取らない。文武両道の若武者といえる。

ともに育ってきて気心は知れているし、信幸にとっては、半左衛門と同様、もっとも頼りになる男だった。

よし。ここはいちばん、源次郎と力をあわせて夜盗どもを打ち払わねばなるまい。

信幸は眼をあけて、顔をあげ、

「……半左衛門」

と、甲州黒の頭を撫《な》でて、なだめている腹心に声をかけた。

「すまぬがいそぎ、しんがりにまわって、源次郎にここへ来るよう伝えてはくれぬか」

急用だ。おのれの馬はここに残し、わが駒に乗っていけ、と言葉をそえる。

「承知つかまつりました。源次郎信繁さまをここへ、ただちにおよび申しあげまする」

応えるが早いか、半左衛門は甲州一と噂される駿馬にまたがり、行列の最後方へと去っていった。

二

林の向こうに人影が揺らめいた。

半左衛門が源次郎を連れてもどったか、と思ったが、馬の姿はない。それに雑木の蔭に隠れるようにしているのが、何やらおかしい。

確かめようと、信幸は一歩、まえに進みでた。刹那《せつな》、相手の放った矢が信幸に向かい、中空を飛んできた。

「すわっ、くせ者か」

おもわず叫んで、手にした槍を構え、矢を払おうとする。が、それよりさきに、林の手前の草むらを敏捷《びんしょう》な小獣のように走って現われでた若衆が、おのれの刀身で矢を受けとめ、両断にしていた。

若衆はそのまま矢を射た者の側に駆けて、息もつかせぬ早業《はやわざ》で一刀のもとに斬って捨てる。くせ者はほかにも何人かいたが、慌てふためいて逃げていく。

「追わずともよいぞ、源次郎。どうせ盗賊一味の斥候《せっこう》か、物見役……功を焦っての狼藉《ろうぜき》であろう」

うなずきかえしながら、源次郎こと信繁は刀を鞘におさめて、ゆっくりと兄の信幸のもとに歩み寄る。そのあとを、使いに出した青木半左衛門が信幸の甲州黒と信繁の駒と、二頭の手綱を引いてつづいた。

どうやら二人は、林間にくせ者が潜んでいるのを知り、馬を下りた。そうして信繁は気配を消し、草むらを這《は》うようにして彼らに近づいたものらしい。

あいかわらず機転の利くやつよ。感心した面持ちで、

「源次郎、おぬしに生命を助けられたのう」

「何をあれしき……あのように柔《やわ》な、へっぽこの矢なれば、兄上とても父上直伝の十文字槍で払い落とせましょうぞ」

邪魔をして申し訳ない、と言って、笑う。ほそい眼がいっそうほそくなり、きわだって目尻が垂れる。人なつこい笑顔……この顔が好きだ、と信幸は思った。

話しているあいだに、信幸手下の小者らが敵のなきがらを運んできた。信幸に向かい矢を射た男は弓筒のほか、腰に大小を差していたが、さかやきもまともには剃《そ》っておらず、羽織に家紋らしきものもない。

やはり、主家をもたない浪人か野武士と知れた。

「われらを甲州よりの落人と踏んで、つけ狙っておるのであろうが、いくら多くが群れようと、ひっきょう烏合《うごう》の衆……」

斥候たちはそれなりに武器が使えるようだったが、どうやら敵の大半は一揆《いっき》上がりの無頼の百姓で、鎌や竹槍ぐらいしか持ってはいまい。

統率もさして取れてはおらぬふうで、撃退するのはたやすい。

そう信幸が言うと、信繁は曖昧《あいまい》に首を揺すって、

「それはわたくしも思いますが、このくせ者は兄上をわが一行の大将と読んで、手柄を立てんと矢を放ったのでありましょう。ゆめゆめ油断はなりませぬぞ」

「ふむ。何よりも気がかりなのは、母上や姉者《あねじゃ》、妹らのことじゃ」

「女子《おなご》は戦さには向かぬばかりか、いたずらに騒ぎたてて、武ばたらきの妨げになることもございますからな」

「そのことよ」

「もう早《はや》、母上なぞは夜盗ごときに生命をとられるくらいなら、みずから懐刀で胸を突いて果てるべし、と言いつのっておられます」

「源次郎、それを抑えるのが、そなたの役目じゃ。そのために、半左衛門をやって、そなたをよんだのじゃからな」

と、なおも馬に寄り添っている半左衛門のほうに眼をやる。それから、信幸はふたたび弟の顔に視線をもどして、

「わしに策がある……それこそは父上直伝の策略ゆえ、ご安心召されよ。さように申して、母上らを宥《なだ》めてくれ」

「母上は父上を、真の戦さ上手と信じておりますするゆえな」

「さらに、じゃ。いざとなれば、そなたが頼りよ。まこと一命を賭して、母上らを守ってほしい……わかったな、源次郎」

「はい、兄上。もとより、その覚悟でおりました」

「……さようであったか」

「もっとも、兄上。兄上もご存じのように、この源次郎、昔も今も不死身ではござりますけれども」

そう告げて、また笑う。黙って見つめかえしながら、信幸は、頼もしい弟ぞ、とあらためて思った。

幼少時から、だれよりも仲は良かったが、信幸と信繁は同腹の兄弟ではない。つまり信繁は「母上」の松――山之手殿の子ではないのだ。

郵便はがき

料金受取人払郵便

麹町支店承認

6747

差出有効期間
平成29年1月
9日まで

切手を貼らずに
お出しください

1 0 2 - 8 7 9 0

1 0 2

［受取人］
東京都千代田区
飯田橋2－7－4
株式会社 作品社
営業部読者係 行

【書籍ご購入お申し込み欄】

お問い合わせ 作品社営業部
TEL 03(3262)9753／FAX 03(3262)9757

小社へ直接ご注文の場合は、このはがきでお申し込み下さい。宅急便でご自宅までお届けいたします。送料は冊数に関係なく300円（ただしご購入の金額が1500円以上の場合は無料）、手数料は一律230円です。お申し込みから一週間前後で宅配いたします。書籍代金（税込）、送料、手数料は、お届け時にお支払い下さい。

書名		定価 円	冊
書名		定価 円	冊
書名		定価 円	冊
お名前	TEL （ ）		
ご住所	〒		

フリガナ
お名前

男・女　　　歳

ご住所
〒

Eメール
アドレス

ご職業

ご購入図書名

●本書をお求めになった書店名

●ご購読の新聞・雑誌名

●本書を何でお知りになりましたか。

イ　店頭で

ロ　友人・知人の推薦

ハ　広告をみて（　　　　　）

ニ　書評・紹介記事をみて（　　　　　）

ホ　その他（　　　　　）

●本書についてのご感想をお聞かせください。

ご購入ありがとうございました。このカードによる皆様のご意見は、今後の出版の貴重な資料として生かしていきたいと存じます。また、ご記入いただいたご住所、Eメールアドレスに、小社の出版物のご案内をさしあげることがあります。上記以外の目的で、お客様の個人情報を使用することはありません。

山之手殿は京の公卿《くぎょう》・菊亭晴季《きくていはるすえ》の娘である。そして信幸はまぎれもなく、その真田昌幸の正室の産んだ嫡男であり、ほんらいならば「源太郎」と名づけられるはずであった。

真田家では代々、男子の幼名に「源」の一字をもちい、一（太）、二（次）、三……と、順に称されてきた。それがこの数代、長篠《ながしの》の戦いで討ち死にした昌幸の長兄の源太左衛門信綱をはじめ、惣領《そうりょう》に若死にする者が続出、

「こいつは、げんがわるい。つぎの跡取りには、庶子の名をつけるべし」

として、あえて源三郎の名を供され、異腹の弟のほうが逆に源次郎（弁丸）とよばれることになった。

その源次郎信繁の生母たる村緒《むらお》は、武田信玄の実弟にして勇将の誉れ高く、川中島で戦死した典厩《てんきゅう》信繁の姪ともいわれているが、確かなことは信幸はおろか、信繁本人にもわからない。

いずれ典厩信繁ゆかりの女人であることは間違いなく、源次郎が元服時、「信繁」と命名されたのも、一つにそれがあったらしい。もっとも父の昌幸としては、

「典厩信繁さまのように、勇敢であれ」

との思いをこめたというのが一番だったようで、本人にも源三郎など他の兄弟にも、つねにそう言っていた。

信繁の生母・村緒は産後の肥立《ひだ》ちがわるく、彼を産んですぐに亡くなった。そこでまだ赤子のころから山之手殿のもとにおかれ、信幸ら他の兄弟とわけへだてなく育てられたのだが、生母に似たものか、信繁は小柄で、人一倍大きく背の高い信幸とは、首一つぶんほども差がある。

血色がよく、眉目《びもく》秀麗な美丈夫《びじょうふ》たる信幸に比し、信繁は顔も小作りで浅黒く、垂れ目に平たく低い鼻……栗鼠《りす》のようで、どちらかというと剽軽《ひょうきん》な容貌をしている。

性格は穏和で、ふだんはおっとりとしていたが、そのじつ、たいそうな負けず嫌いであった。

物ごころついてまもなく、信幸は真田家お抱えの儒者のもとで漢籍などを学びはじめた。一歳下の信繁は、まだ教えを受けられない。にもかかわらず、勉学にはげむ信幸のかたわらにひかえ、兄の読み書きを見聞きしているうちに、おのずと学びとってしまった。

おのれでさえうろ覚えでいる難解な書物の一節を、いつしか信繁がそらんじているのを知って、信幸はびっくりさせられた憶えがある。

頭が切れることは疑いない。が、そればかりではなかった。根が勝ち気であり、いざとなると何とも大胆不敵で、恐れを知らない。兄・信幸も舌を巻くような剛毅《ごうき》な面をみせた。

あれは四、五年まえ、二人が十二、三歳のころだった。

真田昌幸は信幸・信繁ら息子たちを伴って、鷹狩りに出た。その折りのことも、信幸は忘れがたく記憶にとどめている。

目的の地に向かう途中、難ケ沢《なんがさわ》なる急峻な谷を渡った。

両岸は切り立った断崖で、そこに老朽した木の橋がかけられている。渡るだけでもぞっとして、目がくらみそうなのに、信繁は橋の上で立ちどまり、

「だれか、この橋から飛びおりられる者はおらぬか」

供をしていた家臣らに向かって、問いかけたのだ。だれも、それに応える者はいない。

「禽獣《きんじゅう》でさえも、ひとたび下りれば上がってはこれぬ……ゆえに難ヶ沢というそうじゃ。飛べる者なぞ、おるはずがなかろう」

信幸がいさめるように言うと、

「ならば、兄者、わしが飛びおりてみせましょうぞ」

告げるが早いか、信繁はもう橋の欄干をまたぎかけている。慌てて信幸や家臣らが止めにかかったが、振りきって宙を舞ったかと思うと、落下していき、たちまち眼下の濁流に呑みこまれて見えなくなってしまった。

残された信幸らは青くなった。

いかに身軽な信繁でも、よもや平気ではすむまい。すでに絶命しておるやもしれぬ。

そのことを、さきを行く父・昌幸にどう伝えたらよいものか、家臣らと相談していると、背後に何者かの気配があった。ふりかえると、信繁が立っていた。

濡《ぬ》れ鼠《ねずみ》にはなったものの、どこを傷つけたでもない。無事な姿でいて、何喰わぬ顔で、

「おのおの、何を案じておるのじゃ。わしは不死身よ……これしきのことでは死なぬわい」

豪快に笑ってみせたのだった。

三

強靱《きょうじん》な肉体と精神をもつ。そして信繁は自分にまさる「智恵者」である、と信幸は見ている。

信繁になくて、信幸にあるものといえば、一種の慎重さぐらいか。

危険なことは出来るだけ避ける。

わけても、おのれの一族だの郎党だのを危うい目にあわせてはならぬ。そのためには囲碁や将棋のごとく、さきのさきまで読み通し、人一倍、細やかな神経をもっていなければならない。

つねに冷静・冷徹であらねばならぬのも、一つの集団・組織の采配をとる者——惣領や大将の重要な資質であろう。

やみくもに敵を打ち負かしていくだけが戦さではない。

敵を多く討てば、それに見あった数の味方もまた討たれる。

「よいか、源三郎」

と、父・昌幸がかつて彼に、説いてきかせたことがある。

「腕をふるう以前に、頭を使うことじゃ……ほんとうは智略に謀略、策略こそが、戦さの基《もとい》ぞ」

いま信幸が信繁に打ち明けようとしている「父上直伝の策略」とは、しかし、単純といえば、もっとも単純な策であった。

さきほども言ったように、敵の夜盗どもは信幸らの一行を、敗色濃厚な武田の麾下《きか》の者たちで、甲府からの落人だと読んでいるのにちがいない。

「女子どもを多くまじえているから、なおのこと、そうと知れよう……だが、もしやそれが、まったくの見当ちがいだったならば、どうなるか」

たとえば武田の残党などではなく、尾張の信長の傘下。あるいは織田と組んだ徳川や、北条の身内の者たちであったなら。――

それを確かめるためにこそ、彼らはあらかじめ、信幸らのもとに斥候を送りこんだのではなかったか。

その斥候どもを、信幸・信繁兄弟は震えあがらせた。

「ご先祖伝来の雄々しき甲冑《かっちゅう》をまとい、十文字槍をかまえて、泰然とされておる若殿のお姿を見て、さぞや仰天したことでありましょうな」

口をはさんだ青木半左衛門を制するように睨《にら》んで、

「いやいや、わしよりも、源次郎信繁じゃ」

信幸は言った。

「一番手柄を狙った者の矢を両断して落とし、そのままいっきに相手を倒した信繁の強さを知って、他の者どもは怯《おび》え、狼狽して、逃げだしおった」

「われら家来がおそば近くにおりながら、みすみす取り逃してしまいましたな」

いかにも恐縮した表情で、半左衛門が頭をさげる。ふっと短く笑って、信幸は信繁と顔を見あわせ、

「なんの、あれでよいのよ」

「兄上は、わざとお見逃しになったのですな」

「ふむ。ほどなく、あの者たちは夜盗の陣に帰り着く」

「帰り着いたら、さっそくやつらの頭領あたりに、おのれどもが眼にしたことを報告いたしま

しょうな」

「しかり。そのとおりじゃ」

強敵だと知って、恐れはじめる。少なくとも、どう対処したら良いものか、と逡巡《しゅんじゅん》をよぎなくされるであろう。

「そのぶん、われらへの襲撃は遅れる……」

言うなれば、良い時間稼ぎを得ることが出来たのだ。

だが最前、弟に告げた信幸の「策」とは、そのことではない。


夜盗らに尾行されているとの第一報を受けたとき、信幸はすでに手を打ってあった。

信繁のもとへ使いに出した青木半左衛門以外の股肱《ここう》の者たちをあつめて、新たな幟旗《のぼりばた》をこしらえるよう命じたのである。

真田といえば、「六文銭」の家紋で知られる。六文銭は六道銭ともよばれ、古来、

「三途の川の渡し賃」

といわれてきた。これを信幸・信繁の祖父にあたる稀代の猛将・真田幸隆《ゆきたか》が真田家の紋どころとし、旗じるしに使ったのが最初であった。

「戦さにのぞみ、死を恐れずに突き進むべし」

との思いをこめてのものだが、ほかに結び雁《かり》がねや、三つの丸を重ねたかたちの州浜《すはま》などももちいた。

信幸はそれらをすべて幟の棹《さお》から外して、別の旗じるしを取りつけるよう指示したのだ。随行している家来のなかで、絵ごころのある者、書の道に覚えのある者をさがしだし、

「木瓜《もっこう》よ。木瓜の紋所に二つ引両、それに永楽通宝も描かせよ」

と、信幸は伝えた。

「すべて尾張の家紋でござりまするな」

なかで信幸より三歳年長で物識りの鎌原《かんばら》重春が応えたが、そのとおり。いずれも尾張織田家の家紋であり、木瓜の紋章がいちばん名高い。

丸に「二」の字の二つ引両は、もともと足利氏の家紋で、信長が足利義昭を将軍職に擁した折りに拝領された。永楽通宝は楽市《らくいち》楽座など、「経済通」の信長であればこその家紋といえる。それらの紋を描いた旗じるしを作らせたのだが、これにはむしろ、戦さには不向きの女たちの手伝いが必要だった。

無地のさらしを荷から引っ張りだして、ほどよい大きさに切り取る。そこに木瓜などの紋章を描かせると、こんどは巧く棹にさせるように紐や金具を取りつけねばならない。

そうやって幾十もの幟旗をこしらえると、騎乗の将は背に竿を負い、徒歩の兵は腕に抱え、掲げて進軍する。

それを聞いて、信繁は大きく手をたたき、

「木瓜の幟棹を立てて、織田方の一行になりすますとは……なかなかの妙案。兄上も、やりまするな」

と、顔をにやつかせながら、馬に飛び乗り、おのれの持ち場につくべく、去っていった。

彼に女子どもの守りをゆだねたとなれば、一安心である。それこそは後顧の憂いなく、信幸はみずからの案じた策に専念出来る。

信繁のもとには二十人ほどの兵をとどめ、残る七、八十の兵と小者たちをひきいて、信幸はこれまで来た道を引きかえしはじめた。

ただ、もどるのではない。

青木半左衛門や鎌原重春らの側近衆ともども、みずから先頭に立って馬を駆り、徒歩兵らも全力で走らせる。

けだし。敵に先制攻撃を仕掛けるのである。

まさかに敵の夜盗どもは、寡兵にすぎない信幸たちが、倍以上の自分たちに向かってくるとは思っていない。しかも、彼らはなおも、信幸らの一行の正体がわからず、逡巡していた。

そこへ信幸たちが立ち現われ、まずは弓隊がそろって弓を引き、雨あられと矢を浴びせかけた。

ついで、半左衛門らが刀を抜いて、斬りこんでゆき、一人、二人と打ち倒していく。

信幸はといえば、彼もまた得意の十文字槍で、めぼしい敵の首を刎ね、胸を突いていたが、

「……そろそろ頃合いか」

心中につぶやくと、

「狼藉をいたして後悔するな。われら前右府《さきのうふ》さま家中の者なりっ」

大音声《だいおんじょう》を発した。右府とは右大臣、信長がかつてつとめた官職名である。その信長の側室や近親の子なども、自分たちの一行のなかにはいる。口から出任せで、そんなことまで告げると、信幸はさらに声を張りあげて、叫んだ。

「われらに害をくわえると、天下に鬼神《きしん》と恐れられる前右府さまがおぬしどもへ、直々に罰をあたえて下されようぞっ」

これは効いた。その信幸をはじめ、周囲の半左衛門や重春らも、ことごとく木瓜の家紋の描かれた竿を背に負っている。徒歩の兵や小者たちもそれぞれに、木瓜に二つ引両、永楽通宝の旗じるしを翻《ひるがえ》していた。

夜盗らの頭領にも見覚えのある紋どころであり、織田の総大将・信長の強引さ、激しさは彼らのあいだにも知れわたっている。

じじつ、今川義元を桶狭間《おけはざま》に破ってからの信長は、破竹の勢いであった。美濃の斎藤一族を殲滅し、越前・朝倉に近江・浅井の連合軍を姉川の合戦で粉砕。その後も朝倉などと有利な戦いをくりひろげながら、足利義昭を奉じて上洛する。

一方では比叡山を焼き討ちし、伊勢の一向《いっこう》宗徒や石山の本願寺勢を完膚《かんぷ》なきまでに叩きつぶすなど、残忍非情な姿勢をくずそうとはしない。

長篠の戦い以降、さしもの武田勢も織田勢にはかなわず、連戦連敗を重ね、今や、信長が満天下に王手をかけているのだ。

夜盗らからすれば、自分たちが襲撃しようとしていた行列が、その信長配下の一党とあっては敵《かな》わない。

そうでなくとも、味方の兵は信幸らの一隊に翻弄《ほんろう》されている。

「引き上げだ。者ども、退散せよっ」

頭領が叫び、周辺に群がっていた夜盗どもは一人残らず信幸らに背を向けて、一目散に逃げていった。

四

かくして鳥居峠は無事に越えて、一行は右手に横尾山を眺めながら、信州峠に差しかかった。

ここを抜ければ、小海から佐久《さく》、岩村田をへて、小諸に出る。

小諸から上田まで五里(約二十キロ)、上州吾妻までは浅間の山麓を大きくまわりこんでいくことになろうが、それでも倍の距離でしかない。

信幸らが甲府を出て、はや四日目。真田郷にほど近い戸石《といし》の城へなら一日、吾妻の岩櫃城にも二日ほどあれば、着けるだろう。

そうと踏んで、信幸は、

「母上、まもなくわれら、真田に縁ある者たちの領内に達しまするぞ……ご安堵《あんど》なされませ」

松を慰め、お涼ら、他の姉妹たちにも、

「いま少しの辛抱じゃ。頑張るのじゃぞ」

そんなふうに言って励ましたのだが、直後にまたもや危難が待ちうけていた。

新たな敵が出現したのだ。

それも、このたびはただの夜盗ではない。いや、落人狙いの盗賊のたぐいであることは同じなのだが、百姓上がりの無頼漢が多数をしめていた鳥居峠の群れとはちがい、本格的な甲冑や具足《ぐそく》を身にまとい、刀槍などの武器を手にした者たちがつどっている。

世にいう野武士の軍団である。

もしや、先だっての夜盗が手引きしたものやも知れぬが、その数も二百や三百ではない。千人を超える敵が、信幸らの一行のあとを追ってきているのだった。

「これは、容易ならぬことじゃ」

信繁や青木半左衛門、鎌原重春らをよんで、信幸は物見から報告された事情を語ってきかせた。

「……百に満たぬ兵では、とても太刀打ち出来ぬ」

「まともにやりおうたら、勝ち目はありませんでしょうな」

と、信繁。こんどばかりは彼も、苦りきった顔をしている。

「そこよ。信繁。ここもやはり、まともなやり方では敵わぬ」

女子どもにも、彼らのなせる範囲ではたらいてもらわねばならぬが、そういう脆弱《ぜいじゃく》な戦力をくわえても、まだ足りない。なおも敵に五倍以上いるのだ。

相手を攪乱《かくらん》するしかない——そのことには、信繁はもとより、半左衛門も信春も同意した。

だが、何をどうやったら、千人もの敵勢をかき乱し、蹴散らすことが出来るのか。

信幸は信繁と眼を見かわした。

こういう場合の用兵もまた、信幸・信繁の兄弟は、父・昌幸や祖父の幸隆から学んでいる。

この苦況はむしろ、それを試し、実践する、良い機会なのではないか、と信幸は思った。信繁も同じことを感じたのか、しきりにうなずきかえしている。


山之手殿こと松は、もはや胸を突くだの何だのといった弱気は吐かなかった。

信幸らのものよりも一まわり小さな鎧を身につけ、白綾をたたんで鉢巻きにし、名工・志津三郎銘の薙刀《なぎなた》を小脇に抱えて床几《しょうぎ》に座した。

姉のお涼や妹のお小夜《さよ》、八重らまでが、小袖にたすき掛けして、長刀を手にした。甲府からずっと行動をともにしてきている矢沢や禰津《ねづ》、室賀《むろが》など真田一党の家々の娘たちも、同様である。

彼らの警護を託された信繁は、緋縅《ひおどし》の鎧に鍬形《くわがた》の兜《かぶと》の緒を締めて、ふたたび持ち場につくと、まだ幼い子らにも、あつめられる限りの石つぶてを用意させた。

まさに「総力戦」であったが、信幸は男女を問わず、全体を三手に分けて、まず旗本すなわち山之手殿らの守備として、信繁を中心とした約百数十名を峠の頂きの岩窟にこもらせた。

そこがいわば本陣で、鎌原信春に采配をゆだねた先陣を五十名ばかり、峠の下り口に配して、登ってくる敵兵を正面から迎撃させる。

そして信幸自身は、青木半左衛門をはじめとする一騎当千の精鋭、三十名ほどを引き連れて、山陰の側から麓に下り、敵陣のわきに打ちかかることにした。

つまりは、搦《から》め手《て》軍である。

敵に足音はおろか、気配すらも察せられたら、この作戦は失敗に終わる。だから信幸は、駿馬・甲州黒すらも本陣の岩窟に残して、

「皆の者、行くぞっ」

みずから徒歩で、峠の斜面を下っていこうとした。

そのときだった。本道の行く手のほうから騎乗の鎧武者十名、兵七、八十がこちらに向かってくるのが見えた。

野武士などではない。明らかに、どこかの家中の正規の一隊である。

「もしや、織田の軍勢か……」

と、信幸は手にした十文字槍に力をこめ、一瞬、身構えかけた。が、出現した一隊はなんと、六文銭の幟旗を立てている。鎧武者のなかには、見覚えのある者も多くいた。

「若殿、戸石の城におられるお屋形さまのご命令で、お迎えに上がりました」

信幸らの一行が信州峠のあたりにいるとの報に接して、昌幸が送りだした迎えの者たちだったのだ。彼らのあとに、さらに多数の味方が来る予定だという。

それも有り難いが、今こそは火急《かきゅう》のとき。野武士の軍団に狙われていることを明かして、

「おぬしらが加勢してくれるなら、これほど心強いこともない」

信幸は言った。

迎えの将兵らに、否やのあろうはずもなかった。

彼ら新手の兵たちを先陣、旗本に三十人ずつ配して、おのれの手下にも三十ほどくわえ、搦め手軍は計六十名。これを再度、二手に分けて、それぞれ別の斜面を下らせた。本道である峠の尾根道ではなく、左右にひろがる雑木林のなかを行くのだ。

「ゆっくりで良い。出来得る限り、静かに……音を立てずに下るのじゃ」

ただ下りるのではなく、斜行して山陰にまわり、少しずつ敵陣へと向かっていく。

たがいに麓へ下りる頃合いは、あらかじめ測っておいた。

下りきったあたりに、敵の野武士たちがたむろしているはずだった。

千人余もの男たちが、狭い山道に連なっているのだ。ほそく曲がりくねった、一本の帯のようになっていよう。

「それを道の左右から挟撃して、分断するのよ」

おそらくは中央、そこに敵の本陣ともいうべきものがあり、大将格の男がいる、と信幸は読んでいた。その部分を攻撃し、縦列を断ち切れば、かならずや敵勢は混乱する。

そして案の定、斜面を下り終えて、隊列の中央部に近づくや、大将格らしき男の姿が見えた。

「今だ。鳴らせっ」

合図のほら貝を、である。静まりかえっていた林間に、高らかに響きわたる。

青木半左衛門に託した道の反対側の一隊からも、同じようにほら貝の音が上がった。

「よし。突撃じゃっ」

叫ぶが早いか、信幸は敵陣に向かい飛びだしてゆき、勢いをつけた十文字槍で、大将格とおぼしき男の首根を突いていた。

そばにいた者たちは、恐れをなして逃げ惑う。それを信幸のひきいる一隊と、半左衛門指揮下の一隊とが挟み撃ちにして、つぎつぎと打ち倒していく。

そこへさらに、鎌原重春に託した正面からの先陣八十名が駆けつけて、追い討ちをかける。

あっという間に敵の長い隊列は分断されて、散り散りとなり、なだれを打ったような騒ぎで、壊滅状態におちいった。

五

「うまいこと行きましたな、兄上」

山上の岩窟にもどると、峠の中腹から戦況を見守っていた信繁が声をかけてきた。

「まったくじゃ。やつら、よくぞ、わが術中にはまってくれたものよ」

と応えて、信幸は、信繁とならんで立った母の松のほうを見た。松はまだ、小振りの鎧をまとったままでいる。

「母上。敵はことごとく退治いたしました……これも幼少のころより、父上や祖父上《じじ》から、しこたま薫陶をさずかったおかげです」

黙ったまま、何度も顎をひき寄せて、松は笑みを浮かべた。そばで、まもなく嫁《とつ》いで「村松殿」

とよばれることになる長姉のお涼が、

「源三郎どのも、源次郎どのも、ほんとうに良く戦ってくれました……頼りになります」

そう言って、両の手を重ねた。

父・昌幸が送りこんでくれた迎えの将兵の加勢のせいもある。

女子どももふくめ、真田の者たちが心をあわせ、一丸となって大敵を駆逐《くちく》したのだ。

なおも皆、士気は高まっている。

ここで信幸は織田の家紋である木瓜などの旗じるしをすべて幟竿から外し、もう一度、真田の「六文銭」を兵たちに掲げさせた。

真田の者である、という誇りを共有させて、いっそうの一体化をはかったのである。

その夜は小海に宿陣し、翌日は佐久から岩村田をへて、中山道の追分《おいわけ》に出た。

まさに上州と信州との「分かれ道」である。

その追分で信幸らは、父・昌幸らのいる戸石城へ行くか、あくまでも吾妻の岩櫃城をめざすべきか、迷ったが、そこへ真田の使僧が二人、はせ参じた。

昌幸が亡父・幸隆の供養のために開基した禅寺・長谷寺《ちょうこくじ》と、長命寺の僧であった。

僧らは信幸に、あらためて信州における武田方の劣勢について報告した。

「このことは若殿……信幸さまもご存じでしょうが、三月にはいって勝頼公の弟君、仁科《にしな》五郎盛《もり》信《のぶ》さまが、高遠《たかとお》の城にて壮烈な戦死をとげられ申した」

ついで諏訪郡の高島城、馬場昌房《まさふさ》の守る深志《ふかし》城と、武田方の城はつぎつぎと陥落。すでに小諸の近辺までも、織田方の兵であふれているという。

「戸石へ参るには、小諸から上田をへてゆくのが、いちばんの近道じゃのにな」

と、信幸が顔をしかめたままに首をひねって、

「ここはやはり、吾妻へ行かねばならぬか」

「いえ、それが……」

と、長谷寺の僧はちょっと言葉をつまらせてから、

「上州へは北条勢が侵攻しておりまして、ことに吾妻のあたりは危のうござりまする」

「それでは、いかにすれば良いと申すのじゃ」

「表は敵兵がいっぱいで、容易に通り抜けることが出来ませぬ」

「表」とは浅間山の南麓、信州側のことである。「裏」が上州側の北麓で、僧はそちらに向かうとよい、と勧める。

「この追分から吾妻へと参るには、軽井沢沓掛《くつかけ》をへて松井田にいたる道がござります」

その道を進むが、途中で左方向に進路を変える。

「三原野《みはらの》を通って、鎌原をめざすのです」

「そうか。わかった……同じ上州吾妻でも信州寄りの嬬恋《つまごい》村にある鎌原に向かえ、と申すのじゃな」

鎌原城は重春の父の鎌原宮内少輔幸景《くないしょうゆうゆきかげ》の居城であり、とりあえずは安全といえる。また、峻

険な山道を越えていかねばならないが、小諸をへずに戸石や上田へ行くことも可能だった。

「ともあれ、浅間の北方、六里ヶ原をお進みになることです」

六里ヶ原——三原野の別称だが、六里四方ほとんど樹木がなく、砂原、砂塚、そして浅間の噴火で堆積した熔岩が転がる。

女子どもをふくめた三百名の一行に、そういう道なき道を行け、というのである。

大変は大変だが、

「たしかに。それしかなさそうじゃ」

信幸がうなずくと、

「拙僧どもも、お供つかまつりまする」

告げて、二人の僧はその場に平伏した。


六里ヶ原が大変なのは、足もとがわるい、ということだけではなかった。

林や森がない。一面の砂の原である。

そんなところで、敵と遭遇したなら、どうなるか。

逃げ場もなく、隠れる場所もない。真田家伝来の奇襲や遊撃戦法も繰りだすことが出来ない。

ましてや兵力が増したとはいえ、いまだ一行の三分の一以上が女と子どもなのだ。

昨日のような峠道での戦いならばともかく、ここで大軍などを相手にしたら、いともたやすく潰《つぶ》されてしまおう。

そうした信幸の危惧《きぐ》が、ほどなく現実となりかけた。乾いた地表を伝って、おびただしい数の馬の蹄《ひずめ》の音が響いてきたのだ。

「引きかえすか」

と、すぐわきを進む二人の使僧や、青木半左衛門のほうを見たが、だれもが一様に首を横に振る。

それは、そうだろう。すでにして三百人もの行列が、六里ヶ原のほぼ真ん中に達してしまっているのだ。

ややあって、五町（約五百五十メートル）ほども向こうに、先頭集団の馬影が見えてきた。騎馬隊、それも歴《れっき》とした武家の集団のようで、そろって重厚な鎧や兜《かぶと》をまとっている。

先頭だけで数十、後続をふくめたら、数百か。相当な数になるだろう。

「……敵か」

と、さすがの信幸も動悸《どうき》を覚えたが、兜を脱いで、眼をほそめ、よくよく見ると、自分たちと同じ六文銭の旗じるしを背に負っている。真田家の別の紋である結び雁がねのしるしを掲げている者もあった。

「味方だ。誤って、手向かいなぞいたすなっ」

背後の将兵に告げると、こちらでも高く旗を掲げよ、と命じた。

昨夜のうちに、織田の木瓜の家紋に替えて立てさせた六文銭の幟旗が、ここでも活《い》きたのである。

やがて騎馬隊が近づいてきて、重春の父の鎌原幸景、海野中務大輔《うんのなかつかさだいゆう》、湯本三郎右衛門尉《さぶろうえもんのじょう》など、その数じつに六百余騎。彼らもまた、真田昌幸が送りだした出迎えの兵であることがわかった。信幸が惧《おそ》れたとおり、敵であったなら、壊滅させられてしまいかねないところ、逆にすべてが味方で、信幸らはたちまち一千に近い大軍団となったのだ。

ともに鎌原城に着いて、一泊。つぎの日に、いくつかの峠をへて上田盆地に至り、いよいよ一行は戸石の城へとはいった。

室の山之手殿、信幸・信繁をはじめとする兄弟姉妹、親族や家臣たちも、一人残らず無事に甲州を脱して、信州の郷里に逃れ着き、一族の長たる昌幸と再会したのである。

その喜びは一入《ひとしお》であった。

しかしちょうどそのころ、山をいくつも越えた甲州郡内では、一大事が起きていた。

譜代の小山田信茂に裏切られて、勝頼一行は岩殿城にははいれず、近くの田野《たの》村は天目山《てんもくさん》に立てこもった。そこを多数の敵兵に囲まれて勝頼は、もはやこれまで、と自害して果てた。享年三十七。ともに逝《い》った嫡子・信勝はまだ十六歳だった。

清和源氏・新羅《しんら》三郎義光にはじまる甲斐の名門にして、真田一族が主と仰いだ武田家は、ここに滅亡のときを迎えたのだ。

天正十(一五八二)年三月十一日のことで、なおも一族再会の喜びにわく戸石城に凶報がもたらされたのは翌々日、十三日の朝のことである。

第二章　若獅子吼える

一

武田家滅亡からわずか八十二日目、その武田家の当主・勝頼らを自害に追いこんだ織田信長が、突如として薨《こう》じた。

天正十（一五八二）年六月二日未明、「本能寺の変」が起こったのである。

「事に及んだのは父上、織田方の将として一、二を競う惟任《これとう》どののだと申すではありませぬか」

信幸は報に接して、上州から信州の真田郷にほど近い戸石城へと急行、城内の一室にて昌幸と膝をまじえるなり、息せき切って言った。惟任とは、明智惟任日向守《ひゅうがのかみ》光秀のことである。

「ふむ。わしもそのように聞いた……ほかでもない信長公の命により、備中《びっちゅう》高松にて毛利と対峙《たいじ》しておる羽柴筑前《ちくぜん》（秀吉）どのの支援に向かいかけて、突如、馬首をひるがえしたとか」

「京師《けいし》は四条西洞院《にしのとういん》の本能寺に、百に満たぬ数のお小姓・側近衆のみをしたがえて、ご逗留されていた前右府《さきのうふ》・信長さまを、万余の大兵をもって襲ったそうな」

「いかな鬼神の生まれ変わりとも申すべき信長公とて、ひとたまりもなかったであろうよ」

それはともかく、とこれは無言の表情で告げ、信幸は言葉をついだ。

「向後は父上、われら真田の者たちは、どのように振るまえばよろしいのでしょう」

「そのことよ、信幸……何とも、難しい。ひとたび舵《かじ》の取り方をあやまつと、たちまち轟々《ごうごう》たる大河の荒波に呑みこまれてしまうぞ」

武田家滅亡の折りに昌幸は、その舵取りを巧みにやってのけた。

勝頼が自刃《じじん》してまもない三月の下旬、織田信長は武田勢攻撃の先鋒役をつとめた部将・滝川左《さ》近将監《こんしょうげん》一益《かずます》に、上州と信州佐久・小県《ちいさがた》の二郡をゆだねて、関東一円を固めさせた。

ために、かたちのうえでは真田の領地も滝川一益のものとなったのだが、昌幸はただちに一益のはいった厩橋《うまやばし》（現・前橋）の城にはせ参じ、彼と対面する。一益は、

「貴公の名は、われら織田の将たちのあいだにも、とどろいておる……鉄兵どのとまで、よばれており申すぞ」

と口にして、昌幸をもてなした。鉄のごとく強靭《きょうじん》だ、と褒《ほ》めてみせたのである。

もとより敵対するつもりなど毛頭《もうとう》なかった昌幸は、この一益とも相和し、翌四月の三日には信濃路を北上してくる信長に黒葦毛《くろあしげ》の馬を献上、機嫌をとりむすんでいる。

そうしてその後は、滝川一益の麾下《きか》にはいる格好で織田に臣従《しんじゅう》し、実質的に従来の領地を安堵《あんど》

されることとなった。

だが、これからはいったい、いかようなことになるのか。

「天下の動き、読みきれませぬな」

厄介な局面である。中央——京師や上方《かみがた》での権力争いも熾烈《しれつ》になろうが、真田勢の生きる上州に信州、さらに甲州や越後は、徳川に北条、上杉の三すくみ。たいへんな騒乱状態になるのではなかろうか。

「じゃがな、源三郎よ。物事は考えようじゃ」

「…………？」

「さきほども申したとおり、舵の取り方をあやまてば、奈落《ならく》の底へと落ちてもゆこう。したが、巧く動き、あやつれば、この真田の一族の威勢を天下に知らしむる絶好機ともなるのではないか」

「……なるほど」

大きく顎《あご》をひき寄せつつ、実の父親ながら、敵方の将からさえも「鉄兵どの」と称されるだけのことはある、と信幸は思った。

錚々《そうそう》たる鉄はしかし、容易には産みだされない。

昌幸そして信幸・信繁に連なる真田家はもともと、信濃の名族・滋野《しげの》の一党であった。

これより七百四十年ほどまえの九世紀半ば、清和天皇の皇子・貞保親王が、事情《わけ》あって小県郡望月《もちづき》郷海野《うんの》庄に隠れ住んだ。そしてその孫の善淵王が、醍醐《だいご》天皇より「滋野」の姓をたまわったといわれる。

それが信幸らの遠祖だが、やがて領地の名である「海野」を名乗るようになる。

その海野一族の本家・海野棟綱《むねつな》の嫡男《ちゃくなん》であった信幸の祖父・幸隆が、郎党をひきつれて「実田」とも書く真田郷に移住したのは、天文八（一五三九）年のころである。

このときに幸隆は、自分たちの姓を「真田」と変えた。

ここに真田の家が誕生し、ゆえに小県真田郷を故地とする真田家は、真田弾正忠《だんじょうのちゅう》幸隆《ゆきたか》を祖（初代）とする。

ちなみに、さきの滋野一族の一派たる望月家は「諏訪信仰」を奉ずる山伏となり、全国津々浦々を流浪したすえに、近江国甲賀に土着。

「甲賀五十三家（甲賀流忍者）の宗家《そうけ》」

となった。

その影響は真田の一党も受けており、家中には忍者もどきの術を使える者も多く、真田勢が奇襲や遊撃、攪乱戦法などを得意としたのも、それがためだという。

さらに滋野一族のもう一派の禰津《ねづ》家は、

「八百万《やおよろづ》の神に仕える巫女《みこ》の発祥」

ともいわれている。

ともあれ、天文十年、甲斐のこれまた清和源氏の一流（甲斐源氏）と伝わる武田家の惣領《そうりょう》・武田信虎《のぶとら》が信州の諏訪頼重《すわよりしげ》、村上義清をさそい、大軍をもって小県の海野棟綱《むねつな》を攻める。

「海野平の合戦」であるが、海野方の大将の一人だった二十九歳の幸隆もこれに参戦、敗れて国境を越え、上州は箕輪《みのわ》城の長野業正《なりまさ》のもとへ逃げる。

この戦《いく》さに勝って、本拠の甲府へと凱旋《がいせん》した信虎だったが、なんとひと月後に、その嫡子・晴《はる》信《のぶ》のちの信玄によって駿河に追放されてしまった。

かくて武田家の惣領となった信玄は、ひとり甲州ばかりか、国人衆《こくじん》とよばれる小豪族の割拠する信濃の平定をめざす。

信玄はまず、かつて父の信虎にくみした諏訪勢を攻略し、高遠《たかとお》城を落とした。それから、これも旧同盟軍である北信濃の村上義清を標的とした。

その村上勢と、海野一族の真田勢はひさしく争ってきた。文字どおり、犬猿の間柄であった。

「村上こそは、わが真田にとって、宿縁の敵……これを倒さねば、われわれが進むべき道はすべて塞《ふさ》がれる」

そうとなれば、村上討伐に乗りだした信玄とは「共通の敵」をもつこととなる。

天文十五年、幸隆は信玄に召し抱えられ、武田家をささえる部将の一人となった。

「村上勢をたたき潰《つぶ》さば、真田郷をはじめ、小県一円の真田の領地はふたたび、そなたのものとなろうぞ」

信玄に本領安堵を約束されるも、村上勢は手強い。

武田、村上の両軍が最初に激突したのは、天文十七年の二月。まだ雪の残る上田原でのことで、この合戦で武田方は敗北し、板垣信方《のぶかた》、甘利虎泰《あまりとらやす》などの勇将が討ち死にした。

ついで十九年の夏から秋にかけて、当時の村上の小県における本拠であった戸石城をめぐり、攻防戦がおこなわれたが、一進一退のすえに、またも武田軍は大敗した。

これが世にいう「戸石崩れ」だが、その後、幸隆は周辺の清野氏、須田氏といった国人衆を調略し、彼らの手引きによって堅牢《けんろう》な戸石城に潜入。そこへ武田の本隊をよび入れて、村上の城兵を打ち破った。

こうして真田軍一流の特異な戦法が生まれ、それにより、晴れて幸隆は故地・真田郷を取りもどしたのである。

戸石の城を奪われ、敗退した村上勢は越後の上杉謙信を頼り、謙信は、「村上義清ら北信濃の国人衆《こくじん》を守る」という名目で、川中島に侵攻。天文二十二年のことで、このときから信玄と謙信との四ツに組んでの「川中島合戦」ははじまり、じつに五度にもわたるのである。

これに参戦するかたわら、幸隆は信玄の命により、上州への進出をはかり、鎌原《かんばら》氏と組んで岩《いわ》櫃《びつ》城を攻略、自城とするなどしている。

元亀《げんき》三(一五七二)年、いまだ謙信との間で雌雄は決していなかったが、ついに信玄は上洛を敢行する。

それを阻止しようとしたのが、「通り道」の尾張や美濃、近江を領する織田信長。そして三河、駿河、遠江《とおとうみ》などを押さえた徳川家康である。

その織田・徳川の連合軍を、信玄ひきいる武田軍団は三方原《みかたがはら》に破ったが、翌天正《てんしょう》元年二月、信玄は宿痾《しゅくあ》の労咳《ろうがい》が悪化。甲府へと引きかえす途中、信州駒場で事切れてしまう。

あたかもこれに殉ずるがごとく、真田幸隆も一年後に逝き、天正三年の「長篠《ながしの》の戦い」で長男・信綱《のぶつな》、二男・昌輝《まさてる》が討ち死に。真田の家督は三男であった信幸の父、昌幸にゆずられることとなった。

それ以前、昌幸は四男の弟・信尹《のぶただ》とともに甲府へ出仕。父や兄らと引き離され、体《てい》のいい「人質」ではあったが、信玄に才をみとめられて、小姓に取り立てられる。さらには甲斐の名門・武藤家をつぎ、武藤喜兵衛を名のっていた。

それが実家の相続と同時に、真田昌幸にもどったのである。

昌幸は小県の戸石城を拠点としながらも、西上野の各地を経略。天正六年には上杉謙信が亡くなり、上杉と北条との間に争いが生じた。

「これぞ、またとない好機」

と見た昌幸は、双方の対立の隙を狙うようにして沼田城の攻略にかかり、八年の六月には城将の藤田能登守信吉《のとのかみのぶよし》を降伏させて、この城をわがものとしている。

一方、真田の主すじたる武田家では、信玄のあとは諏訪の血をも引く四男の勝頼がついだが、勝頼は生≪ママ≫に起伏が激しく、指揮官としての才覚も父・信玄よりはるかに劣り、部下たちの信頼が薄い。

そこを織田勢が切り崩しにかかり、徳川や北条勢も動いた。

結果、武田家は滅び、真田昌幸は織田方に臣従したのだが、日の出の勢いと見えた信長は本能寺の露と消え、約五百名の部下を連れて二条城に立てこもった嫡男の信忠も、明智勢の手にかかって殺害された。

その明智とて、天下に確固たる基盤をもっているわけではない。

今後、世の趨勢《すうせい》はこれまでにも増して不安定で、流動的なものとなろうことは、だれの眼にも明らかであった。

二

「父上。前右府さま亡き今、もっとも天下に近いのは、どなたでござりましょうや」

「はて、な。信忠さままでもお討たれなされたとのことじゃからな……あとはご二男の信雄《のぶかつ》さまか、ご三男の信孝さまか」

「こういうご時世ですから、他家の力ある方々も黙ってはおられますまい」

「ふむ。織田方にくみしていた徳川か、あるいは北条、上杉か」

「ひょっとして明智と同等のお立場の織田家の将、柴田勝家さまか、羽柴秀吉さまあたりが……」

「まさか。秀吉どのは目下、中国路にて毛利勢と干戈《かんか》をまじえておるところじゃ……信長公の仇《あだ》を討つには、いちばん遠方におわすと申してもよかろう」

本能寺での変を知って、そんなふうに語りあった昌幸と信幸の父子であったが、じっさいには、その「ひょっとして」「まさか」が起こった。

「信長公討たれる」

との報が秀吉のもとに届いたのが、事の翌日の六月三日。秀吉はその事実を秘したまま、四日には毛利側に和睦をもちかけ、同日のうちに成立させている。

その間にも、いそぎ出立の支度をさせ、毛利との折衝役のみを残し、大半の将兵をひきいて、備中《びっちゅう》高松城を撤退。それが六日の夕刻のことで、二十七里（約百八キロ）の道のりを一昼夜で進み、七日中には播州《ばんしゅう》姫路に着いた。

そこで秀吉は、かねて昵懇《じっこん》の堀秀政や小寺孝高《よしたか》（黒田官兵衛）らと明智勢への対策をねり、

「われらが奉るお屋形さまが弑《しい》されたのだ。ここは惟任を相手に弔い合戦に討ってでるほかあるまい」

そうと結論づけて、各所に檄《げき》を飛ばし、八日に姫路を発つと、またぞろ昼夜兼行で進軍し、十一日には摂津《せっつ》尼崎へと達している。

これが世に名高い秀吉の「中国大返し」である。

彼は尼崎にも長くはとどまらず、そのままいっきに決戦場となった山崎街道へと向かう。

「あるじ殺しの仇を討つ」

大義名分は秀吉方にあった。たちまち四万を超える兵をあつめ、逆に明智のほうは頼りにしていた細川忠興《ただおき》・恒興父子や筒井順慶《じゅんけい》にも知らぬ顔をされて、兵の数は一万一千のまま。多勢に無勢で、士気もまた、秀吉方がはるかに高い。

この「山崎の戦い」は、ただの一ツ刻《ひととき》（約二時間）で勝負がつき、近江坂本へと逃走する途中、光秀は武装した土民に襲われて殺されたという。

その月の下旬には、尾張の清洲城《きよすじょう》にて織田家の重臣らによる会議がもたれた。

同家の家督相続や遺領の配分が主な議題で、召集したのは筆頭格の宿老・柴田勝家だったが、山崎の戦いの采配をとった秀吉に彼は終始、押され気味であった。

たとえば勝家は、おのれが烏帽子親《えぼしおや》をつとめた三男・信孝を信長の跡目に推挙した。それを秀吉側は一蹴し、

「討ち死にされた信忠さまのご遺児・三法師さまは、お屋形さまのご嫡孫《ちゃくそん》にござるぞ。されば、三法師さまこそが、ご後継としてふさわしい」

と主張。まだ幼い三法師の後見役をみずから申しでて、丹羽《にわ》長秀ら多数派の賛意をとりつけ、結局は臨席した全員の承諾を得てしまった。

この「清洲会議」が、その後の天下の行方を決定づけたと言ってもよい。

当面の政事は秀吉に勝家、長秀、それに池田恒興の四人による合議制としたが、実質的には秀吉が掌握。しだいに勝家を追いこんでいき、翌天正十一（一五八三）年四月の「賤ヶ岳《しずがたけ》の戦い」で勝家勢に打ち勝つことで、ついに、

「天下取りに大手をかける」

のである。

京や上方など、当時の日の本の中央では、そうして織田家の家臣や信長の遺児らが一種の「骨肉の争い」をつづけていたが、昌幸や信幸ら真田勢が拠点とする信州甲州上州の地は徳川、北条、上杉の三ツどもえ――各勢力の草刈り場と化してしまう。

当初は謙信のあとをついだ越後の上杉景勝《かげかつ》や関東の北条氏直《うじなお》が優勢で、本能寺の変が起きてまもなく、北条勢が大軍をもって上州や信州に侵入。真田方としては、これにしたがうほかなかったが、やがては徳川勢が攻勢に出た。

織田信長が明智光秀に討たれたとき、徳川家康は信長ら一行が京の本能寺にいると知って、謁見《えっけん》し、挨拶しようと武田の旧臣・穴山梅雪《ばいせつ》らとともに、逗留先の堺から上洛しようとしていた。

信長横死の事実を耳にしたのは、その途次の河内国枚方《ひらかた》のあたりでのことだった。

商用めいたものはあったものの、半ば物見遊山《ゆさん》に近い旅で、家康らの従者も数少なく、二百名ほどでしかない。軍の形態はなしていないし、明智軍は万余と聞く。

「この数では、たとえ諸方によびかけたとしても、とても弔い合戦なぞはかなうまい」

そう判断して、急きょ家康らの一行は、三河へもどることにした。

だが彼らが退路にえらんだ伊賀近辺には、土地の一揆《いっき》勢や落ち武者狩りの夜盗らがほうぼうに潜伏している。

現実に、家康ら主力よりひと足遅れてついてきていた穴山梅雪は、野伏《のぶせり》たちに襲われて絶命し、家康らも生命《いのち》からがら伊賀の山中を越えて、伊勢の湊に到達した。

同湊から海路、何とか三河へと立ち帰ることができたのだ。

それから軍勢をととのえて西上したのだが、彼がようやく尾張に達したころには、機先を制した秀吉によって「仇討ち」はなされてしまっていた。

そこで家康は策を変えた。

「秀吉が京や上方を牛耳《ぎゅうじ》るつもりなら、おのれは東国をしっかりと固めてしまおう」

武田の旧臣の多くを彼は召し抱え、信州各地の有力な面々も調略しつつある。信州佐久の郷主の依田信蕃《よだのぶしげ》や昌幸の実弟の加津野《かづの》信昌（真田信尹）などがそれで、信昌の取りなしにより、昌幸は徳川の軍門に下ることとなったのである。

このころ、越後の上杉勢は川中島方面から侵攻して、北信濃の要衝たる海津《かいづ》城を占拠。北条勢は上州と信州一円を支配下におこうとし、徳川勢は旧武田領の甲州から信州制圧をも窺おうとする。

ほどなくして上杉勢は越後へと撤退し、「若神子《わかみこ》での対陣」をはじめ、北条と徳川との覇権争いが激化。圏内の諸城は、それぞれの陣営によって、

「奪っては奪いかえされ、また奪還する」

といったことがくりかえされた。

この間の甲信と上州一円での争乱を総称して「天正壬午《てんしょうじんご》の乱」とよぶ。

それに先立つ格好で、信長から関東の管領《かんれい》職に任ぜられ、真田の領地をも預かるかたちになっていた滝川一益が、北条勢と戦うことになった。

ときに天正十年の六月半ば。――

信長の横死《おうし》に乗じて、小田原の北条氏直、その叔父で鉢形《はちがた》城主の北条氏邦《うじくに》らの北条勢が、総勢五万六千もの兵を擁して上州倉賀野《くらがの》に侵攻してきたのだ。

これを一益は一万八千の兵で迎え撃ち、緒戦《しょせん》にこそ勝利するが、つづく戦いで大敗し、本城たる厩橋《うまやばし》から箕輪《みのわ》、小諸城などをへて、もともとの領地たる伊勢長島へと逃れようとする。

この「神流川《かんながわ》の戦い」で滝川軍の先鋒をつとめたのが、一益の実の甥にあたる前田慶次《けいじ》こと利《とし》益《ます》である。

三

半年ほどまえ、信幸が父の昌幸に随行して厩橋の城に登ったとき、叔父の一益とならんで座していたのが、前田慶次利益であった。

滝川の一族で、今も叔父らと行動を一にしているのに、「前田」の姓を称しているのには、事情がある。それを城へのみちみち、昌幸が信幸に語ってきかせてくれた。

「前田家の惣領・利家どのには、利久どのなる兄者がおるが、生まれつき蒲柳《ほりゅう》の質《たち》で、子もおらぬ……ために、信長公の命を受けたこともあって、家督は弟にゆずり、養子をとって隠居したというわけじゃ」

「そのご養子が、利益どのなのですね」

「ああ。名にしおう変わり者でな、慶次や慶次郎、宗兵衛《そうひょうえ》……穀蔵院《こくぞういん》飄戸斎《ひょうとさい》なぞとも名乗り、相当にかぶいておるわ」

かぶき。傾奇とも書き、読んで字のごとく、「奇」に「傾く」ことである。信長なども、若年のころは「うつけ」とか「かぶき者」とよばれた。

前田慶次利益は天文十（一五四二）年の生まれだというから、当年とって四十一歳。信幸とでは二まわり、二十四、五も離れているが、天文七年生まれの義理の叔父・利家とは三つしかちがわない。

そういうこともあったのではあろう。何事につけても洒落《しゃれ》洒脱《しゃだつ》を好み、風流を愛《め》でる利益と、昔はともかく今や「お家大事」しか頭になく、固い一方の利家とは反《そ》りがあわない。

それで、いつのころからか養家の前田家を出て、

「実家の滝川左近将監《さこんしょうげん》一益どののもとに身を寄せているのよ」

そうも、昌幸は言っていた。

それにしても、大きい。人一倍、大柄な信幸よりも、さらに背が高かった。六尺三寸（約百八十九センチ）は超えるだろう。

それが霜降りの紋付き袴《はかま》姿でいる一益の隣、てかてか光る黒革の袴を穿《は》き、胸に釦《ボタン》のついた薄茶の小袖をまとい、派手な朱いろの陣羽織をはおって腰をおろしている。

いずれも南蛮渡来のものと知れたが、これこそは「傾奇」以外のなにものでもない。剽軽《ひょうきん》な男でもあった。

さきに昌幸が挨拶し、信幸を指して、

「これが、それがしのいちばん上の伜……跡つぎの信幸にござりまする」

紹介すると、叔父の一益を差しおくかのようにして、身を乗りだし、

「まだ十七、八か……若いのう」

言うなり、おどけて、黒目をぐるんとまわしてみせる。かと思えば、手ずから鼻毛を抜いて、ぷっと息を吹きかけ、

「羨ましいことよ」

宙に舞わせて、信幸に向かい、親しげに笑いかけた。


その前田利益に信幸が再会したのは、北条勢に敗北した滝川勢の一行とともに、利益が伊勢へと向おうとしていたときだった。

信長が薨じて、一挙に力が失せたとはいえ、なおも形式上、滝川一益は真田一族の上司格であることに変わりはない。そこで昌幸が信幸をよんで、

「禰津《ねづ》元直とともに、小諸より木曾路を進め。滝川どののご一行が信濃国を出るまでのあいだ、しんがりについて、警固《けいご》の役をつとめるのじゃ」

と命じたのだ。

信幸らにゆだねられたのは百騎ほどでしかなかったが、武田家滅亡のおりに死に物狂いで「甲州脱出」を敢行した信幸としては、わずかなりとも援兵のいることの心強さを身に染みて感じて

いる。

もっとも、滝川勢の将兵は千を超えるし、強兵揃いと聞く。なかでも前田利益は、腕がたつ。ただのかぶき者ではないのだ。文武両道に秀でた達人であり、とくに槍は得意で、朱柄《しゅえ》――赤い柄の槍を使うことを、亡き信長から特別にゆるされたという。

信幸も「槍ばたらき」には、いささかなりと覚えがある。それだけに、

「いつか一度、手合わせを」

と願う信幸だったが、利益にはとてもかなわぬ、と思われるものが他にもあった。

まずは利益の鎧兜《よろいかぶと》だ。小袖や袴、陣羽織も異様だったが、鉄地黒漆塗横矧《くろうるしぬりよこはぎ》七枚張の南蛮兜だの、鉄地朱漆塗の胴丸だの、鉄地黄漆塗六段張の鱗札《うろこふだ》の袖だの、奇抜な品ばかりである。

もう一つ。利益はこれも南蛮渡来か、と推測される大きな馬に騎乗していた。「松風」とよばれる悍馬《かんば》で、体高はなんと四尺七寸（百四十二センチ）もある。

普通の木曾駒や蝦夷《えぞ》駒は四尺ちょうどくらいで、改良された南部駒でさえも体高は四尺五寸が限度だという。

松風は美しい河原《かわら》（瓦）毛《げ》の馬だが、馬体は太くて、朱を差したような精悍な眼をしている。気性も荒いそうだが、利益のような大丈夫《だいじょうぶ》であればこそ、乗りこなすことができるのだろう。

信幸が挨拶に行くと、それに気づいた前田慶次利益、その松風の馬首をめぐらせて、

「これはこれは、信幸どの。こたびは、われら滝川勢をお守り下さり、無事にここ信州を抜けでるのを見送って下さるとのよし……かたじけのうござる」

ふかぶかと頭を下げる。それから、おもむろに顔を上げて、

「信幸どの、沼田や岩櫃《いわびつ》の城はほんらい、おぬしら真田勢のもの。ぜひに取りかえしてみせてくれやのう」

告げるや、初対面のときと同じように、またしても黒目を回転させてみせた。

まことの武人ながら、肩肘張らない。張らせない。なるほど天下無双の好漢であった。

自分たちの警固についた信幸に対し、利益が言ったことは、じつのところ、信幸の父の昌幸がいちばんに思っていたことでもあった。

「かの上野《こうずけ》の両城……沼田と岩櫃は、このわしが腕づくでもぎとった城だ、かならずや奪いかえしてみせる」

それが昌幸の口癖だったが、彼は滝川一益が退去後の沼田城を奪還することに成功した。

その前段階として占拠したのが、このころ空き城同然だった岩櫃城である。

八月下旬、昌幸の命を受けて、信幸が岩櫃城へはいった。城代家老は、池田佐渡守《さどのかみ》重安。ほかに丸山七右衛門、出浦上総之助《いでうらかずさのすけ》、春原勘右衛門尉《すのはらかんえもんのじょう》といった真田家古参の家来がつきしたがった。

そこへ幸隆の弟、すなわち昌幸の叔父の矢沢薩摩守頼綱《さつまのかみよりつな》を迎え入れ、この頼綱を総大将として沼田城を攻撃したのだ。

信幸自身は岩櫃城にとどまり、頼綱の後詰め役をはたすこととなった。

頼綱はかねて調略しておいた城兵に手引きさせて、城内にはいりこみ、城将の猪俣能登守《いのまたのとのかみ》を急

襲した。

部下たちの真田への内応の事実を知らずにいた猪俣は、

「まさか、このようなことが……」

嘆きつつも、ほとんど無抵抗で城を捨て、北条方が守る厩橋城へと逃げていった。

こうして沼田城には真田の重臣たる矢沢頼綱が入城し、信幸の弟の信繁が補佐役をつとめることとなった。

四

だが、それしきのことで引き下がる北条勢ではない。

十月半ば、一万の軍勢をくりだして、これを二手に分け、岩櫃、沼田の両城を攻略にかかったのだ。

まずは岩櫃の支城たる手子丸《てこまる》城を攻撃して、陥落させた。

手子丸の城は、海野一族に連なる真田の重臣が守っていた。大戸真楽斎《まらくさい》、但馬守《たじまのかみ》の兄弟である。

兄弟は城内に籠もり、三百の兵をもって三日にわたり防戦するも、多勢に無勢でかなわず、自《じ》刃《じん》して果てる。

手子丸城からの急使によって、信幸は事情を知ると、

「敵が襲来するまえに、こちらから討ってでるべし」

と発憤した。

本能寺のような「あるじ殺し」ではない。ただ、家来筋が殺されたというだけの話だ。が、憤る気持ちに変わりはなかった。これまた、一つの「弔い合戦」である。

「良いな、真楽斎と但馬守の仇を取るのじゃ」

手もとにはしかし、八百騎しかいない。

手子丸城には現在、多目周《ためす》防守《おうのかみ》と富永主膳《しゅぜん》を守将として、三千の北条の兵が占拠し、立てこもっている。

それこそは「返り討ち」にされるのが落ちではないか。

城代家老の池田重安がそう言って反対し、もう一人の老臣・丸山七右衛門も信幸に異論を唱えた。

「おそれながら、若殿。ここは耐えて、沼田や戸石からの援軍を待つべきでありましょう」

「いいや、それでは間にあわぬ」

先手必勝。

この兵法を、信幸は感覚・感性で身につけていた。

たしかに、兵の数では負けている。けれど、ここ岩櫃の城にいるのは、鎌原幸景、出浦上総之介、湯本三郎右衛門、大熊五郎左衛門、唐沢玄蕃允《からさわげんばのじょう》などのつわもの揃いなのだ。

「そう簡単に負けはしない。否、かならずや勝利する」

前田慶次利益ほどに派手ではないが、金の卯《う》の花縅《はなおどし》の鎧に星形の兜が、利益同様、天賦《てんぷ》の体軀にめぐまれた十七歳の若武者によく似合う。

これに、海野家伝来の黄金作りの太刀をはき、十文字槍を抱え持って、

「……皆の者」

と、信幸は下知《げち》した。

「いざ、手子丸に向けて、出陣じゃっ」

こうなると、もはや池田も丸山も諫《いさ》めたり、諭《さと》したりするつもりはない。むしろ積極的に協力し、池田は岩櫃城に残ったが、丸山は率先して騎馬にまたがり、信幸の直後につづいた。


そのころ手子丸城では、北条方の多目と富永の両指揮官が、今後の自分たちの出かたを協議していた。

ともに早急な岩櫃城への攻撃を躊躇《ちゅうちょ》していて、容易につぎの打ち手を決められずにいたのだ。

「昌幸に岩櫃の城をまかされた信幸とやら、十七、八と年齢《とし》こそは若いが、父親に似て、なかなかの戦《いく》さ上手だと聞くぞ」

わけても駆け引きに長《た》けているらしい、と多目が言う。腕を組んだまま、富永も相づちを打って応える。

「甲州から信濃へ、一族郎党を引き連れて脱出した折りの見事な采配ぶりは、わが北条のお屋形さまのお耳にも届いておるとか……夜盗や野伏が相手だったとはいえ、ごく少数の手勢で何倍もの兵を壊滅させたという」

ひとり真田勢のあいだでばかりではない、他の陣営にまでも信幸の甲州脱出時の「武《いくさ》ばたらき」の噂はひろまっているのだ。

このころすでに、信幸は多くの者たちから「奮迅《ふんじん》の獅子《しし》」とよばれるようになっていた。

信州真田の若獅子である。

さて、そうこうしているうちに若獅子・信幸らは手子丸城にほど近い仙人《せんにん》が窟《くつ》に到着していた。

その付近では最大の岩場の難所であり、登りつめた石窟のなかに、古い祠《ほこら》をまつった小寺がある。

浄土寺といって、手子丸城とは温川《ぬるかわ》をへだてた対岸、指呼《しこ》の間であり、攻めるにも守るにも絶好の場所といえる。

そこに本陣をおいて、信幸はかねて父・昌幸から習い、みずからもさきの「脱出戦」で体得した策を実行に移す。

祖父・幸隆の代より伝わる真田家得意の遊撃策で、寡兵でもって敵をおびき出し、攪乱するのである。

本隊六百は丸山と出浦にゆだね、仙人が窟の浄土寺に温存させた。おのれはわずか二百の兵をひきいて手子丸城を攻め、いっせいに矢を射かけては、すばやく退却する。

北条軍は多目が采配をとり、一千の兵を擁して、信幸らを追撃してきた。

「敵は寡兵じゃ。一人残らず、討ち取れっ」

しかし、信幸たちの逃げ足は速い。少ない兵で多数の兵と戦うに有利な志戸《しと》の平《だいら》まで駆けて、待ち構え、迎え撃った。

同じころ、信幸らを追った一隊とはべつに、それに倍する数の北条の兵を連れて、富永主膳が真田方の総大将・信幸不在の浄土寺へと向かう。

だが、信幸の側では、とうにそうと踏んでいた。彼は志戸の平で多目らの兵と戦いながらも、味方の兵を幾人《いくたり》かずつ、本陣の浄土寺へと撤退させる。

その浄土寺では、最前、信幸が丸山と出浦にゆだねて残した本隊が、敵の襲来を待ちうけていた。

何しろ、寺は峻険《しゅんけん》な崖の上にある。富永指揮下の北条軍は大勢なだけに、全員がこれを登りきるには、相当に手間暇がかかる。

上から見ると、垂らした綱のごとく一列になって、みな岩の出っ張りなどに手足をかけ、必死に登ってくるのだ。

とても刀槍や弓を使える状態ではなく、無防備そのもの、隙だらけである。それを崖上から射かけるのだから、たやすい。手玉に取る、とはこのことで、

「待て、待てっ。貴重な矢が無駄だ」

丸山が弓隊に弦《つる》をしぼるのを止めさせる。

「一同、石つぶてを拾いあつめよ」

石塊を敵兵の頭上にぶつけるだけで、充分であった。石をくらった敵兵はたまらずに、岩角から手を離し、崖下へと転落していく。

落ちた兵のほとんどが負傷し、無事ですんだ兵も、こんどは信幸の命で撤退してきた真田の別動隊の面々に襲いかかられる。

北条の兵たちの「綱」はところどころ切れて、分断され、崖壁にへばりついたまま、身動きがとれなくなった。

その間に信幸らは、べつの獣道を通って本陣にもどった。すぐさま彼は三百の手勢をひきいて温川を渡り、手子丸最大の砦・森の内へ侵攻する。

同時に出浦に託された一隊が百人ばかり、搦《から》め手《て》から手子丸城に取りついた。

このとき北条勢の大半は浄土寺に向かっていて、森の内は手薄で、百人ほどの兵しか残っていなかった。

ここでは形勢が逆転し、寡兵のはずの真田方が多勢となり、驚いた北条の兵たちは無抵抗で遁《とん》走《そう》していく。

「よし。ここに、われらが軍の幟旗《のぼりばた》を立てよっ」

信幸は兵たちに、六文銭の旗をありったけ立てるように命じ、鬨《とき》の声をあげさせた。

五

それでも、手古丸城の攻防戦は終わらない。

城の本丸にはまだかなりの数の北条勢が残っているし、志戸の平や仙人が窟から生命《いのち》からがら逃げ帰った将兵もいる。

しばらくは一進一退の攻防がつづいたが、このまま膠着《こうちゃく》状態になると、なおも兵の数で不利な真田勢が追いつめられる。

それと見て、信幸は新たな作戦を立てた。

一言でいえば「おとり作戦」である。

信幸は、おのれの卯の花縅の鎧に星兜を脱いだ。それを、あらかじめ策を明かしておいた側近の一人、唐沢玄蕃允《からさわげんばのじょう》に手わたして、

「本当にやってくれるか、唐沢、おぬし」

「むろんでござりますとも。この戦さに勝つためであれば……いえ、若殿のご命令とあらば、この玄蕃允、一命を賭《と》してお役、相つとめまする」

たしかに、捨て身の行動であった。唐沢は信幸の鎧兜を身につけ、彼の馬に騎乗。信幸になりすまして、討ってでることとなったのである。

「すわっ。敵の総大将が現われた」

「よし、大将の首を取れっ」

身代わりであるとも知らず、敵兵たちは唐沢玄蕃允を一団となって追いかける。

本物の信幸らの側に、余裕と大きな隙間ができた。好機であった。

「今だ。皆の者、力ずくで斬りこめっ」

他の味方の兵にまじったままに、信幸が下知する。

「唐沢を殺させてはならぬ。救え……横合いから敵を襲うのだ」

そのまま信幸らは飛びだしていき、ふたたび乱戦になった。


慌てたのは、北条勢である。

正面や横合い、背後からも真田勢は攻撃してくる。

「いったい、どこから攻めてくるのか」

まさしく神出鬼没の戦いぶりで、北条の兵たちは右往左往させられる。しかも、生け贄《いにえ》覚悟でいた贋《にせ》の大将・唐沢玄蕃允は生き延びて、奮戦しているし、信幸は信幸で依然、味方の兵に隠れて、ひそかに采配をとっている。

「こやつらは不死身か……鬼か修羅《しゅら》の化身ではないのか」

しだいに北条の兵のあいだに怯《おび》えが芽生えた。恐怖のあまり、脱走する者も出はじめる。

「ここが勝負どころぞ。今こそ、いっきにひねり潰すべしっ」

信幸は、本丸の攻撃は唐沢や丸山、出浦らにまかせ、自身はただの五十の兵をひきいて、もっとも城兵の防備の薄い北の丸を襲うことにした。

馬は使わずに、徒歩《かち》で岩壁にうがたれた道をこっそりと進む。そうして谷を登り、北の丸に至るや、いっせいに躍りでた。

木戸の向こうには、ほぼ同数の敵兵がいたが、信幸の手下《てか》の者たちがあたりに火をかけて、

「裏切りだっ」

「寝返った者がおるぞっ」

北条の兵の振りをして口々に叫んだ。すると、そうでなくとも浮き足立っていた敵兵たちは疑《ぎ》心暗鬼《しんあんき》になり、われがちに裏門に突進して、逃亡しようとする。

その裏手の木戸口に、

「何人《なんぴと》も通さぬ」

と、一場茂右衛門《いちばしげえもん》なる者が仁王立ちになった。信幸と同年配の若武者ながら、かねてより真田勢きっての傑物として知られていた。

その一場が大太刀を構えて、逃げようとする敵兵をつぎからつぎに斬り捨てていく。気づいてみたら、なんと十七もの敵の首級をあげていたという。

信幸とならぶ、もう一人の「若獅子」である。

「ようやってくれた」

と、現場で信幸も褒《ほ》めたが、後日、この一場茂右衛門は昌幸の御前にも召しだされ、報奨されている。信幸の馬廻り方に任ぜられ、平川戸に十貫文（二十五〜三十石）の所領を得た。

その後、信幸勢は北の丸から本丸へ向かい、正面攻撃をつづけていた唐沢や丸山、出浦らの兵といったん合流。それからまた、挟撃する格好で攻めて、ついに城兵を駆逐《くちく》することとなった。丸一日の攻撃により、手子丸の城を奪還したのである。

まさしく、信濃の獅子が吼《ほ》えたのだ。

かくして、信幸らは、

「真田や、強し」

をあらためて天下に見せつけたのだったが、同じころ沼田城でも、矢沢頼綱と信幸の弟の信繁が、北条方の五千の兵をわずか数百の兵で撃退していた。

中央ではやがて、宿敵・柴田勝家に勝利した秀吉が、絢爛《けんらん》豪華な大坂城を築き、実質上、天下を掌握するが、天正十（一五八二）年の九月から約三年間、真田昌幸は徳川家康に臣従《しんじゅう》していた。

この間にも、そこかしこで大小の戦さがくりかえされた。が、いずれ、真田勢にとって、いちばん大事なのは堅固な城を築くことである。

じじつ、その三年のあいだに、昌幸は戸石城から遠からぬ場所に上田城を築き、ここをみずからの居城とする。

上田は千曲川《ちくまがわ》を見はるかす河岸段丘上にあり、南は断崖絶壁で、その下は海士《あま》が淵《ふち》とよばれる旧河川敷の湿地帯。東と北にはひろく、台地が延びている。

交通の便がよく、しかも守りやすい地形であった。

天正十一年の春、信幸はその上田の城へ祝賀の挨拶に出向いた。

この城に天守閣はない。が、本丸の最上層には四囲が眺望できる回廊がめぐらされていた。信幸をさそって、その回廊の一角に立ち、はるか東北方に善光寺平を見はるかしながら、昌幸は言った。

「自画自賛のようじゃがな、この城は難攻不落……これで、いかなる敵が攻めてこようとも、大丈夫じゃ」

「敵と申すは、北の上杉、南の北条のことでござりまするな」

うなずきかけて、ふいと昌幸は首を横に振り、

「……ほかにもおるやもしれぬ」

つぶやくように口にする。

聞きとめて、信幸はなぜか、ふっくらと頰の張りでた徳川家康の顔を思いうかべた。

今は友好的な関係にあるものの、この乱世、何がどうなるかはわからない。ただ徳川勢、ひとたび敵にまわせば、上杉や北条以上に面倒な相手となるであろう。

そのことは昌幸も感じたとみえ、軽く肩をすくめてみせてから、

「城はほぼ出来あがったがのう。なさねばならぬことは、まだまだ多い」

ちょっと話題を変えた。

「……まずは真田や海野、戸石なぞから、この上田の城下に領民をよび寄せねばならんな」

今後は城下町作りに専念しよう、というのである。

その領民たちを守るためにこそ、この堅牢鉄壁の城は築かれた。

「とにかく、いつ何時、いかなる敵が襲来するか、わからぬ」

あらたまった口調で、昌幸は言う。

「良いな、信幸、備えさえあれば、憂いは失せる……城郭に負けぬよう、われら真田の兵たちも日々精進し、せいぜい力をたくわえておこうぞ」

大敵に対しても、一歩も引かぬ。引かぬどころか、二歩も三歩も進んでみせる。進み、そしてみずからの力で立つ。

今の父の言葉には、その決意がこめられている、と信幸は受けとめていた。

第三章　上田城攻防神川合戦

一

　天正十一（一五八三）年夏、柴田勝家と彼の擁した織田信長の三男・信孝に打ち勝ち、大坂に入城した秀吉は、秋以降、諸方に所領安堵《あんど》の文《ふみ》を書いたり、使者をつかわすなどして、

「信長の後継者たるおのれの立場」

を不動のものとしようとしていた。

　これに対して、真っ向から抗《あらが》おうとしたのが、信長の二男の信雄《のぶかつ》である。

　ただ、この信雄、かつて一向宗徒の一大拠点であった伊勢長島を領していたが、みずからはさして力をもってはいなかった。

　そこで某日、尾張の清洲《きよす》で徳川家康と会見し、

「ここは一つ、合力お願いいたす」

頭を下げて、いまだ秀吉勢に負けぬ勢力をたもつ徳川方に頼ることにした。

明けて天正十二年の三月、三河から出陣した徳川勢は怒濤のごとく尾張に攻め入って、たちまちのうちに美濃にほど近い要衝・小牧山《こまきやま》を占拠。ここを本陣とさだめた。

これに対し、秀吉軍は隣接する二宮山に進撃して、小牧山を包囲する格好で対陣することとなった。

この小牧方面での戦いは一進一退で、容易には決着がつかず、持久戦の様相を呈したが、そこから東北方に五里（約二十キロ）あまり離れた長久手《ながくて》で、秀吉麾下《きか》の池田恒興《つねおき》勢が徳川軍と戦い、大敗を喫した。

そうして小牧・長久手のほうでは徳川方が優勢に立ったが、一方の信雄の領地・伊勢方面でも同時に戦《いく》さがおこなわれていて、こちらは信雄が秀吉軍に終始、押され気味で苦戦していた。

十二月、年も押しつまったころに、織田信雄は秀吉に籠絡《ろうらく》されて、単独講和に応じてしまった。

そうなると、

「亡き信長公の遺児を立てる」

という大義を失うこととなり、家康としても、兵を引かざるを得ない。

結局は彼も二男の於義丸《おぎまる》（のちの結城秀康）を秀吉の養子とすることで、秀吉と和睦することにした。

その裏ではしかし、徳川方は北条方にも接近しようとしていたのである。

じつは徳川と北条はこれより二年ほどまえ、天正十年の十月の時点で和議を結んでいた。しかも、そのときの講和の条件のなかに、旧武田領の分割案がふくまれていたのだ。すなわち、

「上州沼田は北条の領地とし、信州の佐久《さく》と諏訪《すわ》、甲州都留郡《つるごおり》は徳川に帰属する」

そう取り決めて、相互に現在保有する（もしくは管掌する）所領を交換するという約束が出来ていたのである。

小牧・長久手の戦いを「休戦」というかたちで終えて、秀吉との和睦は成ったが、家康としては、いまだ天下の掌握をあきらめたわけではない。隙さえあれば、

「いつなりと秀吉と同じ土俵に立ってみせる」

という気構えでいる。

そうやって、なおも天下を窺うためには、北条とは事を荒立てず、和しておいたほうが得策。というより、それがむしろ必須の要件だったのだ。

もとより北条の側でも、そんなことは読みきっている。そこで北条氏直《うじなお》は家康に対し、さきの取り決めを、

「早々に実行していただきたい」

と迫ってきていた。沼田をゆずりわたすことである。

背に腹は替えられなかった。家康は上田の真田昌幸のもとへ再三、使者を送り、

「沼田を小田原に返してはくれまいか」

と要請した。

もちろん、昌幸は承諾などはしない。それどころか、とんでもないことだ、と一蹴、聞く耳をもたないでいた。

家康は困惑したが、彼は織田信雄と結んで、小牧・長久手を中心に十ヵ月近くも秀吉を相手の戦いに専念していた。徳川勢としては、ほとんど「総力戦」といってもいい。

それだけに、全体的に戦さは優位に進めたものの、長く膠着《こうちゃく》状態がつづいたこともあって、他の案件に着手することが出来ない。

真田方に関することでいえば、「信濃経略」どころではなかったのだ。

その間に昌幸は、もともとの故地といえる信州小県《ちいさがた》郡の統一や、沼田や吾妻《あがつま》など、西上野《こうずけ》における勢力をも拡大させてきた。吾妻の地侍衆に申しつけて北条方の白井城を陥落させたり、沼田城周辺の豪族も多数、手なずけて手下《てか》におくようになった。

本拠とした上田をはじめ、以前の戸石《といし》の城なども、城郭の補修強化につとめ、兵備の増強もおこたらずにいた。

相応に自信もつけていて、心底、大兵を恐れない。

「徳川、北条、何するものぞ」

本心から、そう思っていたのである。

それでも幕下のかたちで同盟を結んだ者として、徳川には一応の義理や立場というものもある。

これまでは打診のようなものだったが、天正十三年の四月、最後通牒《つうちょう》ともいうべき家康直筆の書状を徳川の使者が運んできた。

その使者を城内の一室に待たせておいて、昌幸は主な家来を大広間にあつめ、緊急の評定《ひょうじょう》をひらいた。

そのころ、肝心の沼田の城は昌幸の実の叔父でもある最重臣の矢沢頼綱に守らせ、岩櫃《いわびつ》城は城代の池田重安にゆだねて、源三郎信幸と源次郎信繁の兄弟は上田の城にもどってきていた。宿城（城下町）造りをいそいでいたせいでもある。

当然のことに、彼ら二人も評定の場に顔を出した。

出浦上総之助守清《いでうらかずさのすけもりきよ》ら重臣の多くは、

「徳川と北条に手を組まれたのでは、われらに勝ち目はあらず」

として、慎重論を唱えた。

「ここはじっと耐えて、徳川さまに恩を売っておくのが得策でござりましょう」

と言うのは、これも元は真田と同族の重鎮・禰津《ねづ》長右衛門元直《もとなお》だ。彼は、家康からの要請どおり、沼田城を北条に引きわたせ、というのである。

それに対して、反論するのは、昌幸自身だった。

「何を申すか、禰津。沼田は一度、北条に奪われたものを、われらが生命《いのち》がけで取りもどした城ぞ」

それを、新たな恩賞も代替地も示すことなく、ただ返せと言うのは、理不尽そのものではないか。

「……こたび、替え地については徳川さま、何もご沙汰《さた》がござりませぬのか」

ここで、昌幸のかたわらに座した信幸が訊《たず》ねた。

「ない、ない。替え地のことなぞ、これまでのどの使者の口からも聞いてはおらぬ」

「しかし、たしか南信濃の伊那郡《いな》を代地に、との話もあったように思いまするが」

ふたたび禰津が口をはさみ、昌幸は、馬鹿なことを、と睨《にら》みかえした。

「伊那はすでに保科《ほしな》らにあたえられておるぞ」

信州高井郡保科に興った保科氏は真田と同様、元は武田の臣下だったが、今は徳川に属し、ほどなく伊那の高遠《たかとお》に移ることが内定している。

「家康公はな、われらが北条に沼田領を返してから、代替の地を考えると申されておるのじゃ」

それでは父の怒るのも無理はない、と信幸は思った。物事の順序が逆ではないだろうか。

「もしも……もしも、じゃぞ」

昌幸は身を乗りだすようにして、言葉をつづける。

「替え地を寄こすどころか、沼田のつぎは上田だと、この城までも差しだせと言うてきたら、どうする？」

「まさか、さようなこと」

と、首を小さく揺すりながら、出浦が応えた。

「万が一にも、そのようなことがありましたなら、われら全員、ここに籠城して果てまする」

それを聞いて、昌幸は声をあげて笑った。それから、ふいと真顔になって、

「ならば、決まりじゃな。沼田を渡してしもうてから窮しても、遅い。そのまえに……今のうちに、そのほうたちの生命、わしが預からせてもらう」

きっぱりと言いきった。

二

沼田を手放さず、抱えたままでいることは、即徳川との「手切れ」を意味する。

「さぞかし家康公の不興を買うであろうがな」

そう告げながら、待たせておいた使者に渡した返書には、沼田について、こんなことが書かれている。

「安房守（自分）が身の才覚武勇をもって切取《きりとり》しところの所領なり、故なく北条家へ渡さん事は思いもよらず」

しかも、である。徳川家の麾下にあって、たびたび軍忠をつくしたのに、何の報奨もない。そこへ来て、自力で手にした土地を他にゆずれとは何事であろう。

「……覚悟に及ばざるところなり」

と、昌幸は文の末尾に記した。

はたして、これを読むなり、家康は不満不興どころか、逆上した。

「真田め、小身のくせに思い上がっておるわっ」

家康から見れば、とても幕下で庇護を受けている者のとる態度ではない。

彼はただちに側近の衆をあつめ、「真田攻め」の策をねった。

結果、まずは上田に遠からぬ下伊那の小笠原信嶺《のぶみね》、松岡貞利《さだとし》らに対し、出陣を要請することとなる。

その小笠原らにあてた家康直筆の書状には、

「このたび、（真田勢を）根切り緊要に候」

とまであり、彼の憤りの激しさを行間ににじませている。


これで真田勢は、徳川と北条の巨大勢力を二つともに敵にまわすこととなった。

あえて窮鼠《きゅうそ》・窮鳥の立場にわが身を追いこんだわけだが、さすがに歴戦の昌幸、抜け目だけはなかった。

甲信に上州、この地域の争奪戦「三つどもえ」の残りの一つ、越後の上杉景勝《かげかつ》を頼ることに決めたのである。

すでにして景勝は、秀吉方にくみしている。その秀吉は中央での覇権を十中八九、手に入れていた。ということは、景勝という樹木の下にはいれば、

「天下の覇者なる、より大きな樹の蔭に寄る」

ことになる。

ただし、これまで久しく真田勢は上杉方と対峙《たいじ》してきていた。

織田信長の死後、北信濃の川中島を占拠していた森長可《ながよし》は逃走し、代わって景勝が川中島以北を領有。昌幸は上田と川中島との国境に位置する虚空蔵山《こくうぞうさん》に砦を築いて、上杉側が乱入してこぬように監視していたのである。

その景勝に、あらためて昌幸は同盟を申し入れたのだ。

「昌幸め、どこまで本気なのか」

疑う景勝に、昌幸は、人質として自分の二男の信繁を越後へと送りこむことを約した。

天正十三（一五八五）年の七月半ば、上杉景勝は昌幸のもとへ、援軍と領地安堵を保証する起請《きしょう》文《もん》を書き送っている。

それは九ヵ条から成るが、まずは昌幸が「先忠に復された」ことを喜び、たとえ多少の手ちがいがあっても、寛大・親切にあつかうと約束。援軍に関しては、沼田・吾妻などへ後詰めの兵を駐屯させること。また、

「必要とあらば、上田へも兵を差し向けよう」

としている。

信濃の知行《ちぎょう》については、さきに上杉方に下った海津《かいづ》城の守将に申しつけて、あてがうが、小県（信州）に沼田・吾妻（上州）などの本領を安堵する。

坂本庄内の知行も同様であり、さらに新知として、

「上野箕輪《みのわ》や佐久……甲州までもあたえよう」

というもので、要するに「新知あてがい」は昌幸自身の切り取りしだいというわけである。先代の謙信以来、上杉には何よりも名誉を重んじる家風がある。景勝もそれを受けついでいて、

「徳川という猛獣に、真田なる窮鳥が襲われようとしておるのだ。これを救わないでは、わが上杉の弓矢の名折れではないか」

そう豪語しているという。

だが昌幸としては、そういう景勝の申しようも、彼がしたためた起請文の条項も、真《ま》に受けてはいない。

たとえば新知をあてがうとはいっても、佐久や甲州は徳川の領地であり、上州の箕輪は北条領なのだ。戦って、みずからそれを切り取ったらあたえる、というだけの話なのである。

「本音を申さば、上杉はわれら真田勢を、おのれらの盾《たて》にしたいだけのことじゃ」

景勝から届いた書状を見せながら、昌幸は信幸に言った。真田を対徳川・北条連合軍の盾にし、もしくは先鋒として使う魂胆だというのである。

「虚々実々……良いな、信幸、よく覚えておけ。このようなもの、ゆめゆめ信じてはならぬぞ」

そのちょうど同じころ、徳川家康は浜松を発って駿府《すんぷ》城へはいった。いよいよ本腰を入れて「真田攻め」の支度をしようというのである。

こうして閏《うるう》八月二日、鳥居《とりい》彦右衛門元忠、大久保七郎右衛門忠世《ただよ》、平岩主計《かずえ》親吉《ちかよし》ら徳川方の諸将が駿府を進発する。

途中、芦田康国《やすくに》、三枝昌吉《さえぐさまさよし》、諏訪頼忠に柴田七九郎康忠《やすただ》、保科正直《まさなお》・正光父子、小笠原信嶺など、甲斐・信濃の先方衆《さきがた》をあわせて七千の兵をひきい、北国《ほっこく》街道を突き進んで千曲川を渡り、小県の長瀬河原に着いた。

そこからさらに、上田城まで一里（約四キロ）あまりの国分寺表《こくぶんじおもて》をめざし、千曲川の支流・神川《かんかわ》の対岸、蒼久保《あおくぼ》に集結した。

対するに、真田勢の兵力は二千ほどでしかない。このときも、三倍強の敵を相手にしなければならなかったのだ。

約定《やくじょう》どおり、同月末には上杉方も動いた。

海津城の守将たる須田満親《みつちか》や、善光寺平の諸将に対して、「動員命令」が出されたのである。

これにあわせるように、昌幸は信繁を海津城に遣《や》り、供として谷沢頼綱の子の三十郎頼幸《よりゆき》らを付けた。

昌幸らはやがて、上杉方の本拠・春日山へと行くのであるが、この時点で、昌幸は物見から、

「真田郷の曲尾《まがりお》に、上杉勢三、四千騎が待機しておりまする」

との報告を受けた。

してやったり、と、昌幸は内心ほくそ笑んだが、依然として信幸や重臣たちには、しかつめ顔のままに、

「上杉の援兵をあてにしてはならぬ」

自分たちの力だけで徳川の大敵を排撃するのだ、と言って、一同の引き締めをはかった。

三

昌幸自身は、上田城で籠城戦の構えをみせることとなり、

「信幸、そなたは戸石の城に詰めておってくれ」

と申しつけた。

「三百ばかり、兵をつけてやるからな」

このたびの家康の狙いは、真田の本城たる上田を潰すことと、昌幸の生命……そうとなれば、兵を分散させたりはせず、一点に集中してくるだろうが、よもやということもある。

目下、徳川勢は神川河畔の蒼久保に全軍をとどめているようだが、これを二手、三手に分けて、たがいに連携しながら真田方の城を一つずつ潰してゆく、という策も考えられぬではない。

「ために、いざというときに備えて、他の城の守りを固めておきたいのじゃ」

だが、あくまでも、それは臨時の備えである。そうでなくとも敵兵にくらべて、味方の兵は圧倒的に少ないのだ。たとえ二、三百騎でも、ただ遊ばせておくわけにはいかない。

早い話が、両睨み。

敵がどう出るか。それによって、信幸らの動きは変わる。

さいわいにして戸石は上田の東北方、一里弱のところに位置し、徒歩《かち》でも四半刻《しはんとき》（約三十分）あまり、騎馬だと、あっという間に往き来できる。

「いつなりと出馬がかなうようにしておき、ここ上田の城で何事かあれば、ただちにはせ参じまする」

「ふむ。そうしてくれ」

二十歳《はたち》になった嫡男《ちゃくなん》の頼り甲斐のある姿を見て、昌幸は二度、三度と、満足そうにうなずくのだった。

昌幸は戸石城ばかりではなく、丸子城と矢沢城にも将兵をおいた。が、やはり徳川勢は、上田城のみに的をしぼり、全七千の兵をもって一挙に陥落させるつもりでいるようだ。

けれども、築造されてまもないこの城を落とすのは、そう簡単ではない。

東西は十町（約千九十メートル）、南北に八町（約九百メートル）。天守閣こそはないが、南端の崖縁に金箔瓦《きんぱくがわら》で葺《ふ》いた本丸が築かれ、それを包みこむ格好で二の丸、三の丸とあって、東の虎口《こごう》に大手門が建てられている。

北と南、西には櫓《やぐら》を備え、周囲には水堀と池や沼をめぐらしていた。

それに「宿城」といって、惣構《そうがま》えのなかには家来の武家ばかりか、商人《あきんど》や百姓らまでも住まわせている。

これまで真田屋敷のあった原（町）や海野《うんの》一族発祥の海野、さらには上州の鎌原《かんばら》あたりからも領民をよび寄せたのだ。

小規模ながら、すでにして城下町の形態をなしている。

しかも、である。

八百屋や反物《たんもの》屋、鍛冶《かじ》屋など、ふつうの商家に暮らす城下の町人たち、二里（約八キロ）四方にひろがる田畑をたがやす百姓たちが、火急のおりには兵と化す。武器をとって、戦えるように仕込まれているのだ。

そんなこととは、徳川勢はつゆ知らない。

「寡兵をもって大兵に対するには、あらゆる策をろうさねばなるまいて」

策、それも奇策をつぎつぎとくりだしていく。

もともとは幸隆や父・昌幸から習ったことだが、いくつかの奇策を信幸も、甲州からの脱出戦や、手子丸での北条との戦いで実践的に使っている。

「おとり作戦」などはもう、信幸にとっては、手慣れたものとなっているとすら言えた。

報を受けて、上田の城に駆けつけ、昌幸にその策を明かされたとき、

「どうか、そのお役、それがしめにご命じ下さい」

と、みずから申しでたのも、実戦に裏書きされた自信があればこそであった。

だれをおとりに使うのでもない。おのれとおのれの部下の身を投げだし、おとりにして、敵を罠のなかへと誘いこむのである。

自信はあっても、驕《おご》る性分ではない。むろん信幸は、父の考えた策略を存分に聞いた。

「川を越えてきた敵を軽く攻めるのじゃ、つつく程度に軽くな。けして深追いはするでないぞ。さっと突いて、すぐに退却する……逃げるとみせて、敵勢をわが宿城へと引き入れるのよ」

城門のなかは一見、何の変哲もない城下町である。が、そこにじつは、いろんな罠がほどこさ

れている。

手狭な一本道に立てられた、たがいちがいの馬防柵《ばぼうさく》（逆茂木《さかもぎ》）。両側の家並みにひそんでいる多数の伏兵《ふくへい》。ただの町家のあるじさえもが、家の奥に隠した鎧《よろい》を身につけ、手ごわい兵となる……。

「言ってみれば、この城の曲輪《くるわ》のなかは、鼠どもを捕らえる箱のごときもの」

そこへ、敵をおびきよせる作戦である。


指令を下したあと、昌幸自身は甲冑《かっちゅう》も着けず、平服のままに碁好きの家臣・禰津長右衛門と向かいあい、彼を相手に碁を打ちはじめる。

そういう昌幸の姿も、幼少時から信幸は見慣れている。

「うろたえた様子、弱気な素振りを、部下たちには見せるな。いつも悠然としておれ……かならずや勝ってみせる、とおのれの態度で示すのじゃ」

これまた、昌幸の口癖であった。

素知らぬ顔で昌幸の居室を退出すると、信幸は城門まえに打ちそろった騎馬兵の先頭に立った。

「このまま、いっきに敵陣に討ってでるぞっ」

と、采配を振りあげたが、いくぶん抑え気味にして、こうつづける。

「ただし、つつくように軽く攻めるのだ。挑発だけが目的じゃからな」

「敵がこちらの手に乗り、反撃をしかけてきたら、逃げる振りをして後退するのですな」

真田の老将として、いくども似たような戦さを体験している丸山七右衛門が相づちを打つ。

そうして神川まで一里半（約六キロ）の距離を駆るうちに、徳川勢も真田の先鋒が攻めてきたと知って、あらかじめしらべておいた神川の浅瀬を渡河《とか》してくる。

神川はもともと流れが早いうえに、先日来の雨で増水しており、浅瀬でさえも駒の膝もとくらいまである。

難渋している敵兵にいっせいに弓矢を射かけて、信幸らは待ち受ける。

早瀬に戸惑い、兜《かぶと》や鎧に矢を受けながら、それでも一騎、二騎と渡り終えて、徳川勢は真田の兵に襲いかかる。

「真田なぞ、何ほどのものでもない。一揉《ひとも》みに揉み潰せっ」

「何を申すか。潰されるのは、そちらぞっ」

信幸みずから、数人の敵兵と斬りむすんだが、すぐにやめて、采配をかざし、

「皆の者、退却じゃ。城をめざして一心に逃げよっ」

大音声《だいおんじょう》を張りあげた。

「真田の小せがれめ。怖《お》じ気《け》づき、尻尾を巻いて退散か」

敵方の将が嘲笑ったが、これこそは半ば信幸の術中にはまったようなもの。信幸は馬のあぶみを蹴り、率先して逃げた。

丸山をはじめ、勝手知ったる部下たちも右へならい、一目散に遁走する。

案の定、それを追って敵兵は上田城へと追ってくる。先鋒に任ぜられた鳥居元忠の一軍だ。

大手門を突破し、惣構えの内部にはいった。そこは宿城、城下町で、侍屋敷のほか、何軒もの町家が建ちならんでいる。

徳川方の一部の兵たちが松明《たいまつ》を掲げ、それらの家屋敷に火をつけようとしたが、主将の一人、柴田康忠が、

「待て、待てっ」

と、それを止めさせた。

「そのようなことをすれば、火の手が道をふさぎ、われらの退路まで断つことになる」

たしかにこれは、賢明な判断ではあった。が、康忠はいまだ気づかずにいる。静寂に満ち、ちょっと目には無人とも見える、それらの家々に、じっさいには、たくさんの兵が隠れひそんでいるのである。

四

「ついに敵が城内に侵入して参りました」

本丸の居室で碁を打っていた昌幸のもとへ、信幸がつかわした兵が報告に来る。

昌幸は、ちらと相方の禰津長右衛門のほうを見たが、碁石は手にしたままでいて、

「なに、来たか。来たら、斬れ、突け。遠慮なく、存分に攻めるがよい」

つぶやきながら、盤上に石をおく。

その後、なおもしばらく泰然自若《たいぜんじじゃく》として動かずにいたが、いよいよ徳川勢が三の丸をも越えて、二の丸へ迫ったと聞き、ようやくにして腰を上げた。

「……そろそろ、じゃな」

かたわらにおいた甲冑をまとい、郭の外に出ると、まずは数人の兵に命じて、かねて裏山で伐《き》りだして用意しておいた杉の大木を太綱で引き、吊りあげさせる。

二の丸の門を抜けた敵兵が、城壁の下にひしめいている。そこを狙って、

「よし。綱をゆるめよっ」

彼らの頭上に落としたのだ。

敵はまさかに、いきなり大木が空から降ってこようなどとは思っていない。直撃されて、頭蓋《ずがい》を割られ、即死した者、手や足に受けて骨折し、動けなくなった者など、犠牲者が続出し、無傷ですんだ兵もおおかたがうろたえて、右往左往しはじめる。

それと見て、昌幸は城内にひそませておいた五百の精鋭に、突撃命令をくだした。

その正規の兵のみではない。惣構えの内部に暮らす商人や百姓らも、竹を編んだだけの簡便な甲冑を身につけ、竹槍や斧鎌《おのかま》を持って、家々のそこかしこから立ち現われる。

さらに、であった。彼らの妻女や子どもたちまでが動員されて、投石をはじめたのだ。

驚き、慌てたのは、鳥居のひきいる徳川勢である。

少しまえまでは静まりかえっていた城内に喚声がわきたち、法螺鐘《ほらがね》が響きわたる。

頭上からは弓矢に石つぶてばかりか、鉄砲の弾も飛んできた。

城内ばかりか、周囲の山野森林、どこもかしこも、すべてに真田の伏兵がいるかに見える。

形勢は明らかに逆転した。

「退《ひ》け、退けぃ」

采配をとって、鳥居元忠が叫ぶ。

のちの関ヶ原合戦のおりに、伏見城にこもって玉砕し、「三河武士の鑑《かがみ》」と称された硬骨漢である。このとき四十六歳、幾多の戦さをへてきて、その場が自軍に有利か不利かは、直感でわかる。

なおも彼は退却命令を出しつづけたが、そうするまでもなかった。徳川の兵たちは、とうに恐れおののいて、逃げだそうとしている。

ところが、であった。

ここまで来るあいだの道々には、たがいちがいに八の字で結んでいる千鳥掛けの逆茂木があって、浮き足だった兵らには、それが迷路のようになっていた。

「はいるは易いが、出るに難い」

そういうふうになるよう、はなから昌幸が城兵に命じて、細工をさせておいたのである。

半ば退路を断たれた格好で、徳川勢の混乱に拍車がかかった。

この間に信幸は自分にゆだねられた三百の手兵《しゅへい》を立て直し、態勢をととのえると、

「勝機到来。皆の者、われにつづけ……後れをとるなっ」

遁走する敵兵に、搦め手から襲いかかった。

鳥居の兵は総崩れとなり、戦うどころではない。ただひたすらに神川対岸の本陣をめざして、逃げ帰ろうとする。

その本陣では、戦況不利と知って、大久保忠世麾下の軍勢が応援に駆けつけようとする。忠世は采配を握りしめながら、馬上、首を背後にめぐらして、

「……何というざまだ」

つぶやく。そこにいたのは、のちに『三河物語』を書き、頑固一徹なことでも知られる弟の大久保彦左衛門忠教《ただのり》である。

長兄の忠世とは親子ほども歳が離れ、まだ二十代の若武者であった。真田方の信幸より少し上だが、いくつも変わらない。やたらと目立つ銀の揚羽蝶《あげはちょう》の旗指物《はたさしもの》を、吹く風になびかせながら、

「われらがきっと、挽回してみせましょうぞ」

彦左衛門は呵々《かか》と笑ってみせたが、新たに投じられた兵は、たしかに意気軒昂《けんこう》としていた。

だが、上田の城から帰還した兵は満身創痍《そうい》、ほうほうのていで神川のほとりへとたどり着く。

「一刻も早うに安らげる場所にもどりたい」

という必死の思いで、彼らもまた、がむしゃらになっている。

神川の流れのなかで、同じ徳川勢同士、攻めこもうとする兵と退こうとする兵と、双方が行きちがい、入り乱れる。

ほとんど激突というに近く、混乱し、早瀬に足をとられて、転倒する者も少なくなかった。

「今だっ」

ここで、信幸は父から託された最後の策――秘中の秘策を実行に移した。

「今こそ、堰《せき》を結んだ元綱を断ち切れっ」

部下に命じて、上流の堰を切って落としたのである。

これによって、神川はいっきに増水し、流れはいっそう速くなった。

急流に呑まれて、徳川の兵たちはつぎつぎと溺死していく。

この戦いで徳川方は千三百名の死者を出したが、真田勢はわずか四十名にすぎなかった。

その差は歴然、真田方の大勝利であった。

いわゆる「神川合戦」であるが、これを称して「第一次上田城攻防戦」ともいう。

五

窮鼠猫を嚙む。

神川での合戦は、これを地でいったような戦さであった。

大軍をもって、上田の城を一息にひねり潰そうと考えていた徳川勢は、真田側の術策にはまって敗退をよぎなくされ、同じ信州でもより南方の佐久方面へと引きあげることとなった。

閏八月も末のことだが、途中、

「このままでは武門の名折れ……何よりも、腹の虫がおさまらぬ」

平岩親吉が言いだした。神川の陣では徳川勢のしんがりにあって、鳥居隊や大久保隊とはちがい、平岩隊はほとんど無傷だったせいもある。

この言をしかし、

「良かろう。行きがけの駄賃ならぬ、帰りがけの駄賃じゃ」

強がって、他の二将も受け入れる。そして徳川軍は、千曲川を越えたさきの八重原に宿陣。千曲の支流、依田川《よだがわ》と内村川の合流地点近くにある真田の属城・丸子城の攻略にかかった。

報を受けて、昌幸と相談し、守将・丸子三左衛門の救援に向かったのが、またもや真田の若獅子・信幸であった。

年齢からいっても血気盛ん、疲れを知らぬ信幸である。

「こうなれば、鳥居、大久保、平岩ら諸将の首をそっくり頂戴してしまおうではないか」

奮起して海野の町へ押しだし、当地の土豪らなども自軍に引き入れて、八重原に着陣。徳川軍と対峙したが、徳川勢の、とくに鳥居や大久保の手兵たちは、

「真田軍の采配は、かの若獅子が握っている」

と知っただけで、震えだし、まるで士気が上がらない。

なおもこのとき徳川勢は、数のうえでは真田方にまさっていたが、結局は丸子城を攻めることはかなわず、それこそは尻尾を巻くようにして去っていった。

だが家康としては、「真田潰し」を放棄したわけではない。

徳川方の支配下にある佐久に鳥居らを滞陣させて、さらにそこへ、勇将の威名とどろく井伊直政《いいなおまさ》に援兵五千をあたえて送りこんだ。

九月半ばには、その井伊に鳥居、平岩、大須賀《おおすが》康高の四将連名で佐久郡高野に「禁制」を掲げるなどして統治を固め、兵備もととのえて、真田への反撃の機会をうかがっていた。

一方、同じ九月、徳川との対立の原因となった上州の沼田城でも、熾烈《しれつ》な攻防戦がおこなわれた。

北条氏直にひきいられた大軍が、真田の重臣・矢沢頼綱の守る沼田城に押し寄せたのである。それ以前から、兆《きざ》しは見えていた。放っておいた間諜からも逐一、北条方の動きは伝えられている。

閏八月十三日の時点で、信幸は恩田《おんだ》や発知《ほっち》など、沼田在城の諸将にあてて、

「南衆（北条軍）がその表（沼田）へ動くのは必然である」

と書き、備えを堅固にせよ、と警告している。

ただし、その信幸も昌幸も、そのころはまだ、徳川軍と対陣していて、上田からの援兵は送れない。

城代の矢沢頼綱は旧知の直江兼続《かねつぐ》を介して、上杉景勝に援軍を要請。それに応えて、景勝はまず人質の信繁に随行していた頼綱の一子・三十郎頼幸を、越後新発田《しばた》から沼田へと帰した。

つづけて本格的な支援の兵を派遣して、合力させるとともに、矢沢らの士気を高らしめた。

沼田はもともと上田に増して天然の要害を擁した堅城だけに、彼らの守りは固く、北条氏直は、

「わが軍に利なし。この場はいったん退却じゃ」

と下知して、九月末には小田原へと帰陣した。

上田ではその間にも、徳川勢撤退後の城と惣構えの修復・再建にいそしみ、余念がなかった。

上田城の普請に関しても、上杉景勝やその直臣たる直江兼続は支援を惜しまなかった。

たえず酒や肴《さかな》などの差し入れをおこない、海津城代の須田満親《みつちか》をはじめ、上杉方の援軍である北信濃の将兵たちを神川合戦ののちまでも上田に残し、普請の手伝いをさせたのだ。

「景勝公も直江どのも、ようやって下さる」

と、ある日、修復の現場をともに歩いてまわりながら、昌幸が信幸の耳もとで言った。

「……したが、徳川も北条もまだ、あきらめたわけではあるまい」

「父上は上杉に頼るだけでは、心もとないとおっしゃるのですね」

父にならって、信幸も声をひそめた。

「そのとおりじゃ。ここは直々に、秀吉公と繋ぎをもつのがいちばんじゃろうて」

じっさい、徳川勢が上田攻略を決めて、家康が駿府に入城した天正十三（一五八五）年七月、京師《けいし》では秀吉が禁裏《きんり》におもむき、関白に任ぜられている。

いまや押しも押されもせぬ、本物の天下人となったのだ。

その関白・秀吉に対して昌幸が、臣従し、援助を得たいとの旨の親書を送ったのは、修復箇所もふくめて上田城が完全に竣工した、十月初めのことだった。

折りかえし、秀吉からの返書が届いた。

「委細《いさい》の段、聞き届け承知した」

昌幸の進退のことは良きにはからうので、

「心易く思うがよい」

と言ってきたのである。


昌幸がそうまでして秀吉に近づき、その庇護のもとにはいりたいと願ったのは、依然、沼田の城を狙いつづける北条のほか、より近場の信州佐久に長く陣を張り、

「長期戦の構え」

を見せている徳川勢を、何としても牽制したいがためであった。

それが同年十一月、急激な変化が起こった。

真田勢との合戦の当初から、陣頭に立っていた鳥井元忠麾下の将兵をはじめ、新たに投じられた井伊直政の一隊までが、撤退をはじめたのだ。

「いったい全体、何があったのじゃ?」

昌幸も信幸も面くらったが、やがて見えてきた。

臣従を求める昌幸の書状に対し、即刻、返書を寄こしたことでもわかるように、秀吉は調略の名人で、

「天性の人たらし」

といわれている。

どんな方法で、いかなる餌をあたえたのか。

そこまでは昌幸らの耳にもはいってはいない。が、秀吉は徳川家の古い重臣を籠絡したのだ。名を石川伯耆守数正《ほうきのかみかずまさ》という。

十一月半ば。さきに秀吉に下った松本城主・小笠原貞慶《さだよし》の人質を伴って、石川数正は家康の居城たる岡崎城を脱出。寝返って、秀吉のもとへ走ったのである。

その数正の口から、どのような徳川方の機密がもれるやもしれない。いや、おそらくは筒抜けになる。そうなれば、ふたたび双方は対立する危険性が生ずる。

事実として、数正を通じて、家康の秀吉に対する叛意《ほんい》が判明、

「明年一月十五日には家康成敗の兵を出す」

と、秀吉は昌幸に伝えてきている。信州と甲州のことは、小笠原や木曾などと諸事申しあわせて、

「落度なきよう才覚もっともに候」

との檄《げき》を飛ばしたのである。

いずれ、まさかの寵臣《ちょうしん》の裏切りに動揺した家康は、信州在陣の兵をすべて浜松に撤退させた。すでにして真田討伐どころではなくなってしまったのだ。

かくして、この年の徳川による上田城攻撃――神川合戦は、真田方の一方的な勝利のままに終わることとなった。

第四章　人たらし関白の策謀

一

天正十四（一五八六）年春。——

この年の始め、真田安房守《あわのかみ》昌幸は自領を治め、固めることに専念してすごした。

一月から三月のあいだに、彼は八件もの宛《あて》がい扶持《ぶち》をおこなったが、わけても幾度となく北条軍の猛攻をしのぎ、上州沼田の城を守り通した矢沢頼綱《よりつな》・頼幸の父子には、一千貫文——石高にすると、二千五百から三千石もの広大な土地をあてがっている。

中央の関白・秀吉並みの「大盤《おおばん》振舞い」であった。

その秀吉は昨年末、

「正月には、家康を攻める」

と言っていたが、年が明けるや一転、心変わりして徳川方との和解を模索。家康を籠絡《ろうらく》するために、あれこれと策をねりはじめた。

そしてついに、満天下をあっと言わせる手に出た。

異父妹の朝日姫を後添えとして、家康に娶《めと》らせたのだ。

後添えとはいっても、信長の命により瀬名《せな》こと築山殿《つきやまどの》を殺害せしめて以来、家康は正室をおいてはいない。

立場としては、わるいものではなかった。が、このとき朝日姫はすでに齢《よわい》四十四、佐治日向守《さじひゅうがのかみ》なる歴《れっき》とした夫がいて、子宝にもめぐまれ、平穏に暮らしていたのだ。

そういう朝日姫を、秀吉は無理やり婚家から引き離して、家康に嫁《とつ》がせようとしたのだった。

これが成れば、形としては、秀吉と家康は「義兄弟」となる。

常人の眼には非道とも映るこの奇策を、家康は受け入れた。受け入れなければ、

「こんどこそ、秀吉め、本気になって力攻めで来よう」

と読んだからである。

結果、五月半ばに朝日姫は家康の待つ浜松の城にはいり、つつがなく婚礼の式がおこなわれた。

ほどなく家康は、空き城になっていた岡崎を修復させて、そこに朝日姫を住まわせることにした。

同じころ、越後の上杉景勝が上洛し、秀吉の居城たる大坂を訪ねて、彼に謁見《えっけん》した。

あらかじめ、その事実を聞かされていた真田昌幸は、景勝の留守を狙って、二男の源次郎信繁をおのれのもとに取りかえした。上杉の本城・春日山から、供につけた郎党らといっしょに信繁

を領国・信濃の上田へとよびもどしたのだ。

それだけでは、事は終わらない。

信繁らの一行が上田の城に帰り着くや、旅装を解く間もおかせずに、

「よし。これより上方《かみがた》へ参るぞ」

信繁そして長男の信幸を伴い、昌幸自身が京へ向かった。

景勝が上洛した翌月の六月のことで、昌幸もまた二人の倅《せがれ》を連れて大坂城に登り、関白・秀吉に拝謁、正式に臣従《しんじゅう》を誓ったのである。

それに応えて、秀吉も小刀を下賜《かし》する。

秀吉は上機嫌であった。面長で、見るからに赤い額や頬に刻まれた、おびただしい小皺《こじわ》、落ちくぼんだまなこ……旧主・信長に「さる」とあだ名されたその顔に、満面の笑みをたたえている。

そうと見て、いまぞ頃合い、と思い、左隣の嫡男《ちゃくなん》・信幸一人をへだて、その向こうに座した信繁を眼で示して、

「わが二男、この源次郎信繁を、ぜひとも関白殿下のおそばにおいてやって下さりませ」

ふかぶかと頭《こうべ》を垂れた。それにならって、信幸も低頭し、慌てた素振りで当の信繁が頭を下げる。

その初心《うぶ》めいた仕種《しぐさ》が、かえって秀吉の気に入ったとみえ、うんうんと猿面がうなずいている。

「相わかった。以後、よしなに仕えよ」

「は、はぁ」

あらたまったように、三人そろってその場に平伏した。

秀吉の御前を退席すると、昌幸と信繁はそのまま、信繁が仕官した場合に世話になるであろう先々に挨拶してまわることになり、信幸は一人さきに下城した。

本丸から北へ、水堀にかけられた極楽橋《ごくらくばし》へと向かう。橋の手前、極楽御門のきわの馬溜《うまだ》まりに着き、待っていた小者から鞍《くら》や鞭《むち》を受けとり、装着する。

あぶみに足をかけ、いざ騎乗しようとしたときだった。

「信幸どの……真田信幸どのではござらぬか」

背後で声がして、ふりかえると、長身の信幸よりさらに拳一つぶんほども背の高い大男が立っている。

年齢は信幸とは二まわりもちがい、もう四十半ばに達しているはずだが、しゃきっとした姿勢をたもち、身につけたものの華やかさもあって、見ようによっては十年ほども若く見える。

「なんと前田の……利益《とします》どの」

そう。当代きってのしゃれ者、かぶき者で知られる前田慶次こと利益であった。

これより四年まえの天正十年六月。織田信長が横死《おうし》した「本能寺の変」に乗じて、北条勢が上州に侵攻。それを、吾妻《あがつま》や沼田などの真田領をも管掌する関東管領《かんれい》職の滝川一益《かずます》が迎え撃とうとしたが、敵《かな》わずに大敗し、本領の伊勢長島へと退散しようとした。

その滝川勢をひきいていた将の一人が前田利益で、父・昌幸の命により、信幸は百騎ほどの手《しゅ》兵《へい》を引き連れ、信州を出るまでのあいだ、利益らの一行を警固した。

それ以来の再会である。

かつてと同じように黒革の南蛮袴《なんばんばかま》をはき、大小の緋鯉《ひごい》をちらした図柄の派手な小袖《こそで》をまとっている。髷《まげ》は結ってはおらず、ちまたの浪人者のごとく、総髪のままだった。

もっとも、現在《いま》の前田利益の地位や立場は、一介の素浪人とほとんど変わらない。

その後、彼の実の叔父の滝川一益は「賤ヶ岳《しずがたけ》の戦い」で柴田勝家側について敗退し、ひとたびは丹羽《にわ》長秀を頼って越前に蟄居《ちっきょ》したが、秀吉によびもどされ、こんどは「小牧《こまき》・長久手《ながくて》の戦い」で徳川家康や織田信雄《のぶかつ》と対峙する。

これも結局は負け戦《いく》さに終わったが、その交渉術の才を活《い》かして秀吉と信雄方との和平をまとめ、以後は秀吉の東国外交を担うこととなる。

だが、この年すでに六十二歳、往年の勢いはなく、政事軍事の表舞台に立つことは、もはや皆無となっていた。

反対に、利益の義理の叔父である前田利家は、たいへんな出世をとげていた。

賤ヶ岳の戦いでは、それまでの柴田勝家の組下部将という建前上、勝家方につかざるを得なかった。が、もとが秀吉の盟友であり、その秀吉に「寝返り」を懇請されていた。

秀吉が勝家を追いつめた「北庄《きたのしょう》攻め」の折りには、故意に陣を引くことによって、秀吉方に勝利をもたらした。

ために、秀吉とはよりいっそう親密になり、信頼をおかれて、いまや一、二を争う股肱《ここう》の宿老《しゅくろう》となっている。

そんな利家が取り仕切る前田家と、零落《れいらく》した滝川家のあいだを、利益は往ったり来たりして、何とか喰いつないでいるらしい。

「今日も利家の叔父貴のところへ顔を出しましてな、二貫ばかりの小遣いをせしめての帰りでござるよ」

要するに、この大坂の城に御用所をもつ利家のもとへ押しかけ、「無心」をしてきたのである。

「二貫とはまた、豪勢な話でござりますな」

五石以上もの米が手にはいるということになる。

「なーに。叔父貴は御恩ある柴田さまに背《そむ》いて、小細工をろうし、秀吉公の第一等の家来となった……そこのあたりを、ちょいと皮肉って突《つつ》いてやれば良いだけのこと」

胸のまえで腕を組んで、利益は頰をゆるめた。

「利家どのは根が生真面目な性格であるだけに、かえって御《ぎょ》しやすい」

「そういうものでござるか」

「ふむ。律儀者、頑固者のほうが、ほんとうは操りやすいのよ。こちらの出任せにも、ころりと騙《だま》される」

告げると、例によって、利益は笑顔のままに、黒目をぐるんと回転させてみせる。

「今では、金子銀子《きんすぎんす》も腐るほど、もっておられることではあるしのう」

「……なるほど」

うなずいて、会釈をし、あらためて馬に乗ろうとすると、

「待たれよ、信幸どの」

またぞろ利益がよびとめた。

「いずこへ参られる？」

「……京師《けいし》へ」

「そうであろうと思うた」

今日は大坂まで出向いてきたが、昌幸と信幸・信繁父子の宿所は京の中心部にある。ここ大坂からは、北東方向へ十里（約四十キロ）あまり。騎馬ならば、小半刻（約一時間）もあれば着ける距離であった。

「じつは、わしも京に用事がある」

ご同道をゆるされたい、と利益は言った。

「さらに……」

もし暇がとれるならば、ともにお通どののお宅へ参らぬか、と誘った。

「お通どの……かの小野お通どののことでござるか」

亡き織田信長、そして秀吉と、二代にわたり天下人の庇護のもとにあったということもあろう。

このころすでに、小野お通の名は、世間にかなり知れわたっていた。

それほどの女人《にょにん》――年齢はたしか信幸より一つか二つ下、信繁と同じくらいで、まだ二十歳《はたち》前

後のはずだったが、学問や和歌、書画、舞や能、謡《うたい》などの芸事と、いずれにも抜きんでており、才女の名をほしいままにしている。とりわけて、書画の才は有名だった。

もちろん、茶の湯の道にも長《た》けている。

「その茶をいただこうというわけでござる」

「……お通どのの点《た》てられたお茶を？」

やや尖った顎《あご》をゆっくりとひき寄せてから、利益はまた少し笑った。

「まぁ、半ば強引に押しかけてゆくのでござるがな」

ただ、使者は立てた。とりあえず、承諾は得ているという。

「したが、それがしのような……」

田舎侍が、という言葉を信幸はあえて呑みこんだ。都会だの田舎だのを、はるかに超えたところに前田慶次利益の「かぶき」はある……。

「参りましょう、信幸どの」

「わかり申した。お供つかまつりまする」

否とはもう、口に出来なかった。

二

お通の屋敷は洛西の妙心寺の近くにあった。

柴門《しばもん》の手前の楡《にれ》の並木に二頭ならべて馬をつなぐと、門をくぐる。利益が一歩さきを進み、信幸はそれにつづいた。

置き石伝いに少し行くと、五間（約九メートル）四方ほどの小池がある。べつに凝った造りの池ではないが、松や楓《かえで》、樅《もみ》など、周囲に植えこまれた庭木の手入れは行き届いていた。

そのさきに、秋には赤紫の可憐な花をいっぱいに咲かせて、さぞや見事であろうと思われる萩《はぎ》垣《がき》――いや、竹で編んだ天井をもった萩の隧道《ずいどう》があって、それを抜けでたところに三、四棟、重なるようにして大小の家屋が建っている。

左手のいちばん小さな茅葺《かやぶ》きの庵《いおり》が茶室のようで、勝手を知る前田利益はさっさとそちらに向かっていこうとする。が、ふいに横合いから人影が現われて、

「……前田さま」

と、よびとめられた。

利益と同時に足をとめ、信幸も声のしたほうに眼をやった。

品のいい初老の女人が母屋《おもや》とおぼしき棟の玄関先に、二人の侍女をしたがえて立っている。六条河原の合戦で討ち死にした小野正秀の妻であり、信長からの援助があったとはいえ、女手一つで才媛・お通を育てあげた母親のお結《ゆう》であった。

「本日は、ようこそお出でなさいました」

「ご母堂《ぼどう》……今日はお一方《ひとかた》、客人をお連れ申した」

「それは、どうも。ごゆっくりなさっていって下さいまし」

もともと口数の多い人ではないらしく、信幸にも深く辞儀をして、それきり侍女らをうながし、屋内に去っていく。

娘のお通は一人、茶室に座して待っていた。

自身であらかじめ支度をしていたようで、茶碗はもちろん、棗《なつめ》や茶入れ、茶筅《ちゃせん》、茶杓《ちゃしゃく》、茶巾《ちゃきん》などの茶道具が揃えておかれ、土風炉《とふろ》の釜もすでに滾《たぎ》っている。

茶室にはまず利益がはいり、やや間をおいて、信幸が入室した。

お通は大きく一礼したが、すぐに顔を上げて、

「これは、これは……前田の慶次さま」

と、利益のよび名のほうを口にした。

「あいもかわらず、奇抜なご衣裳でござりますこと」

肩をすくめたが、その口ぶりに嫌みなものはまったくない。

じっさい、革の南蛮袴に緋鯉模様の小袖、さらにこれも南蛮渡来の赤く染めた乗馬用の陣羽《じんば》織《おり》……「傾奇《かぶき》」そのものの服装だが、長身で、顔つきも異人並みに彫りが深く端整な利益には、どれもこれもよく似合った。

常人にくらべれば上背があり、目鼻立ちも相応にととのっているのに、羽織も袴も地味な海老《えび》茶《ちゃ》いろでまとめた信幸などは、何がなし、気後《きおく》れすらも覚えてしまう。

だがしかし、お通は、そういったことには無頓着、というより一切、偏見をもたぬ性分らしい。

透けるように色が白く、眼や鼻すじはくっきりとしているが、細おもてで小づくり。からだの

線もほそく、うっかり触れれば手折《たお》れてしまいそうだった。

ちょっとした立居振る舞いにも、いかにも名家の出にふさわしい雅《みやび》さが漂っている。何事にも動じぬような気丈な面とはうらはらに、瑞々《みずみず》しくたおやかな雰囲気もそなわっているのだ。

麗人とよぶに、

「この方ほど、ふさわしい女人はない」

と、信幸は思った。

そうして、まじまじとお通を見つめる年少の友を、苦笑の面持ちで差し示して、

「お通どの。こちらは、はるばる信州上田より参られた真田源三郎信幸どのにござる」

利益が紹介する。ほう、とお通が眼を丸めた。

「真田さまでございましたか」

意外や、お通はその名を知っていた。あるいは過日、ここにいる利益が、諸国を巡り歩いて見聞きしたことの一つとして、語ってきかせたものなのか。

「上田のお城では、かの強者《つわもの》ぞろいの徳川さまのご家来衆をお相手に、一歩もゆずらず……それどころか、きりきり舞にさせましたそうな」

わけても真田の家中では「若殿」とよばれる嫡男が、

「たいそうなお働きをされたとか」

と言われたときには、おもわず信幸、頬が熱くなった。

「その大働きをした真田の跡取り息子が、この男よ」

「まぁ」

つぶやいて、お通は微笑を浮かべている。顔を紅く染めるはおろか、それこそ信幸は、どこぞに穴でもあったならば、飛びこんで隠れてしまいたくなった。

「そろそろ、はじめましょうか」

茶の湯のことである。

風炉釜をはさんで右手にお通、左手に利益と信幸がならんで座した。

作法どおり、まずはその場の道具を「拝見」する。わけても唐物とおぼしき漆黒《しっこく》の茶入れが見事で、客人二人はためつすがめつ眺め入った。

それがすむと、お通はおもむろに柄杓《ひしゃく》を取り、釜から湯を掬《すく》って茶碗に注いだ。ゆっくりと茶碗をまわして温めてから、建水に湯をこぼす。碗が冷めぬ間に、素早く茶巾で拭っておく。ついで茶杓と茶器を手にし、二掬い半の茶を茶碗に入れる。ふたたび柄杓を取ると、釜からあらためて湯を掬い、茶碗に注ぐ。茶筅を摘んで、細かな泡が立つまで攪拌する。

みずから納得がいったのだろう、ふっと表情を和らげて、お通は客たる信幸の正面に向け、炉畳の中心に茶碗をおいた。

いかにも手慣れた所作で、まるで白魚が自由闊達《かったつ》に宙を泳ぐようである。

このお通の名を突然、いっきに高らしめたのは、わずか十六歳のときに書写した『金葉和歌集』であった。齢十のころから、書画にも精通した歌人の九条稙通《たねみち》に師事し、恩人たる信長の没後まもなく、その死を悼《いた》むようにして書きはじめたのが『金葉和歌集』だという。

達人とよばれるには、早すぎたかもしれない。十六の娘といえばしかし、だれかに嫁いでいてもおかしくはない年ごろ。むしろ遅いくらいで、十七、八歳ともなれば、晩婚のほうである。

その十七歳の秋になって、ようやくお通は一人の男に嫁いだ。

後妻である。夫の塩川志摩守《しまのかみ》とは十五ほども年齢《とし》が離れ、しかも亡くなった前妻の子が何人もいた。

塩川は初め、信長の軍門に下った三好一族の一人、三好康長《やすなが》に仕えたが、秀吉の甥の秀次《ひでつぐ》がその康長の養子になったとき、秀次にしたがうこととなった。

秀吉が破竹の勢いで天下に王手をかけるようになると、秀次は重用され、それに近侍していた塩川志摩守の羽振《はぶ》りもよくなり、お通に対する彼の扱いもわるくはなかった。

それが一変したのは、秀次が徳川勢を相手の小牧・長久手の戦いで失態を演じてからのことである。

秀次は岳父の池田恒興《つねおき》や、義兄の森長可《ながよし》らとともに三河に攻めこもうとして、敵の奇襲を受け、大敗したのだ。恒興や長可は戦死したのに、おめおめと逃げ帰った秀次を見て、

「一門の恥じゃ。手討ちにしてやるっ」

と、秀吉が怒り狂ったほどで、その後しばらく秀次の暮らしぶりは荒れた。そしてそれは彼の家来たちにも波及し、塩川も憂《う》さをためこむようになった。

妻のお通のほうはといえば、さきの『金葉和歌集』の書写を皮切りに諸方から墨書を所望され、

歌会や茶会でも多くの賞讃を博するなど、その名声は文字どおりのうなぎ上り。塩川は、その才を妬《ねた》んで、

「酒に酔うては、お通どのに対し、頰を張るなぞの狼藉《ろうぜき》をはたらくようになったのよ」

と、これは信幸、のちに前田利益から聞いた。

いずれ、そのときを汐《しお》に、お通は塩川志摩守と別れた。

これよりちょうど二年まえのことである。

お通が才媛とよばれるにふさわしく、何事にも動じぬようになり、かつ以前の雅さや瑞々しさを取りもどしたのは、それからのことであったやもしれない。


そのお通の点てた茶を、信幸は美味《おい》しく飲んだ。三口半で飲みきって、さきに右に二度まわした茶碗を元にもどす。最後にまた碗を拝見して、こんどは左に二度まわし、畳の外においた。

お通は双眸《そうぼう》に優しく穏やかな笑みを浮かべて、黙って眺めている。

「見事なお点前《てまえ》でござった」

喫し終えて、信幸は頭を下げた。

「それがしのごとき山家《やまが》育ちの荒くれ者にも、なにがしか感じられるものがござり申した」

「何をおっしゃいますか。真田さまの所作のほうが、ずっと優れておりまする」

じつのところ、茶の湯の道には信幸、ひそかに自信があった。京の公家《くげ》・菊亭家出身の母親、山之手殿より、じかに薫陶《くんとう》を受けていたからである。

そこまでは知らずにいたお通であったが、信幸がただの地方の土豪上がりの武将ではないことを、すでにして見抜いていたのだった。

そんな二人のやりとりを、こころもち愉しげに、しかし半ば呆れた表情で、利益が見守っている。

そちらにちらと眼を走らせてから、信幸はお通の顔を正視して、

「あつかましいお願いですが、いつかまた、馳走《ちそう》にあずかりに参ってもよろしいでしょうか」

「はい。かようにむさ苦しい庵ではござりますが、それでも構わぬとあらば……」

「有り難き仕合わせにござる」

「それにわたくし、たまさか大坂の城にも登ることがござりますゆえ、そちらでもお会い出来るやもしれませぬ」

お通の大坂への登城は、ほかでもない、秀吉みずからが求めたこと——他のさまざまな物事と同様、この点でも秀吉は旧主・信長のあとをつぐかのごとく、書画や茶の湯、芸道を重んじ、名だたる女流の小野お通をも大切にもてなそうとした。

親類縁者、股肱の臣の妻娘らの書や歌の師として、城にまねくようになったのである。

「それでは、近々、愚弟ともお顔をあわせることになりましょう」

信幸は、弟の信繁が秀吉のもとに出仕することになったと伝えた。そして彼がつとめる大坂か、あるいはここ京の都でのまたの出逢いを約して、前田慶次利益ともども、お通宅をあとにした。

三

秀吉は、よほどに信繁のことが気に入ったのであろう。目通りして数日後には、登城して自分のそば近くに侍《はべ》ることをゆるし、まるで側近の小姓衆並みにあつかうこととなった。

ただし、かたや越後の春日山城、一方は天下に号令する関白・秀吉の大坂城と、規模こそは大きくちがうけれども、「人質」であることに変わりはない。

信繁一人を本丸御殿に残して、下城すべく、馬をつないである極楽御門口へと向かいながら、昌幸は、

「源次郎も辛かろうがな。戦国の習いじゃ、仕方がなかろう」

隣を歩む信幸に言う。

黙って、うなずきかえしながら、信幸は内心、まるで逆のことを考えていた。

京の都の優雅さ。茶の湯や歌会、書画に管楽、能、舞、謡などの芸事……日々が楽しく、浮き立つことに埋めつくされているようにしか思われない。

何が、辛いはずのあるものか。

商いの都・大坂の賑わいようにも、信幸は心惹かれた。

何よりも、未練が残るのは、才媛にして麗人たる小野お通の存在である。

この何日かのあいだに、信幸は二度、お通と逢った。一度は一人で洛西のお通宅を訪ねた。ま

たぞろ茶を馳走になり、さらには彼女の筆写した書を見せてもらった。

「お通どののご風貌に似つかわしい優雅な書体でござる」

と、世辞《せじ》抜きで信幸は思い、その思ったままを当人に伝えた。

あとの一度は、たまたま大坂の城で行き逢った。お通が登城して、秀吉の縁戚や重臣らの子女に諸々の作法を指南しているというのは、本当のことだったのだ。信繁もいっしょだったが、彼は信幸ほどには関心をもたずに、

「なるほど、天下に比類なき才女とは、あの方でござるか」

淡々とした口ぶりで言った。

それはともかくも、そういうお通のいる上方に、信繁は常住していられるのだ。信幸としては、憐れに思うどころか、羨《うらや》ましくて仕方がなかったのである。

真田家の跡つぎとして、おのれは本拠の信州上田や上州沼田に帰り、あちらに留まっておらねばならない。が、信繁を人質にまでして秀吉に忠誠を誓ったのだ。いずれはまた、父とともに京・大坂に来ることもあるであろう。

その日そのときを鶴首《かくしゅ》して待つことしか、今の信幸には叶わなかった。


六月の末、父・昌幸とともに信幸は、一族郎党の待つ信州の上田へともどった。

真田方の人質として信繁を大坂に残してきたものの、秀吉の方針は定まらない。彼の右顧左眄《うこさべん》は、なおもつづいた。

関白・秀吉を迷わせているのは、「東国の雄」たる徳川家康である。

今年になって秀吉は、家康に対して強攻策から懐柔策に変えたが、異父妹の朝日姫を嫁がせて義兄弟となった今も、容易に家康は恭順《きょうじゅん》の意を示そうとはしない。

それどころか、真田昌幸と信幸が帰城してまもない七月半ば、家康は秀吉を挑発するかのような行為に出た。

わざわざ上洛して秀吉への臣従を誓った真田父子の居城たる上田を、再度攻撃せんとして、駿府城を進発、甲州へと向かったのである。

秀吉はいったんは引き止めにかかったが、八月には家康に同意して、

「真田を成敗すべし」

と言いだした。そしてじっさい、側近の奉行の石田三成と増田《ました》長盛に申しつけて、二人の連名により、

「真田は表裏比興《ひょうりひきょう》の者に候間《そうろうあいだ》、成敗を加えられるべき旨……」

としたためた書状を上杉景勝にあてて、送りつける始末であった。

これまでの北条勢との戦いなどでは、景勝は真田に援兵を送ってきたが、今後は援護無用に願いたい、というわけである。

ところが九月の末には、ふたたび中止を決定。家康にも、止めるよう要請し、

「まずもって取りやめとする」

と、これも書状をもって、景勝に知らせている。

落ち着かないし、苛立《いらだ》たしいのは、真田の主従である。

上杉方からの諜報を得て、

「何が何やら事情《わけ》がわからぬ」

と、真相を掴みに上田へ来た沼田の城将・矢沢頼綱が、昌幸や信幸、他の重臣たちとの評定《ひょうじょう》ののち、

「お立場上、わが殿としては、関白さまを悪《あ》しく申されることはなりませぬでしょうがな」

信幸に耳打ちしてきた。

「表裏比興の者なぞというお言葉、関白さまにお返ししたいようなものではござらぬか」

「しかり。表裏……比興であるとはな」

表裏は、うらおもてのあることだが、比興は「卑怯」とはちがう。ある物事をべつの物事と比べて、面白がることで、もとはといえば、良い意味の言葉だ。それがいつしか「非興」と混同され、不都合なことや理不尽なことを指すようになった。

とくに「比興者」というと、不都合な者、心がいやしく汚い者の意に使われることが多い。

秀吉が言ったのは後者、悪口のほうだろうが、たしかに真田昌幸は短期間のあいだに武田から織田、北条、徳川、上杉、そして羽柴秀吉と、つぎつぎと身の寄せどころを変えてきた。

「したが、この乱世、そうでもしなければ、とても凌《しの》ぎきれませぬわい」

「ふむ。わけても、われらのごとき小兵《こひょう》にとってはな」

信幸は土豪上がりの小勢力である真田方を、「小兵」にたとえたのである。それを受けて、矢沢

は言う。

「大兵も大兵……関白さまともあろうお方が、表と裏、今日と明日で考えを変える。まことにもって、卑怯千万ではございませぬか」

「頼綱どのの申すとおりじゃがな。秀吉さまは大大兵じゃが、徳川もなお大兵なら、北条も大兵じゃ……四方を丸く治めようとするために、腐心《ふしん》しておられる。あれで関白殿下も、たいへんなのよ」

おそらくはな、と口にして、信幸は小さく肩をすくめてみせた。


信幸が矢沢頼綱に言ったとおり、秀吉は満天下をおのれのものにすべく、あれこれと工夫算段していた。まさに、腐心していたのだ。

公家同士の姑息《こそく》な官位争いに割りこんで「関白」なる権威は手にしたものの、いまだ実質、武家社会を掌握しきれてはいない。

本当に天下をわがものとするためには、徳川家康の自分への服従が必須の条件なのであった。

それがゆえにこそ、夫や子どもらと別れさせてまでして、朝日姫を家康に娶らせたというのに、いまだ家康は思いどおりにならない。

そこで秀吉は、さらなる奇策をこうじた。

なんと同じ天正十四年の十月、「大政所《おおまんどころ》」とよばれた実母を、

「朝日姫を見舞う」

との名目のもと、岡崎へと送りこんだのだ。

むろん、ていのいい人質だが、慌てたのは、家康のほうである。そこまでされたのでは、上洛し、秀吉に会うほかない。

いまや、日の本のおおかたの衆は「関白さまの大博奕《おおばくち》」を見守っていようし、喝采《かっさい》を送る者すらある。へたに逆らえば逆賊扱いで、戦っても、はなから結果は見えていた。

十月二十七日、家康は西上し、大坂城にて秀吉に謁見、臣下の礼をとった。

「義弟どの、かたじけのうござる」

人払いをして二人きりになると、かの名だたる人たらし関白は、眼に涙をため、洟《はな》をすりながら、家康のもとへにじり寄り、その手を固く握りしめた。

「関東と甲信のこと、そこもとにすべて託すゆえ、よしなに頼むでや」

この申し入れを実行に移すべく、翌十一月、秀吉は真田昌幸、小笠原貞慶、木曾義昌ら信州の諸将を、残らず家康の幕下に入れた。

秀吉傘下の一大名という地位は保全されている。とはいえ、徳川の配下に組み入れられたことで、政事軍事などに関しては、つねに家康の指示をあおがなければならない。

早い話が、秀吉という主人の下に、家康なるうるさ型の大番頭《おおばんとう》がいるようなものである。昌幸からすれば、厄介なこと、このうえない。

この年の師走、秀吉は太政《だじょう》大臣に任ぜられ、豊臣姓をあたえられた。

明けて天正十五年の三月半ば、その関白太政大臣・豊臣秀吉の命により、真田昌幸は入洛の途上、小笠原貞慶とともに駿府城に出仕。徳川家康に目通りすることとなった。

信幸も昌幸にしたがって家康の御前に上がり、順が来るのを待って、

「安房守が一子、源三郎信幸にござりまする」

恭《うやうや》しく挨拶した。

上段の間に座した家康、このころはすでに肉《しし》おきが良くなり、顎《あご》なども二重三重になりかけていたが、その顎を大きくひき寄せて、

「先年の上田での戦さでは、当方の者ども、ずいぶんと煮え湯を呑まされたというが、信幸とやら、そこもとが先鋒として、だいぶ掻きまわしてくれたようじゃのう」

「は、はぁ……恐れ入りまする」

上田城の攻防戦があったのは、つい二年まえのこと。もはやすんだこととはいえ、敵方の総大将であった家康に面と向かって、そう言われては、ひたすら平伏するほかない。

いくつかの嘆息や唸り声、喝采の声もまた聞こえた。

その座には何人かの重臣が列していたが、なかでとくに酒井忠次《ただつぐ》、榊原《さかきばら》康政とならび「徳川四天王」と称される本多忠勝、井伊直政の二人が、家康のゆるしを得て進みでた。そして、あるじの言葉を受ける格好で、信幸に向かい、話しかけた。

「たいそうな戦さ上手であると、もっぱらの噂でござるぞ」

と、強い眼光ながら人なつこげな笑みを浮かべて言うのは、安祥《あんじょう》譜代で最古参の本多忠勝だ。

当年とって三十九歳。男盛り、はたらき盛りといえる。幼少時から家康のそば近く仕え、初陣

は十三歳。姉川合戦や長篠の戦い、小牧・長久手でも活躍したが、徳川軍が劣勢に立った三方《み かた》ヶ原《が はら》や二俣《ふたまた》城の戦いですらも、ひるむことなく武勲を立てた。

そういう猛将に褒《ほ》められて、嬉しくないはずがない。信幸は頰を紅らめ、いよいよもって恐縮するばかりだったが、さきの「神川の戦い」で十四、五歳の徳川の兵を逃してやったことを取り上げて、

「おのれより年若き兵の危うきところを助け、生命《いのち》を惜しめ、と言うてくれやったとか……かの殺伐とした陣中で、ようもまぁ、それだけの余裕がござったな」

と、こちらはさきの戦いで、後詰めとして待機していた井伊直政である。

直政は齢まだ二十六、信幸より四つ、五つ年長なだけで、忠勝などに比べるとずっと若い。それに譜代としては比較的新参ながら、武田の遺臣を多く託されて「赤備え」を継承、常勝の雄として、英名は天下にとどろいている。その直政がつづけた。

「ただ強いだけの将はいくらもござる。じゃが、血で血を洗う戦《いく》さ場《ば》で、敵兵に情けをかけてやれるほどの深い懐《ふところ》ろをもった者は希有《け う》じゃ」

「それは、まことに器《うつわ》が大きい」

と、忠勝が応える。

「……失礼ながら、お父上の安房どのよりも一枚、上手《うわ て》かも知れませぬなぁ」

近くで小笠原貞慶が屈託なく笑っているのが見えた。父の昌幸も笑ってはいるが、こころなしか、頰がひきつっている。

上座の家康はといえば、いかにも上機嫌で、満足しきった顔をしていた。

四

異父妹につづき、実母の大政所まで送りこまれて、ついに徳川家康は関白・秀吉の軍門に下ったが、いまだ秀吉からの再三の上洛命令にしたがわずにいる一族がいた。

小田原の北条氏である。

すでに氏政は隠居していて、家督は氏直にゆずられていたが、その現当主・氏直は家康の娘の督姫《とくひめ》を娶っている。すなわち、家康の娘婿なのだ。

そこで家康が周旋《しゅうせん》の労をとって、北条方を説得しようとしたが、北条父子のほうでは容易に重い腰をあげようとはしない。

天正十六(一五八八)年の夏になって、強く催促したところ、ようやくにして秋口、氏政の弟で、氏直には叔父にあたる氏規《うじのり》が、家康の家来の榊原康政らに先導させて上洛することとなった。

氏規は秀吉との謁見の席で、

「あれこれと執務に追われておる氏直はともかく、兄・氏政はこの師走には上洛し、関白どのにご挨拶すると申しておりました」

そうは言ったが、そのための条件をもちだした。

「はや六、七年もまえ、天正十年に徳川どのとかわした約定《やくじょう》、それが守られておりませぬ」

その約定とは、沼田の城と領地を北条方にゆだねる、ということである。じっさい、沼田をはじめ、吾妻も箕輪《みのわ》も、上州のことは一向に片付いてはいなかった。

もっとも、それはあくまでも北条側にとっての話。真田方にとっては、とっくにけりが付いている。

北条勢が最後に沼田城を攻撃したのは、天正十四年の初夏のこと。そのときも大軍をもって繰りだしてきたが、おりからの豪雨と矢沢頼綱ら城兵の強い抵抗にはばまれて、落城させるどころか、大敗して逃げ帰っている。

その後、沼田城の城代は以前と同様、頼綱がつとめ、沼田領をはじめ、上州における真田の領地の差配は、ほかでもない信幸に託されてきていた。

だが、北条方はそれで、あきらめたというのではない。

これまでも直接的間接的に、秀吉周辺に向けて訴える作戦に出ていたのだ。

秀吉からすれば、何をか言わんや、である。

北条さえ下してしまえば、あとはほとんど大きな抵抗勢力はない。天下取りの悲願が達成出来るのだ。

「たかが沼田の小城や、領地のごとき……」

どうでも良いではないか、と思っている。

また天正十年といえば、信長が討たれた本能寺の変が起こり、その「弔い合戦」たる山崎の戦いで秀吉勢が明智勢に打ち勝ち、彼の天下取りの布石《ふせき》となった清洲会議があった年である。

「慌ただしい年であった……それに古いといえば、あまりに古い。さような昔に取りかわした約束事なぞ、あてにはならぬ」

まさしく、反故《ほご》。その反故をつぎはぎして、北条は上洛のための条件にしようとしているのだ。

むろん、真田安房守昌幸としては、そのような要求など、みとめられるはずもない。

秀吉は何度か、打診はしてきていた。が、当然というべきだろう、昌幸は苦い顔をし、拒否しつづけた。

このたび、氏規は、

「わが甥・氏直に沼田を渡すべし。されば氏政は上洛いたしましょうぞ」

さらには氏直もまた上洛して、秀吉に謁見しようではないか、と言ってきたのだが、それに対して秀吉は、

「だいぶ古い、昔のことじゃ。とくと調べねばなるまい……しばし待たれよ」

そう応えることしか出来なかった。


結局、その折りにも「沼田領の帰属問題」はうやむやとなり、秀吉は何の沙汰《さた》も出さず、師走になっても氏政・氏直父子は上洛する気配すらみせずに終わった。

明けて天正十七年二月、信幸は単独で駿府城に出仕して、家康の直臣となった。

このときも本多忠勝や井伊直政、さらには榊原康政や酒井忠次、大久保忠世《ただよ》までがくわわって、信幸の若武者ぶりを褒めたたえた。笑顔でそれを聞いていた家康も、

「のう、信幸、そこもとは信濃の獅子《しし》とよばれておるそうではないか」

言葉をかけた。

「一国の獅子とはな、余《よ》も良い家来をもつこととなった……誇りに思うぞよ」

「いえいえ、勿体《もったい》のうございまする」

あらためて、その場にひれ伏しながら、信幸はこのたびの出立にあたって、大叔父でもある真田の重臣・矢沢頼綱とかわしたやりとりを思いだしていた。

「われら真田勢は手ごわく、厄介至極《しごく》にござるゆえ、家康さまも敵にまわしたくはないと願《ねご》うておられる……そのためには、若殿を直接、配下におかれるのがいちばん」

「わしはただの人質である、と?」

信幸がむっとした顔をして、睨《にら》んでみせると、

「そうは申してはおりませぬ」

即座に首を横に振って、

「若殿はいずれはわれらの頭領、お屋形となられるお方……その方を直臣にしておけば、おのずとわれらも徳川についてゆく」

そこまで読んでいるのだ、と頼綱は指摘したが、今の家康がおためごかしを言っているとは思われない。

井伊や榊原、かつては対峙《たいじ》した相手である大久保などとも、上手くやっていけそうだ。とりわけて本多忠勝とは、肌があう……そう思っていたら、家康の御前を退出ぎわになって、

「どうじゃ、信幸どの、これからわしが館に来ぬか」

当の忠勝が誘いかけてきた。

「良い酒《ささ》がござる……おぬしも行けぬほうではあるまい」

にやりと笑う忠勝に、信幸もおもわず頬をゆるめていた。


本多忠勝邸は駿府の城下、主だった譜代の臣たちの家屋敷が建ちならぶ界隈の一角にあった。宏壮ではあるが、冠木《かぶき》の門も庭の造りも、そして玄関も、かくべつ何の意匠《いしょう》もない。ただ塵《ちり》一つないほどに、きちんと掃《は》き清められていた。

豪快にして朴訥《ぼくとつ》、として知られる忠勝にふさわしい住居といえる。

奥の書院に通されて、

「まぁ、信幸どの、ゆるりとなされよ。いくらでも酒はござるが、まずは番茶でもすすりましょうぞ」

向きあって座すほどに、わきの廊下を歩いてくる人の足音が聞こえ、襖《ふすま》の外で止まると、

「はいって、よろしいでしょうか」

若い女人の声がした。奥向きの女中が茶を運んできたのだろう。

「……ふむ」

忠勝が答えるのとほぼ同時に、外から襖があけられ、まだ十六、七とおぼしき女子《おなご》が姿をみせた。

敷居のあちらに座したまま、三ツ指をついて一礼すると、かたわらにおいた盆を手にして、部屋にはいる。いま一度、腰をおろすと、盆をおき、またぞろこんどは信幸に向かって、ふかぶかと頭を下げた。

この家のお女中なぞではない。ご息女か、姪御《めいご》どの……そうと信幸が察した瞬間、

「娘の小松でござる」

忠勝が告げた。

その小松姫がゆっくりと顔をあげる。いくらか鰓《えら》が張っているが、気になるほどではなく、楚々《そそ》とした美人である。が、父親ゆずりなのか、少々目尻が切れあがっていて、芯がきつそうだった。

「真田源三郎……信幸と申しまする」

いささか上ずった声音で挨拶すると、

「存じ上げております」

目顔で応え、小松は盆の上の湯呑み茶碗に手を伸ばした。たかが湯呑みにすぎないが、高麗《こうらい》のようで、変哲もないが味わいぶかい。それを取りあげて、小松は信幸のまえにおこうとする。

ふいと信幸は、京の小野お通のことを思いうかべた。

おそらく、この小松姫も茶の湯の道に通じている。湯呑みをあつかう仕種を見ていて、信幸はそれを感じた。が、彼女には、お通のような才といおうか、知性や教養、風雅さはさすがにない。

共通しているのは、心の内奥に秘めた強気……勝ち気と言ってもいいだろう。二人がともに、そのしたたかさを表には出さず、隠しもっていると見えるのが、信幸にはおかしかった。

もしやして、頰を崩しかけていたのでもあったのか。

「……何か？」

小松姫が信幸のほうにちょっと、するどい眼を向けた。

「い、いえ、べつに……」

いかにも勘が良さそうでもある。あるいは信幸が自分を見て、他の女性《にょしょう》のことを思い、比べていることを見抜いてしまったのかもしれなかった。

それにしても、はて、と信幸は内心で首をかしげた。

徳川麾下《きか》の名門・本多家のご息女が、突然の訪問客たるおのれのもとへ、お女中のごとくに茶を運んできてくれようとは……面妖《めんよう》といえば、面妖にすぎはしまいか。

五

それからほぼ五ヵ月後の七月十日、関白太政大臣・豊臣秀吉の名のもとに、

「関東八州に出羽《でわ》、陸奥《むつ》の境目確定のための上使を派遣する。ついては、小県《ちいさがた》から沼田までの先導と饗応の役をつとめよ」

との書状が信幸のもとへ届いた。

小県は信州における真田の故地であり、沼田は差配を信幸にゆだねられた上州における真田の領地である。

彼に、その間の道案内をせよ、というものであった。それぱかりでは、もちろんすまない。それ相応の伝馬や、人足の供出までも求められた。

「もしや、これはいよいよ本格的に取りしらべか」

「いや、もう関白さまのお腹は固まっている」

真田の家臣たちはあれこれと憶測して、口々に言いあったが、上使による調査は実行に移され、通達からわずか十日をへた同月二十一日、沼田の帰属について、関白・秀吉の裁定が下された。

それは、

「沼田城ならびに昌幸の上州での領地の三分の二を、北条氏にあたえる」

というものであったが、但し書きが付いている。

「残りの三分の一と、沼田より二里半(約十キロ)西北の名胡桃《なぐるみ》城のみは真田家墳墓《ふんぼ》の地につき、真田氏のものとする」

名胡桃は利根川をはさんで、沼田と対置している。

そこに祖先の墓があるので、真田領としてそのまま残す。ほかに周辺の土地——三国《みくに》峠の押さえとなる猿ヶ京《さるがきょう》城なども、真田領となる。

さらに、である。

「今や、信幸ばかりか、父の昌幸も家康の組下にある」

ということで、従来の徳川領から沼田の代替地として、信州伊那郡《いなごおり》が充てられることとなった。

上州ではこれまでどおり、吾妻や利根なども昌幸側に残されることとなり、昌幸はとりあえず納得して、元からの城将・鈴木主水《もんど》を名胡桃城に、矢沢頼綱を岩櫃《いわびつ》城において、吾妻郡一帯を治めさせた。

二十四歳、もうすっかり城主ぶりが板についた信幸には、それら全体、つまりは上野における真田の領地のすべてを管掌させた。

相応の重責を担うことになったわけで、上州在陣の家臣に対しては、旧領安堵や新知の宛《あて》がいなども、父・昌幸に代わって、信幸がとりおこなうこととなった。

「齢二十四か……良い頃合いじゃ。信幸、そのほう、そろそろ嫁をとれ」

と、家康が言ってきたのは、ちょうどこのころである。

「余の養女を嫁にとらせる。どうじゃ、不足か」

「いいえ、とんでもございませぬ」

養女とはいえ、ひとたび徳川家へはいったとなれば、家康の娘の一人。直臣となった信幸に、主君の娘との祝言《しゅうげん》を拒否するなどは、よほどのことがない限り、出来ない。

とんとん拍子に話が進み、いざ駿府の御殿内での婚礼の儀式という日になって、初めて信幸は自分の花嫁と顔をあわせた。

相手は白無垢《しろむく》姿のまま、ずっと下を向いていて、容易に頭を上げないでいたが、三三九度の盃をかわすときに、ようやっと信幸に顔を見せた。

「こ……小松どの」

驚いた。半年ほどまえ、本多忠勝の屋敷によばれて行ったとき、女中代わりにお茶を運んできた忠勝の娘ではないか。

「信幸さま、お久しゅうござりまする」

なんと、小松姫のほうはすべてを知っていたのか、まるで動じる様子はない。それどころか、周囲の皆にわからぬように、ほくそ笑んでいる。

初対面の折りに感じたとおり、勝ち気な女子だ、と信幸は思った。が、じつのところ、この婚礼には、さまざまな経緯がからんでいた。

最初に話が出たのは、信幸が本多忠勝邸をおとずれた直前のことで、一人娘の小松に父親がそれを明かすと、彼女は一度逢ってみたい、と言いだした。

書院に番茶を運ぶことで、それが成ったわけだが、忠勝からの使者が伝えた婚礼の申し出を、真田昌幸は拒んだ。はっきりとは告げなかったものの、

「たとえ本多どのは、家康さまのいちばんの寵臣とはいえ、陪臣《ばいしん》の娘御では……」

と、躊躇《ちゅうちょ》したものらしい。

それを知った忠勝も、家康も困惑し、怒りはしたが、ひとたび二人して決めたことではあり、小松姫もその気になっている。

それより何より、矢沢頼綱が読んでいたことが半ば以上、当たっていた。徳川勢としては、真田を敵にまわしたくない。そのためには跡取りを自分たちの側に取りこんでしまうのが最善、と考えていたのだ。そこで、

「よし。忠勝、そなたの愛娘《まなむすめ》をわしが貰おう、わしの養女にするのよ」

家康が一計を案じた。自分の養女にして、そのうえで昌幸の嫡男・信幸に娶せようというのである。

これには、昌幸も乗った。いや、彼もまた、徳川の組下の将の一人として、乗らざるを得なかったのだ。

あとになって信幸は、ほかならぬ小松の口から、洗いざらい聞かされたが、知らぬは信幸ばかりだったのである。


おのれの婚礼だというのに、信幸がそうまで関心をもたなかった。というより、もてないままでいたのには、まったく別の事情もあった。

彼に差配を託されていた上州の真田領、その雲行きが怪しくなっていたのである。

関白・秀吉による上州分割の裁定が下されてから、北条氏直はついに実父で前当主の氏政を上洛させたが、みずからは小田原を動こうとしないでいた。

秀吉としては面子《めんつ》をつぶされたようで、はなはだ面白くない。

そこへ来て十一月の三日、北条勢が突然に名胡桃城を襲い、強奪するという事件が起こった。

急襲したのは、北条家の家臣で沼田城代の猪俣《いのまた》能《の》登守《とのかみ》矩直《のりなお》。果敢に迎撃したものの、名胡桃の守将・鈴木主水が討ち死にし、真田勢は城を追われた。

報を受けて、昌幸は、

「鈴木主水ほどの剛の者が、そう易々と討たれるはずもない。さては、何かあったな」

と疑ったが、しらべてみると、はたして猪俣は主水の家来の中山九兵衛尉《きゆうべえのじよう》を調略。主水に酒を飲ませ、油断しているところを、いっきに衝《つ》いたのだという。

「さような謀事《はかりごと》があったとは……これは猪俣が独断でなしたことではあるまい」

北条も知っていたにちがいない、と昌幸は判断した。

沼田城は鉢形《はちがた》城主・北条氏邦《うじくに》の管轄下におかれている。氏邦は氏直の叔父で、つねに連絡をとりあうことの出来る状態にある。

「小田原の仕業《しわざ》じゃな」

と、大坂城でも、豊臣秀吉が御前に石田三成らの奉行衆をあつめて、そう言いきっていた。

「猪俣には知恵分別なし、名胡桃城のこと一切存ぜず候……と、北条方よりの返書には、こうありまするが」

「愚かなことを……だれが、さような子どもの寝言のごとき言いぐさを信じようか」

「まさに寝言、戯言《ざれごと》のたぐい」

「……いずれ、こたびの猪俣の軍《いくさ》ばたらきは道理にあわぬ。氏直が猪俣を成敗出来ぬなら、わしとても容赦はせぬぞ」

三成が相づちを打って、

「そうでなくとも、氏直どの本人が上洛せず、隠居した氏政どのを送りこんでき申した……恐れ多くも、関白殿下を軽んじておる節がみられまする」

「良かろう。討つ。わしみずからが出馬して、北条を討つ。軍旗をひるがえして小田原に攻めこみ、氏直の素っ首を刎《は》ねてくれよう。氏直め、首を洗って待っておれ」

即刻、豊臣方の主力を小田原に向かわせるが、事の起きた上州も放ってはおけぬ。

「いいな、三成。真田に人数が必要とあらば、小笠原や川中島の諸将に申しつけて、援兵を差し向けさせよ」

告げると、その旨、すぐさま書状にして昌幸がもとに届けよ、と命じた。

六

このときの秀吉の動きは早かった。その年の暮れには、おのれの裁定にしたがわない北条を、「勅命《ちょくめい》に逆らう輩《やから》として討伐する」

との檄《げき》を飛ばし、年が明けるや、諸国の大名に動員命令を発した。

北条の兵力七万に対し、その三倍、じつに二十一万にも達する超大軍勢を送りこんだのだ。

天正十八（一五九〇）年の春のことで、世にいう「小田原征伐」の始まりであった。

二十と一万中、伊勢・尾張は織田信雄勢一万五千。三河・遠江《とおとうみ》・駿河に甲信をあわせた五ヵ国は、家康が采配をとって、二万五千。北国口は加賀中将・前田利家、越後宰相・上杉景勝がそれぞれ一万、これに真田昌幸・信幸父子が三千騎をもってくわわる。

北国口軍または北陸軍とよばれる大隊に、少数ながら精鋭をうたわれる真田勢も属することとなったのである。

父・昌幸と落ちあうべく、沼田を発して真田の本拠・信州上田へと馬を進めながら、信幸は側近の一人、鎌原《かんばら》重春と語りあっていた。

「もしやして、すべては関白殿下の謀事《はかりごと》やもしれぬな」

「はっ。謀事とは、どのような？」

訊《き》きかえして、鎌原は用心ぶかく周囲を見わたした。

浅い春。上信の国境に近い山中のこととて、通行する者など絶えてない。道の両側は残雪におおわれた深い森で、間諜が潜んでいる様子もなかった。

静寂のなかに馬のひづめの音と、あとにつづく徒《か》歩《ち》兵の足音だけが響きわたっている。

「……当然のことながら、上州の分割に関する殿下の裁定に、北条方は不満であったろうよ」

「それはまぁ……三分の二ばかりか、残らず欲しいと願うておったにちがいありませぬ」

「そこよ。まずは沼田に近い名胡桃の城、かの城を奪い取らんと狙うておったのじゃ」

「ではやはり、若殿は関白さまとご同様、猪俣は北条の命により名胡桃を襲い、われらが同胞、鈴木主水を討たんとした、と見ておられるのですね」

「ふむ。氏邦や氏政、氏直が知らぬはずはないからな」

馬首を近づけて、いくぶん声を落とし、問題はほかにある、と信幸は言った。

「北条方が関白殿下の裁定に不満を抱き、名胡桃をはじめ、上野にある他の真田領に手を出すであろうと……殿下はあらかじめ、それを見越されていたのではあるまいか」

何もかも計算ずくであったのやもしれない。

「だいいち鎌原よ、名胡桃に真田の先祖の墓なぞあるか……わしは聞いたことがないぞ」

「たしかに。それがしも存じませんでした」

北条に三分の二、真田に三分の一と、はなから秀吉は決めていた節も見られる。

「京師より上使が参って、われらが先導させていただいたが、あれもおかしい」

ただの十日足らずで、すべての調査が出来るはずもないのだ。しかも上使たちは、本気で仕事にかかっているふうには見えなかった。

「あの間数日、ほとんど何をしていたでもない……まるで物見遊山《ゆさん》の客よ。山だの川だの、こちらの風景をただ眺めて歩き、いたずらに飲み喰いして日をすごしていただけではないか」

「それがしも、そのように見申した。冗談かと笑ってごまかしましたが、どこぞに良い女子《おなご》はおらぬのか、と訊かれたことまでもござりました」

「要するに、何もかもが仕組まれたことだったわけじゃ」

「われら真田を餌のごとくして、北条勢を罠にはめた、と？」

「そうよ、おそらくはな」

秀吉には、北条を討つための大義、兵をあつめるための名目が必要だった。ことに北条の現当主・氏直を娘婿にもつ家康の顔をも潰さぬようにするには、深謀《しんぼう》遠慮で行くよりほかはない。

それには沼田や吾妻、名胡桃など、上州における北条と真田の「領地争い」を利用するのが、最良の策だったのである。

「関白どのは昔から人たらしとよばれておったそうじゃが、なかなかに怖い……ほんとうに恐ろしいお方よ」

自分に言いきかせるようにつぶやくと、信幸は黙りこみ、手綱を取った愛馬のたてがみをじっと見つめた。


信幸や鎌原らは上田で真田昌幸と合流。そこにさらに、大坂から急きょ帰国をゆるされた信繁が駆けつけた。

かくして久々に顔をあわせた父子三人、前田、上杉らの「北国口軍」の先鋒として六文銭の幟《のぼり》旗《ばた》をひるがえし、信濃路から一路、南下をはじめた。

信州から小田原へと向かいながら、途中の北条勢を討ち、北条の各支城をしらみ潰しに落としていくのが、真田軍に課された役割であった。

春は名のみで風花《かざはな》の舞う三月上旬、一行は小県を進発し、同月の半ば近くに軽井沢に到着した。

ここからほぼ五里（約二十キロ）あまり、碓氷《うすい》峠を越えたさきに上野松井田《まついだ》城がある。

勇将で知られる北条の家臣・大道寺駿河守誠繁《だいどうじするがのかみまさしげ》が守る堅城である。

「大道寺は知略にも長けておる……ゆめゆめ油断はなるまいぞ」

そう言う昌幸に、

「されば、父上。まずは拙者が敵の様子をさぐりましょうぞ」

みずから申しでて、信幸は百三十余名の兵をしたがえ、敵陣の偵察に向かった。

信幸らが松井田城の惣構えのとば口に至ったときだった。大道寺の手勢が七、八百騎、突如、城から討ち出でて、信幸らを取りかこみ、三方から攻めてきた。

「仕舞った。敵に気づかれてしもうたか」

それもかなり早くから覚《さと》られていたとみえ、城兵はだれも鎧兜《よろいかぶと》をまとっている。

対するに信幸勢はといえば、彼自身をはじめ、ただの偵察と思っていたから皆、小袖に陣羽織、野袴《のばかま》といった軽装でいる。手にした得物《えもの》も、刀に槍のみである。

敵は弓矢ばかりか、鉄砲までも用意して、さんざんに撃ちかけてくる。

たちまちのうちに信幸勢は不利となり、城壁ぎわに追いつめられた。

そこへ来て、佐久の地侍・依良《よら》入道宗源《そうげん》なる者が、家の子郎党を引き連れて大道寺の加勢には
せ参じた。部下に命じて、依良はあたりの町家に火を放とうとする。

「まずい。これでは、われらの退路が断たれてしまうぞ」

「若殿、ここはお任せをっ」

進みでたのは、信幸の手兵のなかでも精鋭中の精鋭、吉田庄介と富沢主水助《もんどのすけ》である。二人は果敢に乗りだしていって、依良の手の者たちを片っ端から斬って捨てる。

その間にしかし、大道寺勢は鉄砲隊を打ちそろえ、吉田や富沢を標的に、いっせいに撃とうとする。

「庄助、主水助、危ないぞ」

信幸が声に出そうとした刹那《せつな》、敵の鉄砲隊の背後から現われでた騎馬隊があった。

敵兵が火縄の銃に点火するよりも早く、躍りでて、斬り払う。

なかで一騎、突出してきた者があって、

「おのれ、くせ者、地獄に堕《お》ちよっ」

叫ぶなり、馬上から剣を振り下ろして、依良の首を落としていた。

なんと、こたびの戦さが初陣の真田源次郎信繁であった。

この信繁らの生命《いのち》を張っての斬り込みが功を奏し、これを機に真田勢は盛りかえした。

そのまま一挙に城門まで攻め入ったが、城兵も必死であり、数のうえでも敵がまさっている。

つぎの日からは昌幸の本隊も参戦し、熾烈《しれつ》な戦いをくりひろげたが、大道寺勢もしぶとく、陥落させるには結局、ひと月近くもかかってしまった。


松井田城を攻略すると、四月末には前田、上杉の兵らとともに、箕輪城を陥落せしめ、六月半ばに鉢形城、ついで八王子城を落とし、同月末に真田勢は小田原に着いた。

このときすでに、小田原の北条方は窮地におちいっていた。

秀吉みずからがひきいる豊臣勢は、四月三日に小田原城を取りかこんだ。それは万全の包囲網で、敵の将兵を封じこめたばかりか、城の塀や柵、堀を二重三重に囲いこんだ。さらには海上にも、警固の船を数千艘も浮かべたそうで、

「鳥の通いも叶わぬほどに厳重にしてやったわ」

と、秀吉は言った。昌幸に信幸・信繁父子が謁見した折りのことだが、秀吉はいつに増して機

嫌がよく、猿面にいっそう多くの皺《しわ》を寄せて笑い転げた。

「焦らぬことよ。いつまでも待つ。じっと包囲して待ち、城兵どもを一人残らず干し殺しにしてやる所存じゃ」

それでも北条勢は、なおしばらく籠城して抵抗をつづけた。だが包囲開始から三月《みつき》後の七月五日、とうとう力尽きて、投降した。

翌六日、小田原城は開城され、氏政とその弟の氏照は自刃《じじん》と決まり、氏直は家康の婿ということで特別に死罪を免ぜられ、高野山への追放処分となった。

こうして北条早雲以来、戦国の世に名をはせた北条氏は滅亡し、関白太政大臣・豊臣秀吉の天下はほぼ確定したのである。

第五章　一陣の風

一

関白太政大臣・豊臣秀吉は天正十八（一五九〇）年七月初めに小田原の北条氏を壊滅させると、翌八月には奥州の雄・伊達《だて》政宗をも軍門に下らせる。さらには会津など、奥羽各地の仕置きをおこない、ついに天下統一を達成した。

秀吉は五年まえの天正十三年、すでに四国を平定、十五年夏には島津勢を下して、九州をも制圧している。

備中《びっちゅう》高松での和睦以来、秀吉と良好な関係にあった毛利輝元《てるもと》は、「両川《りょうせん》」の小早川元総《もとふさ》と吉川経言《つねこと》を、人質として大坂に送ってきていた。その毛利勢とともに秀吉は、四国の覇者・長宗我部《ちょうそかべ》元親《もとちか》を攻撃し、長宗我部勢を土佐一国に封じこめたのである。

秀吉はまた、九州を平定してのち、島津義久に薩摩一国を、佐々成政《さっさなりまさ》に肥後《ひご》一国をあたえ、大友義統《よしむね》には豊前《ぶぜん》一国を安堵するなど、新たな封地を定めている。

小田原征伐を終えたら、

「東国の封地替えにも着手するであろう」

と見られていたが、はたして、かなり大幅な移封処理を断行した。もっとも注目されたのははやり、徳川家康の処遇である。

秀吉が小田原攻めの本陣とした石垣山城の一角に家康をよび、二人ならんで小田原城に向かい放尿しながら、北条討伐後のことを語りあったという話は、よく知られている。

そのとき、秀吉は、

「小田原を滅ぼしたのちには、北条の領地をそっくりそのまま徳川どのにお任せしようと存ずるが、いかがかな」

と、家康に訊《き》き、家康は答えに窮したという。

その「関東の連れしょん」の逸話のとおり、戦勝後の論功行賞《ろんこうこうしょう》では、北条の旧領たる関東が、新たな徳川領とされることになった。

ただし「関八州」のすべてではない。

伊豆、相模、武蔵、上総《かずさ》、下総《しもうさ》、上野《こうずけ》の六ヵ国と下野《しもつけ》の一部分でしかなかった。とはいえ、これまでが百数十万石だったのに比し、新領は二百四十余万石と倍近くになる。

だが家康はもとより、家臣の多くがこの移封を喜ばなかった。

「われらを京の都から、いっそう遠ざけんとする関白の策謀でござろうよ」

そう言う者もいれば、

「先祖代々住み慣れた土地を追われ、ようやっと手なずけた信濃や甲斐の衆とも切り離される」

と嘆く者もあった。

だが今や、押しも押されもせぬ天下の第一人者となった関白・秀吉に逆らうわけにはいかない。

じじつ、尾張・伊勢から徳川の旧領である三河・駿河・遠江への移封を命ぜられながら、それをこばんだ織田信雄は所領を没収され、放逐《ほうちく》されるという憂き目にあった。

家康は従容《しょうよう》として関東へと移ることにし、新領国の本拠・本城を武蔵国の江戸とすることに決めた。これより百数十年まえ、扇谷《おうぎがやつ》上杉氏の重臣・太田道灌《どうかん》が切りひらき、築城して、相応に栄えたという町である。

それがしかし、徐々に寂《さび》れて、今では湾岸から吹く風に、古城に生えた枯れ葦《あし》がなびいているそうな……家康の決意を聞いて、家臣達たち一同、おもわず顔を見あわせたが、

「良いか、皆の者、何もかも一からはじめる……荒れた城を建てなおし、城下に民びとをよび入れる。言うてみれば、これもまた、大いなる戦《いく》さではないか。われらは江戸にて、新たな戦さをはじめるのじゃ」

この家康の声に、だれもが「おう」と呼応する。それがじっさい、戦さ場での雄叫《おたけ》びのように駿府の城に響きわたったという。

新領への移封命令がくだったのは、ひとり家康に対してばかりではなかった。従来の信濃の諸大名にもつぎつぎと達しが届き、諏訪《すわ》頼忠や保科《ほしな》正光など、ほとんどが関東へと移されることとなった。

かわりに信濃には、豊臣直系の大名が配された。小諸（佐久郡）に仙石《せんごく》秀康、松本（安曇・筑摩郡）に石川康政《やすまさ》、伊那郡に毛利秀頼、諏訪に日根野高吉《ひねのたかよし》といった具合である。

ただし、真田昌幸だけは別格であった。

上田城の攻防戦で徳川勢をきりきり舞にさせたことや、みずから臣従を申しでて、二男の源次郎信繁を人質に差しだしたこと。さらには北条とのあいだの上州領をめぐる争いで、秀吉の裁定におとなしく従ったことなどが評価されたのだろう。

あるいは結果として、秀吉の「小田原討伐」に一役買った――名分・名目をつくってくれた。これが、何よりも大きかったのかもしれない。

「真田は直臣扱いとする」

無言の申し渡しにより、これまでどおり、上田をふくめ、信州小県の一円を安堵されたのだ。

そのうえ秀吉は、

「上野沼田領を真田にもどすように」

と、家康に示唆《しさ》。家康もこれをみとめ、天正十八年七月末、秀吉側近の黒田孝高《よしたか》、水野忠重《ただしげ》両人にあてた五ヵ条の覚書の一つに、

「真田の儀、重ねて成瀬伊賀守をもって仰せ下され、御諚《じょう》かたじけなく存じ奉り候」

と書き記している。

沼田領・沼田城ともども真田方に返還される。それも昌幸に、ではない。正式に、

「嫡男・源三郎信幸の領地とする」

という決定がくだされたのである。

信州上田三万八千石。上州沼田二万七千石。

父は父、子は子という格好で、信幸は、

「小ながらも一大名」

として、沼田の地に君臨することになったのだった。


かくて所領を安堵され、昌幸は信州上田へ、信幸もゆるされて家康のもとを辞し、小田原からそのまま沼田へと向かった。

その年の後半、自領となった沼田にとどまり、信幸は着々と領国経営を推《お》しすすめた。

同年十二月初めには、縁者でもある家臣の矢沢頼幸に対し、沼田にほど近い戸加之《とかの》(戸鹿野)に二百五十石、藤井甚左衛門に沼須《ぬます》五十四石をあてがう。

その他、折田軍兵衛、唐沢玄蕃允《からさわげんばのじょう》、高野彦三、鈴木与八郎などにも、それぞれ知行割りをおこない、

「信幸を新たに領主とし、忠誠を誓う沼田衆」

ともいうべき直臣を増やしていった。

年が明けてまもなく、新年の挨拶と沼田領返還の御礼を兼ねて、信幸は少数の側近を引き連れ、江戸城をおとずれた。

家康ならびに信幸の実の岳父・本多忠勝をはじめとする徳川家臣団は、昨秋に駿府から、その江戸へと移ってきたばかりである。

季節がら、寒風が吹くのは、江戸も沼田と変わらなかった。

上州の空っ風も寒いが、江戸の浜風も冷たい。

忠勝らが言うには、移転直後の江戸城は、もっと寒々としていたらしい。さすがに枯れ葦こそは生えていなかったが、荒れ放題に荒れていて、庭の芒《すすき》やいばら、雑草が本丸や二の丸、三の丸の屋内にまで、はびこっていたという。

各曲輪《くるわ》の壁はふるびて剝《は》げ落ち、梁《はり》や柱はゆがんだり、曲がったりしていた。畳が抜けて、ほとんど土間と化した室内に、幅のひろい船板を幾枚もならべて書院とした、などという話も信幸は耳にしたが、今はそこまでひどくはない。

「平八郎（忠勝）だの、井伊万千代《いいまんちよ》（直政）だのが、率先して立ちはたらいてくれたでのう。みんな、刀槍のかわりに鑿《のみ》だの鉋《かんな》だのを持って、ようやってくれたわ」

とりあえず、いの一番に修復したのであろう、大坂城の御殿とまでは言わず、旧城・駿府の城並みには磨かれた謁見の間に座して、家康は笑う。

忠勝のような名だたる武人が直接、鑿鉋を手にすることはなかったろうが、職人ばかりか、足軽や小者たちを指図して、城内を走りまわったであろうことは、充分に察せられる。

「……ところで、源三郎信幸よ」

と、家康はよびかけて、ちらと忠勝のほうを見た。

「はや婚礼より一年あまりになるが、わしの娘は元気か」

「……は？」

「この平八郎の娘でもあるが、わしの娘でもある小松のことよ。どうじゃ、息災《そくさい》でおるかな」

「はい。すこぶる元気で、侍女たちにみずから剣や薙刀《なぎなた》の稽古をつけておりまする」

ははは、と家康は声をあげて笑い、

「いかにも平八郎の子よ。小松姫らしいわ」

「………」

おもわず苦笑を浮かべる信幸に、

「子はどうした？……まだ成さぬのか」

「いまだ……力及びませぬもので」

「力及ばず、か」

と、また家康は頬をゆるめる。それを、信幸のかたわらに座した本多忠勝が真顔で睨んで、

「昨年は婿どの、だいぶの時を小田原の陣にて、軍《いくさ》ばたらきについやし申したゆえ」

「そうか。晴れて沼田の城主となって、小松を城によんだのは秋口になってからと聞いた……それでは力及ばぬのも、当然だでや」

「……殿っ」

再度たしなめようとする忠勝を、手で制して、

「信幸、形のうえでとは申せ、そなたはわしの娘婿ぞ」

家康も真面目な顔つきになった。

「そなたはいずれ、天下を飾る者になる……それだけの器量をもった男じゃ」

一瞬、信幸は眼を白黒させる。何が言いたいのか、よくはわからない。が、自分を褒《ほ》めていることに間違いはなかった。

「玉《ぎょく》は玉だけでは輝きをおびぬ」

家康がつづけた。

「そこに光が差してこそ、初めて玉は美しく輝き、価値をもつのよ」

ひょっとして、天下とは、玉とは、家康自身のことなのか。そこに光をあてて、飾り立てるのが信幸の役割である、と。

「有り難きお言葉にございまする」

「わかったのか。さすがじゃな、信幸……すべては人じゃ。わしがこの江戸の荒れ城を修復して居城に出来ると踏んだのも、それだけの人物がわしの配下にはおるからじゃ」

「人は石垣、人は城……でございまするな」

往時、真田の旧主であった武田信玄が口癖のように言っていたというその言葉を、信幸は思いだした。たしか、目のまえの家康も、信玄を恐れながらも敬していたはずだった。

「さよう。人があれば、何でも出来る。ほかには何も要らぬ。大切なのは、智恵とわざ、力をか

ねそなえた人物を家臣とすること……真田源三郎信幸、余《よ》は、そなたをその一人と見込んだ」

以後久しゅう尽くしてくれよ、と家康がつぶやく。

「は、はぁ。どこまでも殿についてゆきまする……御身《おんみ》を真に輝かせるために」

応えて、あらためて信幸はその場にひれ伏した。

それまで硬直していた隣の忠勝の浅黒い顔がこのとき、初めてほころんだ。

二

小田原に奥州までも平定して、豊臣秀吉の政権は順風満帆《まんぱん》に行くかと見えた。

ところが天正十九（一五九一）年の秋、「唐入《からい》り」と称して半島や大陸への進攻までも視野に入れた秀吉に、明《みん》国の後押しを受けた朝鮮側が反撥。対馬《つしま》の宗《そう》氏を介しての、

「唐入りの先導役をせよ」

という秀吉側の要請を拒んだ。

そうした外交のこじれがもとで、「朝鮮出兵」なる事変が起こったのだ。が、そのじつ、そこには、国内事情もあったといわれる。

大の人たらしで、

「大盤振舞い……」

が当然のように思われていた秀吉にとって、この日の本の領地を功ある者らにあたえるだけで

は、足らなくなったのである。

恩賞が不足しはじめたのだった。

秀吉は朝鮮征討令を発し、諸大名に出兵命令を出した。

秀吉の寵愛を受けていた信繁は馬廻り、つまり秀吉の旗本として九州は肥前《ひぜん》の名護屋《なごや》に駐屯し、
天正二十年二月、信幸や昌幸も、七百名の真田勢を引き連れて西へと向かい、参陣した。

昌幸の陣地は名護屋城の北西九町（約一キロ）のところにあり、周囲には加藤光泰、織田秀信らの陣営があった。信幸は城から東に九町のあたりに陣を張り、藤堂高吉や小西行長の宿陣と隣りあわせていた。

ここでも父子は、別個の大名として行動していたのである。

それでも、ほぼ毎日のように往き来しては、信繁もくわえ、三人して語りあっていた。

「どうも、こたびの戦さばかりは気乗りがいたしませぬな」

と、信幸が言えば、

「いや、そなたらもいっしょだろうが、生まれも育ちも山国で、海なぞずっと見んですごしたがゆえかのう、海を渡ることじたい、気が進まぬのじゃ」

昌幸がうなずきかえす。

「なーに、朝鮮国とのあいだの海なんぞ、信州諏訪の湖と、さしたる変わりはありませぬ」

そう口にする信繁もしかし、表情は冴《さ》えず、乗り気なようには見えない。

三月にはしかし、秀吉自身が肥前名護屋へ足を運び、みずから全体の指揮をとることとなった。

これまでの関白職を同母姉の瑞龍院日秀（とも）の長男・豊臣秀次にゆずり、元関白を意味する「太閤」を号したうえで名護屋へ向かったのも、まさしく背水の陣――おのれの本気の度合いを示したかったがためであろう。

四月一日、小西行長、宗義智のひきいる第一陣が渡海して、半島へ。ついで加藤清正、福島正則、黒田長政らの全九軍、総勢十五万八千七百余人の兵が海を渡った。

ただし、真田父子の懸念は杞憂《きゆう》に終わった。

戦さが長引けば、どうなるかはわからない。が、とりあえず徳川、前田、上杉、そして真田など、東国の将兵は渡海を免除され、「予備軍」として名護屋城下にとどめおかれることとなったのだ。

半島での戦いは当初、日本軍優勢のうちに進んだ。

銃兵を中心とした陸戦隊が、上陸先の釜山《プサン》から、いっきに北上。進攻してひと月あまりのちの五月には、敵国の首都の漢城（ソウル）までも落とす勢いだったが、やがて李舜臣《りしゅんしん》指揮下の朝鮮水軍の反撃が開始された。

七月、明からの朝鮮に対する援軍もあり、一転、日本は不利におちいった。敵に制海権を握られた日本軍が、海上からの補給路を断たれ、半島の各地で食糧などの略奪を重ね、現地の民衆の反感を買ったせいもある。

その後は一進一退で膠着《こうちゃく》化し、講和を求める声が高まった。

同年の十二月に文禄《ぶんろく》と改元されたので、この戦いは「文禄の役」とよばれるが、明けて文禄二（一五九三）年の正月、先鋒の小西軍が明の大軍に平壌《へいじょう》で惨敗を喫し、釜山にまで撤退。ついに講和交渉がおこなわれることとなった。

交渉は下準備からはじめられ、数回にわたり、三年あまりもつづけられたが、結局は決裂する。慶長《けいちょう》元（一五九六）年九月、秀吉は和約を破棄し、再出兵を宣言、同二年の二月には十四万余の日本軍がふたたび海を渡るのだ。ちなみに家康は、

「こたびの戦さは、わが日の本にとって、益するものは何もない」

と主張して、再出兵には強く反対している。

これが「慶長の役」だが、このときすでに渡海する軍船どころか、肥前名護屋にすらも真田隊の姿は見られなかった。

明国との講和交渉がはじまった文禄二年夏の段階で、家康のひきいる徳川軍とともに、大坂へと帰着していたのである。

大坂にもどった東国軍に再出兵の命はくだらなかったが、かわりに伏見城改修の普請に寄与するよう求められた。

伏見は京と大坂のあいだに位置する要地だが、秀吉の隠居所として相応に宏壮な城が築かれていた。それを、

「明年、明国からの講和使節を迎えるにふさわしい城にせねばならぬわ」

秀吉自身が言いだし、普請奉行の佐久間正実《まささね》に申しつけて、おもに渡海免除中の諸大名に向け、資材と人員の供出命令を発したのである。

ところが文禄二年の年末、沼田に帰城していた信幸にあてて、石田三成、長束《なつか》正家、増田《ました》長盛の三奉行の連名による書状が届いた。

「御国において、下々《しもじも》の知行方《ちぎょうがた》精を入れ……」

領地の開墾・開発に従事せよ、というものだった。

そうして普請役から解き放たれ、

「これでようやく、とどこおっていた国もとでの政策・施策に専念できる」

と思った矢先、さきの命令を撤回、こんどは前田玄以《げんい》をくわえた四奉行の名で、翌三年三月より八月までの半年間、

「伏見城普請に従事すべし」

との令状がもたらされた。

知行高の五分の一、員数でいうと二百七十人を供出し、堀向かいの石垣を築造せよ、というのである。

最初の令状が舞いこんできてから、十日しかたってはいない。

小田原征伐などとはちがって、ほとんど名分のない朝鮮出兵に、家康や他の者たちと同様、

「近ごろの太閤さまの為されようは、おかしい」

と思っていただけに、信幸としては腹が立つよりも、秀吉周辺の「朝令暮改《ぼかい》」ともいうべきぶ

れように、いっそうの疑念がつのった。

しかし、これもまた、逆らうわけにはいかない。「知行方に精を入れる」どころではないのである。

当然のことに、信幸みずから二月中には上洛しなければならず、さらなる負担が課されることも覚悟せねばならなかった。

信州上田の昌幸のほうにも同様の要請がなされたから、結果としては真田家全体で、のべ千七百人が駆りだされることとなった。

そういう伏見城築城に関する労役に対し、また先年の名護屋滞陣に対する報奨《ほうしょう》の意味もあるのだろう、同年四月、昌幸は諸太夫《しょだいぶ》に推挙される。ついで十一月、信幸は従五位下《じゅごいげ》に叙せられ、伊豆守《いずのかみ》に任ぜられた。

やや遅れて、二男・信繁も従五位下・左衛門佐《さえもんのすけ》に任官された。

信繁はさらにこのころ、大谷刑部少輔吉継《ぎょうぶしょうゆうよしつぐ》の娘を正室に迎えている。

大谷家は元は大友宗鱗《そうりん》の重臣であり、吉継は越前敦賀《つるが》五万石を領して、秀吉の信任篤く、石田三成とならび、

「太閤殿下の側近中の側近」

といわれる大名である。信繁にとって、わるい話でないのは確かであった。

三

慶長年間は政事《まつりごと》のうえでの大事件が多かったが、自然災害があいついで起こってもいる。

まず元（一五九六）年には、京都・伏見で直下型の大地震があった。

この直前に、伊予《いよ》と豊後《ぶんご》でも地震があり、とくに豊後では津波を誘発、千人近くが溺死している。それにつづいたのが「慶長伏見地震」で、さらに大きく揺れ、京師《けいし》だけでも、四千とも五千ともいわれる死者が出た。

天下分け目の関ヶ原合戦をはさんで慶長九年、関東から伊豆、紀伊、四国、九州にまでも被害の及んだ「慶長東南海地震」。これは津波によって溺死した者が多く、犠牲者数は万余に達している。

奥羽地方でも、大地震が発生した。

慶長十六年のことで、「慶長三陸地震」とよばれている。

陸前、陸中、陸奥の今日の三陸を中心に、仙台や南部、津軽、蝦夷地《えぞち》までをも巻きこんで、このときも津波の被害を多く出した。

仙台藩だけで二千人近く、南部、津軽の海岸線で三千人余が亡くなっており、全体だと計り知れない。伊達政宗に、再起不能なほどの痛手をあたえたともいわれる。

そんなふうに日本全国で連続して起きたわけだが、さて、事の始まりともいうべき元年の慶長伏見大地震。——

これについては、当時の公卿《くぎょう》・山科言継《ときつぐ》の『言継卿日記』に、こんな言葉が残されている。

「山崎事外《ことのほか》相損、家悉《ことごとく》崩了、死人不知数《かずしれず》了」

伏見に限らず、京都盆地の西方の山崎や八幡での被害がことに大きかったようだが、秀吉や豊臣家に降りかかった災難も小さくはなかった。

昌幸や信幸らもその改築に尽力した伏見城の天守閣が崩落する始末で、豊臣政権にとっては、決定的な打撃となった。それで、この地震に「慶長伏見」の名が冠されたとまでいわれている。

国家鎮護のために建立された方広寺《ほうこうじ》の大仏も損傷した。高さ六丈三尺（約十九メートル）の金箔《きんぱく》座像が半壊し、その後しばらくは畳表で隠されていたが、ほどなく全壊してしまったのだ。

世間では、秀吉の朝鮮出兵にからめて、

「あないな無謀な戦さを仕掛けた報いや」

などと腐《くさ》す者も少なくなかった。

いずれ、政権の失墜をまぬがれ得なかったのは確実だろう。

じつは東国では、地震以外の災害も多発していて、慶長元年には信濃・甲斐・関東が、

「百年に一度の大水」

といわれる洪水にみまわれた。同年、上信国境に近い浅間山が噴火し、噴煙は近江や京にまで達して、凶作・飢饉《ききん》に苦しむ民びとが多数出た。

つづく慶長二年、三年と浅間山は噴火をくりかえし、わけても三年四月の爆発は大きく、地

元・浅間の社《やしろ》への参詣人が八百人ほども焼死したという。

慶長三年の三月十五日だから、そんな折りも折りである。大々的にもよおされたのが、「醍醐《だいご》の花見」であった。

伏見地震から三年目、京・大坂の町々はともかく、伏見城の天守閣は元のとおりに修復されたが、それと同時に、秀吉は、

「これで、いっきに景気も人気も取りもどすのじゃ」

とばかりに、花見のための準備や普請をもおこたらなかった。

場所は、かねて秀吉が好んで観桜を楽しんだ山城《やましろ》は醍醐寺の三宝院。殿舎を建て増しし、境内を美しくととのえ、付近の道路を改修。そのうえで三宝院裏手の中腹に、地元・山城はもとより、河内や大和、近江などから七百本あまりの桜樹を移植させた。

花見の当日は、洛南の伏見から東北方二里半（約六キロ）あまりの醍醐まで、付近の山々二十三ヵ所に馬廻り衆などを配して警固の任につかせ、醍醐の惣構えには柵やもがりを設けた。

そうやって周囲を固め、山内には逆巻《さかま》きの流れに反《そ》り橋をかけた茶屋や、岩淵の清水に鯉や鮒を放し飼いにした茶屋。あるいは木座敷の奥に、鄙《ひな》張り子、畳紙《たとう》、手巾《しゅきん》、櫛針《くしばり》、絹糸、美濃紙などをならべた見世棚《みせだな》をしつらえた茶屋が建てられた。

それらの茶屋は、全部で八軒。

客の好みで、遊歩道を歩いて見てまわれるようになっており、わざわざ町の商人《あきんど》をよんで、焼

き餅やあぶり餅を売る屋台までこしらえられていた。

輿《こし》の順列はあらかじめ決められており、秀吉と愛息の秀頼は別格として、一番目は正室の北政所《きたのまんどころ》（寧々殿《ねね》）、つぎが秀頼の生母である西の丸殿（淀殿）、三番目が松の丸殿（京極氏《きょうごく》）、四番目が三の丸殿（織田氏）、五番目が加賀殿（前田氏）である。

そのあとに秀吉の妻妾《さいしょう》ではなく、前田利家の正室たるお松の方の輿がつづいた。

そうして輿に揺られているあいだは何事もなかったが、酒宴の席についてから、側室同士の鞘《さや》当《あ》てがはじまった。

正室の北政所が最初に盃を受けるのは、問題ない。

もめたのは、つぎに受けるのがだれか、である。

西の丸はなるほど世嗣の母親だが、信長の妹のお市の方が母なのは良しとしても、実父は浅井長政、養父は秀吉の宿敵だった柴田勝家である。

その点、松の丸は足利将軍家につながる名門・京極家の出であり、三の丸は信長を、加賀殿は利家を父としている。

いずれ劣らぬ、高貴な血すじを誇っているのだ。

「つぎは、わたくしでございましょう」

「いえ、わらわの番でございまする」

と、たがいに主張して、ゆずらない。とりわけて、西の丸の淀殿と松の丸こと京極殿が激しく争いあった。

はてさて、どうしたものか。

秀吉・秀頼の父子はともかく、居あわせた大方の者は呆れた顔で見ていたが、このままでは収拾がつかない。

そこで秀吉の側室一同を両手で制して、進みでたのが、唯一の部外者たる前田家のお松の方であった。部外者とはいっても、彼女は加賀殿の母ではあり、北政所とは若いころから家族ぐるみの付き合いをしている。そのお松がぴんと背すじを伸ばすと、

「皆々さま、何をおっしゃっておるのやら……年齢《とし》の順から申しますれば、北政所さまのつぎに盃を受けるべきは、この松ではありますまいか」

「おう、おう、そうでありました」

と、さすがに上手く呼吸《いき》をあわせて、北政所が言う。

「この座では、亭主間の主従は別儀のはず。今日のお客人の筆頭は、お松どの……そのお松どのを差しおいて、身内同士で順位争いをするなぞは言語道断」

もうやめましょうぞ、と取りなして、何とかその場はおさまることとなった。

このとき、そうした女人衆《にょにん》の様子を、まったくべつの位置、方向から眺めている者があった。かたや中央部、渦中の北政所の背後に立った小野お通、かたや末席にいる真田信幸と信繁の兄弟である。

兄弟は二人とも、秀吉に同行をゆるされはした。が、他の諸大名ともども、じっさいのところは宴席の隅に侍《はべ》って、警固の役務についていた。

この日の招待客はほとんどが女性《にょしょう》で、石田三成や増田長盛などの奉行衆も、福島正則、蜂須賀《はちすか》家政ら側近の衆も、各持ち場で警固や接待の役を仰せつかっていたのだ。

太閤・秀吉、秀頼と間近な上席にいるのは、前田利家と徳川家康ぐらいのものであった。

信幸らは、はなからお通の存在に気づいていたが、お通のほうでも騒ぎの途中から、二人の姿が眼にはいったとみえ、ときおり困惑顔を向けてくる。

前田慶次利益《とします》に初めてお通を引きあわされ、二度、三度と会って、心惹かれるものを覚えながらも、その後は小田原征伐、朝鮮出兵に備えての名護屋滞陣……私的にも本多忠勝の娘の小松姫を娶《めと》るなど、いろいろあって、ひさしく再会はなされないでいた。

それが伏見城の改築にさいし、普請役を課されたがために、信幸は半年あまりも京に逗留。ようやくにして顔をあわせることが出来た。

文禄三年の春から秋にかけてのことであったが、信幸も小松を妻にしたように、お通のほうも新たな夫を得ていた。

渡瀬羽林《わたせうりん》というかつて近衛府の職にあった四十年配の男だが、いくどか会ったのに、詳しい身上は彼もお通も語らないし、信幸としても、あえて深く問おうとはしなかった。

ただ、みずから望んで武家の身分を棄て、文人として飄々《ひょうひょう》と生きる道をえらんだらしく、会えばいつも総髪に作務衣《さむえ》姿でいる。

そういう立場のゆえもあるのだろう、公《おおや》けに婚儀などはせず、信幸も知る洛西の小野屋敷に、羽林のほうが移り住み、お通とその老母と三人で暮らしていたようだ。

「それがしは、お通どのの夫なぞではござらぬ」

いつだったか、羽林は信幸にそう言ったことがある。

「ただ、お通どのの書画や歌、茶、華、舞……芸事を見るのが好きで、才を愛《め》でるだけの、いわば後見役でござる」

お通が十歳のころから、彼女に書画や学問を手ほどきしてきた九条稙通《たねみち》は、文禄三年の正月に八十八歳で亡くなっている。今では、羽林がお通にとってのいちばんの理解者であり、協力者になっているようだ。

お通も渡瀬羽林のそばで、大きく顎《あご》をひき寄せていた。

「これからは、それがしのことを、こうけんとよんで下され」

「わかり申した。お通どのを後見なさる……こうけんどの、でござるな」

気さくで外連味《けれんみ》のない好漢だと思い、天下の才媛・お通にはふさわしい、と半ば羨《うらや》みながらも感じていたが、好事《こうず》魔多し。わずか三年で、二人の幸福な生活には、終止符が打たれてしまった。

重い労咳《ろうがい》を患っていた羽林は、今からちょうど一年ほどまえに身罷《みまか》ったのだ。

そのとき、お通は渡瀬羽林の子を宿していたのだが、その娘・お圓《えん》が誕生するよりさきに、羽林は息を引きとった。

まもなく一周忌になるのか……仲の良い夫婦の間におのれがはいりこむことに、いささか戸惑いつつも、伏見逗留中は相応に親しく付きあっていたが、国もとへ帰ってからは文《ふみ》のやりとりが精一杯で、沼田の真田信幸家にも嫡男が生まれたころであり、羽林の葬儀にも参列はかなわなかった。

周囲がざわつきはじめた。そろそろ宴も終わりらしく、客の女人衆は立ちあがり、それぞれ興の向いた茶屋などのほうに移動しようとしている。

「伊豆さま」

ふと耳もとで、信幸の官名をよぶ者があった。もっとも任官されてからというもの、通常の場ではたいてい彼は伊豆、または伊豆守とよばれている。

「わたくし、少々疲れました」

お通であった。みずから言うとおり、相当に疲労している。全体に生気がなく、色白の顔が青ざめて、いつに増してほそく窶《やつ》れて見えた。

酒《ささ》を受ける順をめぐっての秀吉の側室衆の対立のためもあろうが、それだけではなさそうだ。

もしや、ほかに何か……。

物問い顔で見つめかえす信幸に、

「伊豆さま、今日はもう、ごいっしょに退散いたしましょう」

小声のままにつぶやく。

「具合がわるい、と申しあげて、お北（北政所）さまの許しも得ておりますれば」

今日のお通は、正室・北政所の供として来ているらしい。

すでにして秀吉らの姿も近くにはなく、信幸たちの御用も、これで放免となるはずだった。

それでも、どうしたものか、と隣の信繁のほうを見ると、さすがは秀吉のお気に入りである、信繁はおのれの胸に軽く手をやって、

「兄上、大丈夫です。あとはそれがしにお任せ下さい」

平然と笑ってみせた。

四

お通の乗った輿と信幸は馬で併行し、小半刻（約一時間）ほどで伏見に着いた。

洛西の小野屋敷はいまだ昔のままで、ふだんお通はそちらに帰っているが、醍醐からだと二ッ刻（約四時間）近くかかる。それで伏見の別宅へ乗りつけたようだが、生い茂った竹林の奥にうずくまるようにして建ち、その茅葺《かやぶ》きの佇まいはまるで隠居所か、世捨て人の草庵である。

ただ、一直線に廊下がつづき、それに沿って茶室もふくめ、縦長に三つ四つ部屋が連なっていて、さほどに狭くはない。

徒歩《かち》で自分についてきていた供の者を、同じ伏見の城辺にある真田屋敷へ帰らせ、お通につづいて土間に立つと、白髪の老女が玄関部屋の框《かまち》に座して出迎えた。

刹那《せつな》、信幸は洛西の屋敷に同居していたお通の母かと思ったが、彼女も先年、渡瀬羽林の死とさほど間をおかずして、この世を去っている。

「多喜《たき》です……小野家には、わたくしが生まれる以前より仕えてもらっています」

この別宅には、その多喜なる侍女しかいない。というより、留守宅を彼女一人に預けてあるのだという。

多喜の案内で、長い廊下を歩き、いちばん奥の部屋に通される。手前に茶室があったようだが、

「伊豆さま、今宵は点前《てまえ》は省いて、般若湯《はんにゃとう》……お酒《ささ》でよろしゅうございましょうか」

「ふむ。かたじけのうござるな」

信幸が酒を好むことをお通は知っているし、彼女自身、たしなむ程度には飲む。

部屋にはいってみると、そこは書院兼お通の居室になっていた。書画などを書いたりもするのだろう、八畳ほどもある部屋の端に文机《ふづくえ》がおかれ、硯《すずり》や筆なども用意されている。

ややあって、

「お邪魔いたしまする」

襖の外で声が聞こえ、さきほどの多喜が、高坏《たかつき》形の膳を二つ運んできた。それを信幸とお通のまえに据えおくと、すぐに引きかえしていき、こんどは酒器をのせた盆を持ってくる。

四合ほどの濁酒のはいった小さな瓶《かめ》と、片口の銚子《ちょうし》、盃が二つ。小魚の甘煮に香の物を添えた盛り皿もならべられている。

六十はとうに超えたと思われる老女中が何もかもを、一人きりでやっている……たいへんだな、と信幸も思ったが、お通は多喜の抱えた盆のほうに手をのべて、

「多喜。ありがと……あとはすべて、わたくしがやりますから」

「ほな、お通さま、お願いいたします」

と、素直に手わたして、多喜は信幸に一礼し、去っていく。


ここではお通はまるで気をおくことなく、いつもこういうふうに過ごしているのだろう。

そう思いながら、見ている信幸のまえで、お通はいかにも手慣れた所作で、てきぱきと盆の上のものを二つの膳に移していく。


最後に、瓶から酒をついだ銚子を傾けて、信幸の盃を満たし、

「ともあれ、ご一献……」

「されば、頂戴いたす」

信幸はぐいと飲み干し、お通は遠慮がちに口をつける。それでも、眼のまわりがほんのり紅くなった。肌の地いろが図抜けて白いので、なおのこと目立ってしまう。

ちょっと恥じらうように、片袖で顔を隠しながら、

「伊豆さま」

お通は言う。

「……近ごろ、太閤さまは、どうなってしまわれたのでしょうね」

「どう、と申されると?」

「殿方のなさることなので、わたくしにはよくわかりませぬが、海を渡ってまでして戦さをされるとは……何でも異国の土地を切り取って、ご家来衆に配られるご所存とか」

「ふむ。それで勝てれば良かったのかもしれませぬが」

「やはり、負け戦さで？」

「このままでは、そうなり申す。おそらくは、な」

「さようなこともあって、苛立《いらだ》っておいでなのでしょうか」

「……？」

「前関白《さきの》さまのことです」

そのことか、と信幸は思った。自身が朝鮮への出兵に専念するために、秀吉が関白の位をゆずった姉の息子、秀次のことである。

これより三年まえの文禄四（一五九五）年六月、突如、秀次に謀反の疑いがかけられた。鷹狩りと称して秀次を中心とする「反太閤」の一派が山中で談合をした、というものである。

当初は、だれにも荒唐無稽《こうとうむけい》かと思われたが、石田三成や前田玄以などの奉行衆が秀次の住まう京の聚楽第《じゅらくてい》をおとずれて、真偽を問うなど、しだいに具体化していった。

そして翌七月の八日、秀次は高野山に幽閉されることになり、十五日には切腹を命ぜられて、自死して果てたのである。

事はそれだけですまなかった。秀次の家臣の多くが無体《むたい》に殉死をしいられ、八月になるとすぐに、秀次の妻妾公達《きんだち》、眷族《けんぞく》のすべて三十余名が三条河原にあつめられ、順に首を刎《は》ねられた。

「さきに殺《あや》められた幼い若君や姫君の骸《むくろ》の上に、母堂《ぼどう》らの骸が重ねられていったとのよし……あまりの惨《むご》さに、見ていて卒倒した者が続出したとも聞いております」

ひそひそ声で話しながらも、お通は眉をひそめている。同じように声を落として、

「たしかに、あれは前代未聞のひどい出来事でした」

信幸は相づちを打った。じつのところ、信幸にとっては、他人事ではない話でもあったのである。

まずだいいちに、最初に処刑された一の台は、前大納言・菊亭春季《はるすえ》の娘――信幸の母の異母妹だったのだ。菊亭家と係わりの深い北政所が助命嘆願したが、秀吉はゆるさなかったという。

信幸の弟の信繁もまた、無縁ではなかった。

何となれば、彼の側室の一人が秀次の実娘の紗衣《さい》。その子のなほと幸信は、昌幸の孫であると同時に、秀次の孫でもある。

さらには信幸の甥姪にも当たるのだが、幸いにして彼らは母子ともども、

「すでに真田の一族となった」

ということで、からくも難を逃れたのだった。そこにはまた、秀吉の「信繁贔屓《びいき》」も、はたらいてはいたのであろう。

「世の人びとは噂しておりまする……何もかも、ひとえに太閤殿下の秀頼さまに対するご溺愛のゆえである、と」

天正十七年五月に淀殿が産んだ初子の鶴松(捨《すて》)が、わずか三歳で亡くなり、秀吉は、もはや自分は実の世継ぎをもてぬ、とあきらめた。だからこそ、姉の子の秀次に関白職をゆずったのだが、その直後に、ふたたび淀殿が身籠《みご》もり、拾《ひろい》こと秀頼が生まれた。

「最近では、淀殿も以前に増して権高《けんだか》で、剣呑《けんのん》に振るまうことが多く、わたくしなぞも、何とはのう、淀殿のもとには参りたくないような気がいたしまして……」

「それで北政所さまのところへ？」

「いえ、まぁ、お北さまは近ごろ、歌づくりに凝られはじめたものでございますから」

「ご指南に行かれており申すと」

お通は小さくうなずいて、

「しかし豊臣の方々は今や、妙に荒《すさ》んでおられまする。今日も今日とて、あのてぃ、ぃたらく……」

「盃をめぐっての女子衆《おなご》の順争いか」

「もう、ゎ、ゃ、わやですわ」

いっそうに声を潜めてはいたが、上方言葉がつい口を突いてでる。

「いつまでも、こないなふうでしたら、太閤殿下の御代《みよ》も、お仕舞い……正直申しあげて、徳川さまのお出番も、もう間もないことやろ思います」

「お通どのも、そのようにお考えか」

信幸は家康の直臣であり、何があっても家康を飾り、輝かせるためにはたらこうと思っている。そうと読んでの物言いではあろうが、

「わたくしだけではございませぬ。豊臣のお身内の方でさえも……」

そこまで口にして、さすがにお通は黙りこんだ。

もしやして北政所のことか、と思ったが、信幸もやはり、それ以上、突っこむわけにはいかな

い。

いずれ、万が一にも、他人には聞かせられない話である。

それゆえに、お通は、この竹林の奥深く、一軒ぽつんと建つ草庵のごとき別宅に信幸をまねいたのか。そして、自分が生まれるまえから小野家に仕えていたという老女中までも、近くに寄せつけまいとしたのかもしれなかった。

五

いったん口をとざし、何者もいはしないと知りながらも、あらためて周囲に気を配ってから、

「前関白さまは凡庸《ぼんよう》ではあっても、性《せい》穏やかな、おとなしい方でございました」

ふたたび、お通は言葉を発した。信幸は、こころもち首をかしげるようにして、

「辻斬りを好み、あまりにも多くの衆を殺《あや》めたので殺生《せっしょう》関白とよばれておったとか、女人禁制の叡山《えいざん》に洛中の遊女をまねき、丸一昼夜、酒宴をもよおしたとか、北野天神で眼の見えぬ座頭《ざとう》をなぶり殺したとか……いろいろ言われておるが」

「どれもこれもすべて、こしらえられた話です。何の根拠もございませぬ」

それを、お通は秀次の重臣の口から、じかに耳にしたという。

「ほう。まさか、それは……」

「いいえ、ちがいます。志摩守《しまのかみ》どのではあらしまへん」

突然暴力をふるうようになった塩川志摩守とは、とうに離別したと聞いたが、彼もまた秀次の側近衆の一人だったのだ。

「そういえば、伊豆さまには、お話ししたことがございませんでしたね」

「………」

「こうけんどの……わが夫、渡瀬羽林の叔父は渡瀬左衛門佐繁詮《さえもんのすけしげあき》と申しまして、相州横須賀三万石を領しておったのです」

「ふむ。耳にした覚えがあるような……」

「やはり、秀次さまのご重臣のお一人で、わたくしの先夫・塩川志摩守の同僚というか、位から申しますと上役に当たります」

だが、ともに秀次が自慢の家臣としていた名門・三好家出身の「若江七人衆」のなかにはいっているというから、相当なものだ。

「事が起き、秀次さまがご自害されたのちも、志摩守は巧く言い逃れ、治部少輔《じぶしょうゆう》さまのもとに走り、仕えることになったのです」

「治部……石田三成どのじゃな」

秀次の犯した罪状をならべたて、糾弾したのは、その三成である。もしやそれらの罪が嘘八百であったとしたら、塩川志摩守もその捏造《ねつぞう》に一役買っていたのかもしれない。

そうでなければ、「七人衆」の一人が、豊臣家の大物奉行といわれる三成に、容易に受け入れられるはずもないではないか。

つづけて盃を干してから、信幸は大きくため息をついた。

「そういうお人なんです、あの方は」

つぶやいて、お通もまた盃に残った酒を干す。

「それにひきかえ、渡瀬左衛門佐さまは……」

「おう、羽林こうけんどのの叔父上のことじゃな」

どうなった、と眼を向けると、

「秀次さまに連座され……」

一瞬、お通は言葉につまった。

「京の佐竹刑部《ぎょうぶ》さまのお屋敷にお預けとなり、ほどなく見事にお腹を召されました」


それからまた、しばらく信幸とお通の二人は黙った。

黙って、静かに盃を口に運びながら、信幸は思っていた。

太閤・秀吉みずからが、一生に一度の催しと称した「醍醐の花見」。

風に吹かれ、つぎつぎと桜花《おうか》が舞い散っていったように、いろんなことが連鎖のかたちで頭のなかをよぎってゆく。

盃を受ける順位をめぐる女人衆の葛藤……そのうちの一人、淀殿の産んだ嫡子・秀頼への秀吉の溺愛……それがもととなって謀反の嫌疑をかけられ、自死に追いやられた関白・秀次……その秀次の巻き添えとなった多くの無垢《むく》無実の人びと……そこに信幸の縁者もいて、お通の夫の渡瀬羽林が敬してやまなかったという叔父の左衛門佐繁詮がいる。

「夫・羽林が、もともと蒲柳《ほりゅう》の質であったことは、伊豆さまもご存じであったはず」

「むろん、そのことは……」

どこかに遠慮があった。立ち入ったことは何一つ聞かなかったが、その今にも折れてしまいそうな痩身からも、ひとたび始まったら長らく止まらぬ咳の発作からも、羽林が病んでいることは瞭然であった。

「あれでは刀槍も持てず、弓を射ることもかないませぬ。おのれは武家には向かない……そう思い、そこで叔父の左衛門佐さまにご相談のうえ、渡瀬の家から籍を抜いてもらい、武家であることを止めたのです」

武家を棄てても、誠の道、人としての衷心《ちゅうしん》だけは失うな、と左衛門佐は最後に言ったそうな。

その叔父が本当に、前関白・秀次のあとを追う格好で殉死してしまった。

羽林は憔悴《しょうすい》し、脆弱《ぜいじゃく》だった身がいっそう窶れて、それこそは骨と皮ばかりのようになってしまった。

そして叔父の自死からほぼ二年ののちに、羽林は洛西の小野お通の屋敷でひっそりと亡くなった。

「わたくしのお腹のなかにはそのとき、ほどなく生まれてくる娘がいたというのに、ですよ」

だがお通は、もしや羽林の生まれ変わりかとも思い、さきの屋敷で娘のお圓を大事に育てているという。

「今日は乳母《めのと》や侍女たちに任せてきてしまいましたけれど……」

「さぞや、こうけんどのに似て、御仏《みほとけ》のごとく優しいお顔立ちなのでござろうな」

信幸の覚えている羽林は、顔もほっそりしていたが、やや垂れた眉と眼が、たしかに地蔵菩薩《ぼさつ》のもつ慈愛のようなものを感じさせた。

「じっさいに優しいお人でした。でも、もう、この世のものではあらしまへん」

お通の目尻が震え、涙の粒がにじんだ。才女才媛とよばれ、人まえではおそらく強気一辺倒で通しているはずのお通だけに、その姿を見て、信幸の胸はひとしお疼《うず》いた。

ひとひら、ふたひら、花のようにこぼれ、頬を伝う涙を真白の指で押さえて、

「わたくし、これまでずっと、いろんな運に恵まれてきましたもの、一つや二つくらいの運はなくて、当たり前かもしれませぬ」

「まこと。わけても書画に長け、歌もお上手だ。文運については、お通どのにまさる女人は、日の本ひろしといえども、そうはおらぬでしょう」

「されど」

と、お通は小さく首を揺すり、

「殿方に関する運ばかりは、どうも……」

力なく笑う。なるほど塩川志摩守とは生きながらに絶縁し、渡瀬羽林には先立たれた。

それればかりではない。母一人娘一人。幼少時から女手一つでお通を育《はぐく》み、その才能を開花させてくれた母親も、羽林が死んで半年とたたぬうちに病没しているのだ。

「……家族の運にも、あんまり恵まれておるとは言えまへんな」

はや六ツ（午後六時）をすぎたのか、天井を葺いた茅の隙間を通して、月光が洩れてきている。悲痛さと典雅さがないまぜになったお通の顔が、月明かりに映えて透くように美しく輝く。涙の痕《あと》が淡く光った。そこに触れたい、と信幸は思った。察したのか、

「……灯りをお点《つ》けいたしましょう」

はぐらかすように、お通は言った。

部屋の隅に小さな行灯《あんどん》がある。腰をあげ、そちらに向かい、立っていこうとして、お通はつと何かに躓《つまず》いたようにくずおれ、信幸の胸にしなだれてきた。――

そして、一陣の風が吹いた。

それだけのことであり、また、それほどのことでもあった。

五ヵ月後の慶長三年八月、豊臣秀吉が伏見城で薨去《こうきょ》した。

享年六十二。一世一代、水呑み百姓から、織田信長にみとめられ、足軽、侍大将、そして織田家の一部将となり、「本能寺の変」で天運をもぎとった。

弔い合戦となった山崎の戦いで明智光秀を、ついで賤ヶ岳の戦いで柴田勝家を、二人の宿敵を蹴散らす。満天下に王手をかけるや、徳川家康をも軍門に下らせ、小田原の北条を制圧。四国、九州、奥羽を平定して、ついに天下を統一した。

関白、太政大臣、太閤へと昇りつめて、朝鮮に出兵し、大明国さえもわが掌中《しょうちゅう》にせんとの夢をみたが、その達成のまえに息絶えた。

もとより敗色の濃かった日本軍はこれを機に撤退し、文禄、慶長と二度にわたった国外での戦役もここに終わりを告げた。

死の直前、秀吉は家康に前田利家、毛利輝元、上杉景勝、宇喜多《うきた》秀家の五大老にあてて遺言状を書いた。

「かえすがえす秀頼のこと、頼み申し上げ候《そうろう》」

哀切きわまりない最期《さいご》の懇願である。

家康はこのとき五十七歳、老いてなお、すこぶる健やかであった。

一つの巨星が堕《お》ちれば、もう一つのべつの巨星が輝く。

家康は関東に二百五十五万石を領し、その実力をみとめぬ者はない。一方の秀吉の遺児・豊臣秀頼はまだ物心ついたかつかぬかの六歳の子どもであり、家康にとっては、好機到来以外の何ものでもなかった。

小野お通が、伏見の草庵のごとき別宅で信幸に向かい、いみじくも言ったとおり、すでにして日の本の歴史の舞台は、徳川家康の出番を待っていたのである。

第六章　天下分け目

一

太閤・秀吉の死後、天下の政事《まつりごと》は豊臣家の五大老と五奉行による合議制でなされることとなった。

秀吉の遺児・秀頼はまだあまりに幼く、自力では何一つ出来ないからである。

五大老とは関東に二百五十五万石の領地をもつ内府《ないふ》（内大臣）の徳川家康を筆頭に、加賀百万石の前田大納言《だいなごん》利家、謙信以来の武の名門・上杉弾正少弼《だんじょうしょうひつ》景勝、かつての中国の覇者・毛利輝元、そして元備前の豪族・三宅氏の流れを汲む五十七万石の宇喜多秀家である。

その五人の大名の意向を受けて、具体的な施策をおこなうのが五奉行で、石田三成、長束《なづか》正家、増田《ました》長盛、前田玄以《げんい》、浅野長政がこの役職についていた。

これがしかし、すぐに有名無実のものと化すであろうことは、目に見えていた。

秀吉の生前と同様、秀頼は生母・淀殿とともに大坂城に暮らし、ふだんはこれを三成と利家が補佐する。一方の家康は伏見にあったが、太閤の隠居城たる伏見城にははいらず、城下の徳川屋敷で政務をとっていた。

いずれ実力でいえば、彼の右に出る者などはいない。その家康が、さっそくに動きはじめた。

まず彼が手をつけたのが婚姻政策で、伊達政宗や福島正則、黒田長政、蜂須賀家政《はちすかいえまさ》などの諸大名らと縁戚になり、

「たがいに連携して一大勢力をめざさん」

とする。その意図があからさまだとして、

「太閤殿下のご遺命ご遺訓に背《そむ》いており申す」

と、三成らが難じたが、家康は揺らがない。

彼の側からすれば、その太閤こと亡き秀吉も生前、得意としていたことで、だれもがやっていることではないか。

このころ真田信幸は父・昌幸や他の諸大名と同様、家康が政務をとっている伏見の城下にいたが、彼自身、実の岳父は本多忠勝とはいえ、家康の養女・小松を娶《めと》っている。

婚姻を重んじる家康のやり方に同意こそすれ、反対できる筋合いではなかった。

その信幸でさえも、そこまではどうか……と、首をかしげるようなことがあった。

家康は秀頼はもとより、利家ら他の大老、三成など五名の奉行には一切断わりなく、勝手に諸

侯、諸将の加増や転封をおこなったのだ。

「内府の独断専行……これこそは、太閤さまが何よりも怖れておられたことじゃ」

わけても三成らの奉行衆は激怒したが、そこには彼や小西行長を中心とする文治（吏僚）派と、加藤清正や黒田長政、福島正則ら武功派の対立がからんでいた。

それは朝鮮出兵、とくにひとたび休戦してのちに再開された「慶長の役」の折りに激しさを増した。

「われらは外地の戦《いく》さ場《ば》にて生命《いのち》がけではたらいておるのに、三成らは敵勢のおらぬ安全な内地で安穏としておるだけではないか」

と清正が言えば、
長政が応える。

「それだけなら、まだしもじゃ」

「……太閤殿下の御名をかりて、やれどこを攻めろ、休まず戦え、なぞと飛んでもない令状を書いては、つぎからつぎに送りつけてくる」

そんな調子で日本軍、すなわち豊臣の家臣団の内部に生じた亀裂《きれつ》は、秀吉の死後にまでも尾を引いた。それを家康は上手く利用したのだ。

婚姻策にしても領地の加増策なども、およそ武功派を対象としたものが多かった。

そのことがまた双方の対立をあおり、そうでなくとも不安定な政情を、いっそう混乱せしめ、危ういものにさせた。

慶長四（一五九九）年正月、その年初の「御前会議」の席で、家康は石田三成らに糾弾された。三成ばかりではない、家康を除く四大老と五奉行全員の総意として、政事上の独断と背信行為を非難され、

「以後、太閤殿下のご遺命を遵守《じゅんしゅ》していただきたい」

と申しわたされたのである。

家康としては、はなはだ不快ではあったが、ここはひとまず黙って引きさがることにした。毛利や宇喜多、上杉景勝も厄介ではあったが、前田利家が秀頼や三成の背後にいることが、何よりも大きかった。

利家がいる限りは、三成らの奉行衆、小西行長などもふくめた文治派はもちろんのこと、清正や長政、正則ら武功派もどう出るか、予断はゆるさない。「豊臣恩顧」という一点で、まとまってしまう惧《おそ》れもあるのである。

同年の二月にまたぞろ浅間山が鳴動し、たまたま間近の沼田の城にもどっていた信幸などは、

「はて、何か良からぬことの前触れか」

と思ったりもしたが、はたして閏《うるう》三月の三日、前田利家が齢《よわい》六十二で逝去した。以前より体調芳《かんば》しからず、ある程度、利家の死は予期されていた。だがその夜、大坂の城下では、前田邸とはまるで別のところで、大騒動が起きていた。

家康や信幸が思っていた以上に、文治派と武功派の相克《そうこく》は大きかったのだろう。利家という後

ろ盾を失って、途方に暮れる石田三成のもとを、加藤清正や福島正則らが襲ったのだ。細川忠興《ただおき》、池田輝政《てるまさ》、浅野幸長《よしなが》といった面々も、それぞれに手勢をひきいて押しかけたという。

「この機に乗じて、憎《に》っくき治部を討つ」

そういう企てがあることは、何となく治部少輔こと三成も察していたようだ。

清正らが自邸に乱入してくるまえに少数の供を連れて、いったん宇喜多の屋敷に逃れ、さらに盟友・佐竹義宣《よしのぶ》のもとを頼る。三成はそこで夜を明かし、朝になって佐竹の用意した舟で伏見へと向かった。

「そこで治部どのは、いったい伏見のどこへ行ったと思う?」

上方《かみがた》から遠く離れた沼田の城で、信幸は正室の小松を相手に話していた。

伏見の真田屋敷にいる昌幸から、事の顛末《てんまつ》を知らせる文《ふみ》が届いたばかりなのだ。昌幸は一族の宇多《うた》氏を通じて三成とは縁戚の関係にあり、それなりに親しくしていて、たがいの動向を見守っている。

「……わかりました」

眼を大きく見ひらいて、小松はうなずきかえす。

「内府さまのお屋敷ですね、治部どのが逃れられたのは」

「さすが、じゃな。小松、さすが戦さ巧者・本多平八郎どのの娘だけのことはある」

「戦さ、でございまするか」

「ふむ。大戦さではないがな、智恵をしぼらねばならぬことでは、いっしょじゃ」

家康は清正や正則らの武功派と近しい。それで三成は、逆に安全だと踏んだのだろう。

「今のご内府のお立場も考えてのことだとは思うがな」

利家が死んだ直後で、すべての重責を一身に担わなければならない。少なくとも建前上は「内輪もめ」など、みとめられぬ。丸くおさめるのが、目下の家康の立場、役まわりなのである。

じっさい、家康はみずからの懐《ふところ》ろに飛びこんできた窮鳥《きゅうちょう》ともいうべき石田三成を突き放すことは出来ず、清正らの「引き渡し要求」に対しても、固く拒み通すこととなった。

このときの家康が、さらにそのさきまでも見通していたことは、信幸も小松も知らない。

けだし。家康としては、簡単に三成を殺させるわけにはいかない。生かして、適当に泳がせておき、豊臣家内部の対立と抗争をいっそう激化させる。

そこに付け入って、何とか口実をもうけ、大戦さを仕掛けられはすまいか。——

ともあれ、家康は三成を保護し、自邸にかくまいはしたが、一方では、激高した加藤清正らを制し、宥《なだ》める必要もあった。

言ってみれば「喧嘩両成敗」である。

「こたびの騒ぎ、荷担した者にはそれぞれ、咎《とが》を科す所存じゃ」

三成にはそう言ってきかせ、家康は、

「その代わり……」

とつづけた。

「治部どの、御みずから職を退いていただきたい」

奉行職を辞し、自城に蟄居《ちっきょ》謹慎するよう申しわたしたのである。

三成としては、渋々ながら、これに従わぬわけにはいかず、ほどなく辞職して、近江佐和山城へと引きあげていった。

二

同じ慶長四年の十月、家康は前田利家の役をひきつぎ、秀頼の後見人として大坂城の二の丸にはいった。

十一月の末に浅間がまたも激しく鳴動し、あいつぐ噴火の予兆で人びとの不安をあおったが、この年はかくべつに大きな出来事はなく、慶長五年となった。

信幸は三十五歳。まさに、はたらき盛りであったが、三月にいっとき、からだを壊した。

一年ほどまえ、利家が亡くなり、加藤清正らによる三成襲撃の騒ぎが起こったときもそうであったが、信幸は持病の瘧《おこり》の発作が出、家康の許しを得て、沼田へもどることとなる。

瘧とは間歇《かんけつ》的に高熱を発し、全身に震えが来て止まらなくなる病いで、致命的なものではなかったが、役務などには支障が出る場合もある。

そうして信幸が領地・沼田で療養している間に、父の昌幸や弟の信繁は伏見の屋敷を引き払い、大坂へと移った。

他の大小名と同様、家康に随従《ずいじゅう》したのである。

昌幸は上野沼田にいる信幸のもとへ、そうした事情を伝える文を送っている。

「……しからば内府様、大坂に御座《ござ》なされ候について、大名小名悉《ことごと》く伏見の衆大坂へ引き移られ候」

こんなとき、嫡男への気配りを忘れないところにも、策士とよばれる昌幸の、そのじつ繊細で質朴な一面が表われている。

「油断なく御養生肝要《かんよう》に候」

ところで、その昌幸や信幸の主すじである家康は、大坂にあっても、じっとしてはいなかった。

五大老のうち、他の者たちは本国へ帰ってしまっている。利家亡きあと、前田家は利長がついでいたが、家康はまず、この利長に謀反の疑いをかけ、利家の正室であったお松の方――芳春院《ほうしゅんいん》を人質に取るなどしている。

ついで家康が狙いを定めたのが、会津百二十万石の上杉景勝であった。

事は二年まえの正月にさかのぼる。太閤・秀吉は余命いくばくかという頃合いであったが、なお権力保持の思いは強く、実力者・家康を牽制するためであろう、景勝を父祖の地・越後から、より関東に近い陸奥《むつ》会津へと転封させたのだ。

ちなみに川中島など、多くの北信濃の将も、これにしたがって会津へと移ったが、真田勢は家康の「引き」が強かったこともあり、信州（上田）と上州（沼田）に踏みとどまっている。

「会津の上杉の動きが怪しい」

放ってある間諜らからの報告が家康のもとに届いた。

慶長五（一六〇〇）年の初頭のことだが、相似た報告は前年の秋ごろから、もたらされていた。

「大坂に登城し、秀頼さまにご挨拶せよ」

この家康からの要請を再三、断わってきている。

「領国支配のこと繁忙《はんぼう》につき……」

これが上杉方の上洛拒否の理由だが、たしかに若松の城や城下、道路、河川などをつぎつぎと修復、新田の開発開墾にもつとめている。

それは良い。それは良いが、ほかが問題だった。

「刀槍ばかりか、銃《ひょうじょう》も何十丁か新たに買いあつめ、浪人者を雇い入れておるそうな……」

徳川主従のみの評定の席で、家康が言うと、すぐそばにいた本多弥八郎正信が、相づちを打った。

「ほどなく三月十三日……謙信公の二十三回忌がございまする。その折りの法事には、近隣の城主や諸将ばかりか、大商人までも若松の城によびこむ手はずと聞いており申す」

本多家は三河の安祥《あんじょう》譜代で、徳川、松平と同じ「葵御紋《あおい》」の使用をゆるされた名族だが、正信は信幸の舅《しゅうと》の忠勝より十ほども年長になる。武辺では忠勝にはるか及ばぬが、性温厚で、政事手腕に長《た》けている。それだけに、家康の信任が他のだれよりも篤かった。

その顔にちらと眼をやって、家康は大きく顎をひき寄せる。

「……領内の仕置きはともかくとして、そこまでやるとはな。景勝め、あまりに度がすぎるのではないか」

「いつ、たれと事を構えても良いように、戦さ支度をしておるのでありましょう」

「いつ、は近々……たれ、とはお屋形さまよりほか、ござるまい」

と、平八郎忠勝も割ってはいる。

そうしてそのとき話に出た謙信の二十三回忌も、陸奥会津の上杉家では、つつがなく終えた。

「たいそう盛大だった」

との報告をうけて、家康は一種の「最後通牒《つうちょう》」を発することにした。

壮大な法事や兵の召集、武器の購入は何のためか。

問いただすべく、上洛を求めたのだ。

「大坂城へ出仕して、上（秀頼）さまの御前にて、弁明せよ」

公儀の名において、命令状を出したのである。

これをしかし、上杉方は断固拒否した。景勝股肱《ここう》の将・直江兼続《かねつぐ》が、こう返答してきたのだ。

「もし内府どのが討伐軍を出すならば、われら迷わず受けて立つ」

世に有名な「直江状」である。

じつは兼続はかねて三成とは昵懇《じっこん》で、

「北と西とで関東の家康を挟撃せん」

と、密約をしていたのだが、家康は家康で、そんなこともあるであろう、と読んでいる。それどころか、本音の部分では、ようやってくれた、と挑戦に応じた兼続を褒めたいぐらいの気持ちでいた。これほど見事に、万人を納得させられる口実はない。

五月三日に直江状――上杉方からの「入洛拒否」の書状を受けとると、家康は即刻、会津出兵を決断。六月初めには、諸侯に討伐命令を発し、同月半ばにみずから大坂を発ち、伏見をへて江戸へ向かっている。

他の諸大名と同じように、真田昌幸・信繁の父子は上杉討伐の命を受けるや、ただちに国もとの上田へと帰り、軍勢をととのえて徳川の本隊と合流、会津をめざすことになった。

信幸は本領の沼田を動かずにいたが、すでにして瘧の発作も出なくなり、体調はほぼ完璧《かんぺき》に回復していた。

上方にとどめてある家来衆や間諜ばかりか、父や弟からの報告も受けており、

「さぁ、いつなりと出陣できるぞ」

腕捲りして、居室にこもり、自慢の十文字槍など磨いていたところへ、

「殿、お客人にございまする」

小松が侍女とともに姿をみせた。

「お武家さまではありますが、何やら特異なご風体《ふうてい》をなさってておられて……」

髪は銀《しろかね》だが、長く肩まで伸ばして革の輪でむすび、袴もまた長い南蛮渡来とおぼしき黒革製。赤い陣羽織に、龍虎の模様の甲冑《かっちゅう》をまとっているという。

「ふむ、間違いないな。それは前田の慶次……利益《とします》どのよ」

「なんと、前田の……利益どの」

そう。当代きっての「かぶき者」で知られる前田慶次こと利益であった。

信幸が最初に彼と会ったのは、天正十（一五八二）年になって間もないころのことだ。

当時、天下に君臨していた織田信長から関東の管領職に任ぜられた滝川一益《かずます》のもとへ、父・昌幸の供をして挨拶に行った。そのおりに一益の隣に座していたのが利益で、その身の丈の高さや身につけたものの派手さ加減に、信幸は目をみはったものだった。

それが、わずか半年後に信長が横死して、一益や利益など、滝川勢は北条軍に追われる格好で本領の伊勢へと逃れようとするが、その一行を信幸ひきいる真田の一隊が警固する。利益と再会したのは天正十四年、父や弟とともに上洛し、太閤・秀吉に謁見しての帰路のことで、信幸は彼に洛西の小野屋敷へと誘われ、才媛の誉れ高いお通に初めて紹介されたのだった。

そのお通のもとで、いっしょに茶を供されて以来である。

「先年、亡くなられた前田大納言利家さまの甥……いや、実の叔父は、信長公の重臣の一人であった滝川一益さまであるがの」

「……聞いた覚えがあります。滝川さまのお家の出ですが、大納言さまのお兄上のもとへ養子にはいられた方とか」

「さよう。今の世に比類なき洒落者《しゃれもの》、数寄者《すき》、傾奇者《かぶき》で通っておる……それゆえに、小松、そなたも存じておるのじゃろう」

そのとき、部屋の外で、ちょっとしわがれた男の咳払いがした。

見ると、当の利益ではないか。見事な銀白の総髪で、龍虎の甲冑をつけたままでいる。

「そこな書院に通されたゆえ、お待ちしておったのじゃがな」

待ちきれずに、外の廊下を歩いてきたのだという。

「何やら、それがしの悪《あ》しき噂をしておるような気がしたもので……」

「悪しき噂なぞはいたしておりませぬよ」

「いやいや、小松どのと申されたか、さすが本多平八郎どのの血を引かれておる……武術のたしなみのせいもあってか、お声がよく通り申す」

わっはっはと、あちこち歯の欠けた歯ぐきを剥《む》き出しにして笑う。小松は、そんな利益を呆れ顔で睨んで、

「ただ地声が大きなだけでございましょう」

「む。お気をわるくなされたかな、これは失礼」

軽く頭を下げてみせる。

「ところで、利益どの。当年とって、おいくつになられた？」

「忘れておられるのか。そこもとより二まわり上……当年が還暦でござるよ」

「……だのに？」

と、信幸が訊《き》きかけたとき、

「まぁまぁ、利益さま。そちらにお坐り下さいまし」

小松が、信幸に相対した席のあたりを眼で示した。

「すぐに粗茶なぞ、お持ちいたしますゆえ」

「すまんな。しかし、そうゆっくりもしておられんのじゃ」

茶も要らぬ。甲冑も脱がぬという。

「二、三の者とはいえ、供が城門のまえで待っており申す」

「どちらへ向かわれる、と？」

「知れたことでござろう」

「やはり、会津へ？」

「しかり」

しかも家康指揮下の征伐軍に参加するのではなく、上杉景勝にくみするのだという。

「それがしが思うに、景勝さまほど思慮分別にめぐまれ、情に篤い名将もござらぬ」

たしか以前にも、利益は信幸に向かい、そんなことを言っていた。あるいは信長横死に乗じて、北条勢が利益ら滝川方を攻めてきたときに、景勝は表立って味方はせずとも、静観することで利益らを利した。

それに対する旧恩の思いも、利益にはあるのかもしれない。

見かけによらず、義理堅い男でもあったのだ。

「…………」

「この慶次、老いても花、枯れても花……まさしく傾《かし》いだ花で、景勝さまをお飾りしたいと思うており申す」

どこぞで聞いたような話だ、と思ったが、信幸は黙っていた。

「いざ戦さ場に立たせていただければ、まだ槍ばたらきくらいは出来申す……雑兵《ぞうひょう》の五人や十人、討ち果たしてみせまするぞ」

告げてから、

「伊豆どのとは相まみえたくはござらぬがな」

ふいに利益は声音をやわらげる。

「……それがしも」

「何がどうあっても、伊豆どのは内府のお味方を?」

「もちろん、でござりまする。譜代ではなくとも、それがしは徳川さまの直臣。金輪際《こんりんざい》、内府さまを裏切るわけには参りませぬ」

「さようでござるか」

小さく頬を震わせて、利益は言う。さすが洒落者の慶次も老いた。こころなしか、身に負った甲冑が重たげに見えた。

三

徳川家康が江戸に帰着したのは、七月二日である。そのまま家康は二十日ほども江戸に滞在し、上杉征伐にそなえたのち、同月の下旬には一軍を引き連れ、北上をはじめた。

家康の三男で、後継と目《もく》されている秀忠は、父親より少々早く江戸を発ち、二十一日には、下野国古河《しもつけのくにこが》に到着している。

古河の北方五里（約二十キロ）弱のところに小山《おやま》があり、全軍は二十五日、そこに集結する予定だった。

伏見城の留守居をまかされた鳥居元忠ら一部の将を除く徳川譜代の者たち、さらには黒田長政や加藤清正、福島正則ら、亡き秀吉の子飼《こが》いながら武功派として家康に近い豊臣方の諸将までが、続々と参陣してきている。

これにあわせて、真田昌幸は二男の左衛門佐《さえもんのすけ》信繁を伴って信州上田を進発。伊豆守信幸は一足さきに沼田を出て、小山の北八里ほどの宇都宮に着いていたのだが、小山に向かおうとしていた矢先、昌幸からの急使が来た。

使者は、ただ昌幸・信繁の父子が下野犬伏《いぬぶし》に陣を張ったことを告げ、

「願わくば、いそぎ、われらが陣に参られたし」

との昌幸の言伝《ことづて》を口にするのみである。

よほどに火急《かきゅう》で、秘密を要することなのだろう。

そうと踏んで、信幸は取るものも取りあえず出立の支度をし、ごく少数の供のみをしたがえ、小山の西方三、四里に位置する犬伏へと馬を走らせた。

その信幸が、昌幸らの待つ陣中に姿をみせるなり、

「よし。他の者はよぶな……わしと源三郎、源次郎の三人のみにて語りたき話がある」

近ごろでは珍しく、通称で息子二人をよんだ。股肱の者すらも近づけてはならぬ、と人払いして、犬伏の村はずれに建つ廃屋まがいの苫屋《とまや》へと息子たちをみちびいた。

屋内にはいり、半ば朽ちかけた板間に腰をおろすと、昌幸はおもむろにおのれの懐中に手を入れて、一通の書状を取りだし、

「読め」

と、目顔で言った。黙って受けとると、信幸は、数行読んだだけで、

「これは……」

驚きの顔を父のほうに向けた。治部少輔・石田三成からの書状……密書ではないか。

昌幸が小さく首を横に振る。

「つい二ツ刻（約四時間）ほどまえに届けられた」

ふたたび信幸は書面に眼を落とした。

そこには内府こと家康が太閤の遺訓を破り、遺児・秀頼を見捨てて上杉征伐を強行しようとしている。よって奉行衆、相談のうえ、家康を討つ、と書かれていた。

「太閤殿下の御恩を忘れることなく、秀頼さまへ御忠節あれ」

信幸が書状を返すと、すぐに昌幸は言った。

「そなたが驚愕するのも無理はない」

近江佐和山城に蟄居していたはずの三成が挙兵するなどとは、昌幸とて思いも寄らぬことであった。三成の盟友たる刑部少輔《ぎょうぶしょうゆう》・大谷吉継《よしつぐ》でさえも敦賀の自城を発し、徳川軍にくわわろうとしていたのである。

「じゃが、敵を欺くにはいちばんの味方を欺け、とも言う……治部少輔としては、内府らに悟られてはならぬ、と極秘裏《ごくひり》に動いていたのであろう」

同じ豊臣恩顧の将であっても黒田長政ら、対立する武功派の面々にも知られぬように事を進めたものと思われる。ただ増田長盛や長束正家など、何人かの奉行には計ったようで、昌幸のもとには三成からの書状につづき、五奉行連名による、

「内府公御違いの条々」

すなわち家康に対する弾劾文と、三成(豊臣)方への勧誘状も届いたという。

「こちらが、それじゃ」

と、ふたたび懐中から別の書状を出して、信幸に手わたす。読み終えるのを待って、

「おそらくはすでに、大谷刑部どのにも加勢を申し入れたにちがいない」

昌幸の言葉を受けて、ふいと信幸は、父の隣に座した信繁のほうを見た。

この数刻、昌幸と二人、何度も話しあったのだろう、すでに信繁は決断したようで、すっきりとした顔をしていた。

信繁は生前の太閤・秀吉につきしたがい、始終そばに侍《はべ》り、可愛がってもらっていた。あまつさえ、信繁の正室・安岐《あき》は大谷刑部吉継の愛娘《まなむすめ》。その大谷が、三成を見捨てるはずもない。とな

れば……。

「源次郎……左衛門佐、貴様は当然、治部どののお味方につくのであろうな」

信繁は他人の胸中を見抜くのが早い。すぐに察して、余計なことは言わずに、

「内府さまは、兄上のご養父でござりますからな」

「とは申せ、そのじつ、そなたの室の小松は徳川の臣・本多平八郎の娘ぞ」

今さら何を、と信幸は思う。信繁も同様に感じたらしく、

「父上、失礼ながら、さような話はこのさい、無粋ではないかと存じまする」

「それは、そうじゃが……」

縁戚の関係で言えば、信幸はむろん徳川方、信繁は太閤への報恩を差し引いても豊臣方が近い。

それでは、昌幸はどうか。

豊臣家とは、かなり遠い。形式上のものとはいえ、何といっても家康は嫡男・信幸の岳父なのだから、家康のほうがずっと縁が深いことになる。

だが昌幸は三成とも、古くから親戚付き合いをしてきている。

「しかも、じゃな。正直申さば、わしは内府が嫌いなのじゃ」

昌幸には武田家の家臣だったころから家康に対して、含むところがあった。北条がらみの領地争いにおいても、庇《かば》ってくれたという思いはない。むしろ、さきの「神川《かんがわ》合戦」のごとく、大挙して小兵の真田を攻め、押しつぶそうとしたとの印象が強かった。

信幸とても、その折りのことは忘れてはいない。それどころか、信幸こそは数少ない真田勢の

陣頭に立ち、徳川の大軍を相手に率先して戦ったのだ。

「しかし父上、あれは遠い過去のこと……現在《いま》は現在ではありませぬか」

いまや真田家全体が家康に臣従し、信幸にいたっては譜代並みの直臣となっている。

自分を照らす光となれ、天下を飾る者になるのだ——家康から直々にそう言われたことが、現在の信幸にとっては、一つの誇りにすらもなっているのだった。

「それがしとしましては、まさかに、ここで叛旗《はんき》をひるがえすわけには参りませぬ」

「内府さまに、か」

おや、と信幸は父の顔を見すえた。おもわずいつもの調子になってしまったのだろうが、まだ昌幸は迷っている、と信幸は読んだ。

「……だいたい、好きだとか嫌いだとか、父上らしくもござりませぬ。かようなときに、昔の鬱《うっ》憤《ぷん》を晴らそうとしたとて、いったい何になりましょうぞ」

「ふーむ」

唸ったきり、胸のまえで腕を組み、昌幸はしばらく黙りこんでしまった。


やがて伏せていた顔をあげると、昌幸は告げた。

「伊豆守に左衛門佐、よう聞け。父子のあいだで嘘まやかしをやりおうても仕方があるまい。本音を言おう」

「…………」

「太閤殿下はかつて、このわしを評して、表裏比興《ひょうりひきょう》とよんだことがあるが、わしは今でもそれで良いと思うておる」

「表裏……」

と、信幸が口にすれば、

「……比興」

と、信繁がつづける。幼少時から、こんなふうだ。根っから呼吸《いき》のあう兄弟だった。それだけに二人とも、父が言いたいことはわかった。

もとはといえば「比興」とは、いくつかのものを比べて興ずることだ。

「内府か、治部か。いずれについたら、われらに利があるのか……さっきから、わしはずっとそのことを考えておった」

昌幸は家康も三成も、亡き太閤に対する恩義もまた、関係ないというのである。自分たち真田の一族が、どうやったら浮上するか。

「今こそ、絶好機ぞ」

まずは目下保有する領地を守ることだが、ついで信濃一国、さらに上州、甲州、関東をも掌中にする。

数万石から幾十万、百万石の大大名になることも夢ではない。

「それも、かかる大戦さがあればこそのことなのじゃ」

一見、途方もない望みのようだが、織田信長の父親は尾張守護代三奉行の一人でしかなく、徳川家康は元は新田《にった》氏の末端に連なる松平氏の出だという。

豊臣秀吉にいたっては、信長によって最下級の足軽に取り立てられるまえは、尾張の寒村の小百姓の伜《せがれ》だったというではないか。

「すると、何でござりまするか」

と、言葉を発したのは、信繁のほうだった。

「……父上はじつのところ、天下すらも狙っておられると」

「よう言うてくれたわ、源次郎。信玄公に託された夢をかなえるのは、今しかないやもしれぬでのう」

場合によっては、家康と三成らの大坂方とが互角のままに力を失い、凋落《ちょうらく》する可能性だってある。

「そうなれば、世間はもっと乱れる。だれが天下に王手をかけても、おかしくはなくなろうよ」

わっはっは、と高笑いをしてから、昌幸は急に声を落とし、

「わしの真の狙いはともかくとして……」

沈黙したままの信幸の顔を見た。

「こたびは、内府にくみするわけにはいかぬ」

「何故に？」

「左衛門佐と同じ理由よ」

「なるほど、母者《ははじゃ》らが捕らわれておると」

信繁の正室の安岐は「実家」の大谷方にいるらしいが、昌幸の室――信幸の生母でもある山之手殿と弟妹たちは、大坂城にとどめられている。彼らの身を守るためなどというのは、もちろん口実で、三成方の大事な人質というわけである。

「されど、父上……」

そんなことで、表裏比興の大策士たる真田昌幸が去就を決めるとは思われない。

「さよう。治部があれこれとな、申してできそうなのじゃ」

好条件を、であろう。どうやら昌幸は、これから三成の周辺や上方、西国などの諸大名の様子をとくと調べ、そのうえでなおも条件を釣りあげるつもりのようだ。

「ともあれ、もはや、わしの気持ちは傾いておる」

「治部少輔のほうに、でござるか」

「いやいや、亡き太閤殿下のご遺児を扶《たす》けたてまつるのよ」

答えて、昌幸はまた小さく含み笑いをしてみせた。

四

そのころ当の家康のもとにも、豊臣家の五奉行連名による「内府公御違いの条々」なる弾劾状は届いていた。上方に配してある間諜などからも、続々と三成方の決起の報ははいってくる。

家康は怒るどころか、

「治部め、ようもやってくれよったわっ」

膝をたたいて喜んだが、予定どおり、七月の二十五日に小山での評定はおこなうこととなった。というより、上杉征伐を中止し、軍をもどして三成の挙兵に対するべく、西へと向かう——矛先を変えることを伝え、諸侯に、その是非とそれぞれの進退を問うことにしたのである。

家康は評定の前日の二十四日、小山に到着。そこへ、真田信幸が参上した。

信幸は父・昌幸らと犬伏で別れると、いったん宇都宮に帰陣したが、ほとんど休む間もなく小山をめざし、さきに着いて、家康を待っていたのである。

家康の陣幕内にはいることをゆるされると、信幸は面前に進みでて、父と弟の信繁が家康に離反したことを正直に打ち明けた。

「父はかならずしも、本心から治部どのに同意したわけではございませぬ。ただ、おのれの所領を守ることが第一で、さらに大きゅうすることが出来れば……と申しておりました」

さすがに「天下取り」の野望を秘めている、とまでは口にし得なかったが、昌幸の本当の狙いをにおわせはした。

「じゃが、安房守らは余《よ》にはくみせぬ、むしろ敵対するとはっきり、そう言うたのであろう」

「はっ。申し訳もござりませぬ」

と、信幸は額が地に着くほどに深く、その場にひれ伏した。

「頭を上げよ、伊豆守。そちが謝ることではない」

思いのほか、穏やかで和らいだ声だった。

「したが、そなたはどうなのじゃ。余のもとにとどまってくれるのじゃろう」

「も、もちろんでござりまする」

これまでにも増して忠義をつくすつもりだ、と信幸は断言した。

「……余を最後まで見捨てず、飾り立ててくれるか」

信幸が大きく顎をひき寄せると、驚いたことに家康は笑顔で彼の側に歩み寄って、

「そうか、そうか。それは何とも心強いわい」

おのれの刀の提《さ》げ緒《お》を切り、信幸に手わたした。

古来、その所作には「所領安堵」の意味がある。

そしてじっさい、数日後には、

「日ごろの儀を相違《たが》えず、立たれ候こと奇特千万《きとくせんばん》に候」

と書かれた家康の感状が信幸のもとにもたらされ、ほとんど同時に、こんな安堵状も届いた。

「今度安房守別心のところ、その方忠節を致さるの儀まことに神妙に候。然らば小県《ちいさがた》の事は親の跡に候間、違儀《いぎ》なく遣《つか》はし候」

家康は、父・安房守昌幸の離反にもかかわらず、信幸が自分に忠節を誓ったことを褒め、昌幸の領地たる信州の小県郡をあたえる、と約したのである。

翌日の軍《いくさ》評定では、家康の目論見《もくろみ》どおりに事が進んだ。

石田三成が挙兵したことはすでに、小山に参集した諸将のだれもが知っている。おおかたの大

名が、五奉行連名の家康に対する弾劾状を受けとっているからである。

彼らとしては、三成が、ほんらい家康と同格の大老職にある毛利輝元を総大将に、宇喜多秀家を副将にして、徳川方と戦おうとしていることも気にかかる。

さらに豊臣恩顧の将らにとっては、

「治部少輔は秀頼さまを擁し、後ろ盾にしようとしているようだ」

と、そのことも案じられるし、昌幸が犬伏の苫屋でいみじくも信幸に明かしたように、彼らは妻子を大坂に残して出陣してきている。

けだし。みな一様に、三成方に人質を取られているのだ。

妻子の身柄がどうなるか。その消息を懸念せぬ者はいない。

それを読み、さきまわりする格好で家康が言った。

「おのおの方、さぞや、ご心痛のことであろうと、お察し申しあげる」

そこで、ここは何ら、拘束をするつもりはない。家康のもとに残って、行動をともにするか。あるいは大坂にもどり、三成に加担して、人質を返してもらうか。

「めいめい、ご自身で判断召されよ」

評定の場が一瞬、しんと静まりかえった。が、そのとき、突然に床几《しょうぎ》から立ちあがって、

「知れたことでござりまするっ」

大声を出した者がいた。

居あわせた豊臣恩顧の武功派のなかでは、主将格と目されていた福島正則であった。

「……われらが治部少輔のごとき臆病者と、手を組むはずもござり申さぬ。少なくとも、それがしはご内府の仰せにしたがう所存」

「それがしもでござる」

正則に負けずに甲高い声を張りあげたのが、黒田長政である。

あとは簡単であった。

「それがしも……」

「みどもも、ご内府に……」

つぎからつぎに申しでて、ごくわずかの将が保留としたのを除き、大半が家康についていくこととなった。

むろんのことに、あらかじめ家康が手を打っておいたのだ。まずは、もっとも自分に従順な長政を籠絡《ろうらく》し、上手く正則を乗せるように言い含めておいたのである。

小山での評定が盛りあがり、ほとんど一決しようとしていたころ、信幸は手下《てか》の兵をすべてまとめて、自領の沼田へと向かっていた。

「いかに実の父子とはいえ、ひとたび敵味方にわかれたからには、何があるか、わからぬ」

と、家康に言われたのだ。不在の間に城を乗っとられでもしたら、大事《おおごと》になる。

「早《はよ》う沼田にもどって、防備をととのえよ」

そのときは笑顔どころか、真剣そのものの表情で命じたのだが、それがまんざら家康の杞憂《きゆう》でもなかったことが、帰城してから、信幸にもわかった。

留守居の者や侍女らをしたがえて、城門まで迎えに出た小松が、開口一番、

「一昨々日、お義父《ちち》上と左衛門佐どのが、こちらにお見えになられました」

そう告げたのである。

もしや、家康と昌幸――似たもの同士なのかもしれない。

今や敵となった信幸が徳川方の加勢を得て、自分たちを追撃してきたら、厄介だ。

そんなふうに考えたらしく、犬伏の自陣に帰るや、昌幸は即刻、全軍に撤退命令を出し、上田への逃走をはかった。

しかし下野の犬伏と信州上田とでは、五十里（約二百キロ）ほども離れている。途中、沼田を通るが、そこまででも二十里余はあるし、あいだに赤城山がそびえている。

昌幸と信繁らの一行は、その赤城の山すそ伝いに沼田に出た。昌幸もすでに五十四歳、年齢《とし》も年齢である。よほどに疲れたのでもあろうか、

「道はまだまだ遠いぞ。源次郎、沼田の城で一休みしていこうではないか」

それに出来れば、天下分け目の合戦をまえに一目、内孫の顔を見ておきたい、と言いだしたのだ。

信幸の追撃を恐れていたはずなのに……はて、妙なことを、と信繁は思ったが、とりあえずは承諾。一行は薄根川《うすねがわ》の流れを利した堀にかかる橋をわたり、いざ入城しようとした。

ところが、城門のまえには甲冑に身をかためた警固の兵に守られて、大勢の女人が立ち、昌幸らの行く手をはばんだ。みな、小袖の上に襷《たすき》をかけ、手に手に薙刀《なぎなた》を構えている。

中央に立っているのは、まぎれもない信幸の室、小松である。

「ようこそお出でになられました」

いちおうは頭を下げたが、小松は眼光するどく義父と義弟の顔を睨みすえて、

「わが殿はご不在。なれど、しかと報せを受けておりまする。お義父上らは内府さまに、弓を引かれるおつもりである、と」

「ほう。もう信幸からの使いが参っておったか」

「はい。お義父上、義弟殿といえども、今はわが殿の御敵になられた方々……となれば、この城のなかにお入れすることは出来ませぬ」

ぜひにとあらば一戦をまじえん、とまで言われて、さしもの昌幸もたじたじとなった。

まさかに嫡男の嫁が、そこまで強硬に出るとは考えもつかなかったのであろう。昌幸らは折れてでた。

「小松どの、そこもとを相手に戦おうなぞとは毛頭《もうとう》思うてはおらぬ……わしはただ孫らの顔を一目なりと見たいと願うておるだけじゃ」

城下の正覚寺に宿所を用意してある、信幸の子らとの対面はそこでなされよう――その小松の申し出を受け入れ、昌幸たちは引きあげていったのだという。

「……されど、対面はなされたのじゃな」

小松の話を黙って聞いていた信幸が、口をはさんだ。小松がうなずきかえすのも待たず、身を

乗りだすようにして言う。

「子どもらは、いかがした……息災《そくさい》でおるのじゃろうな」

家康のもとを辞すと、信幸は早駆けに駆けて、ここ沼田にたどり着いた。家康に言われたとおり、防備を固めるためであったが、いちばんに気になったのは留守を預かる者たち、わけても妻子らの消息であった。

だがやはり、似たもの同士なのではないか。たぶん沼田に立ち寄ろうとした昌幸の魂胆、半分以上は家康の危惧《きぐ》したとおりだ。

孫の顔を見たいなどというのは、父・昌幸の建前にすぎまい。本心はおそらく、敵側についた信幸方の様子をうかがうことにある。城に居残った家臣らのなかには、昌幸や信繁と親しい者も多い。

あわよくば、いっきに沼田の城を乗っとってしまおうと考えていたのではなかろうか。――そんなこともあろうかと踏んでいたからこそ、信幸は早手まわしに自城へ使者を差し向けたのである。

だれより近しい父ではあったが、いや、日ごろ身近に接しているがゆえに、彼はその恐ろしさを知悉《ちしつ》している。昌幸は稀代《きだい》の戦略家であり、このたび、これと挙をともにした弟の信繁もまた、父に増して怖い智謀の持ち主だと信幸は見ていた。

「殿、ご案じ召されまするな。子どもらは、つつがのう城にもどって参りましたゆえ」

「そうか。ならば、良いがの……」

いかに敵対することになったとはいえ、まさか昌幸が実の孫らに危害をくわえるようなことはなかろう、と小松は思ったという。

「それに、よもやのことでもありましたなら、わたくし、お義父上と差しちがえて死ぬ覚悟でございましたもの」

「そちのことじゃ。それだけではあるまい」

「……おわかりになりまするか」

ふっと短く笑って、小松はもう一つ、考えたことを明かしてみせた。

それは、万が一の場合は実父の本多忠勝に通報し、昌幸らが上田の本城にたどり着くまえに追撃してもらい、殲滅《せんめつ》させるという策であった。城下の寺にわざわざ宿をしつらえたのは、舅《しゅうと》らを足止めする狙いもあったらしい。

「……ふーむ。女子《おなご》にしておくのは、勿体ないぞ。父上らも怖いが、そなたもまた、なかなかの者じゃ」

信幸は妻の顔を半ば呆れ、半ばは感心した面持ちで見つめ直した。

五

家康は八月五日に江戸へもどり、ひと月近く、城内のおのれの居室からほとんど出ないでいた。日がな一日、文机《ふづくえ》に向かい、全国津々浦々の諸侯にあてて書状をしたためていたのである。

その主旨はもちろん、このたびの石田三成方との戦さのことで、「理」も「利」もわれにあり、

「ぜひに、ご加勢を」

というものにほかならなかった。

当人は動かない。しかし同月の半ばには、先陣として福島正則や池田輝政らを清洲の城に集結させて、織田秀信の守る岐阜城を攻撃、落城させている。

織田秀信。彼こそは、かつて「清洲会議」の折りに秀吉の腕に抱かれていた信長の嫡孫《ちゃくそん》、三法師その人である。その後は秀吉から美濃国岐阜に十三万石をあてがわれ、中納言の官位を得て、豊臣家臣団の一翼を担っていた。

岐阜落城ののちには剃髪《ていはつ》して高野山へと逃れ、山麓の蟄居《ちっきょ》先にて二十四の若さで病没している。

それはともかく、月が変わって九月の朔日《ついたち》、ようやくにして家康は重い腰を上げた。

江戸を出立し、東海道を西へ向かったのである。

これが徳川軍の本隊であるが、ここに軍監として信幸の実の岳父の本多平八郎忠勝がいる。そしてこちらも信幸と親しい井伊直政が、家康の四男・忠吉《ただよし》の介添役の先手《さきて》をつとめていた。

ほかに大須賀《おおすが》忠政、奥平信昌《のぶまさ》らの譜代がいたが、江戸を発った当初は一万余騎、みちみち三河や尾張、美濃などの小大名、やがては先発の福島正則や黒田長政、藤堂高虎《たかとら》らの外様《とざま》大名が合流して、最終的には七万四、五千人もの大勢力となった。

もっとも、見ようによっては、徳川の旗本と与力大名との「混成部隊」であり、その点が少々、心もとないとも言えた。

そういう意味では、これより少しまえに中山道の板橋方面に向けて進発した家康の世子《せいし》・秀忠軍のほうが、ほぼ譜代揃いで、まとまりがあった。

榊原康政、大久保忠隣《ただちか》、本多正信、酒井家次《いえつぐ》に、秀忠の近習たる土井利勝までいる。信幸にとっては義理の兄に当たる忠勝の息子の本多忠政も、この一隊にいた。

小大名にも奥平家昌や牧野康成などの譜代が多く、これに途中、信州各地の諸大名がくわわった。川中島の森忠政、小諸の仙石秀久、松本の石川康長といった面々である。

総勢三万八千余と、別動隊としては最大規模だが、上杉征伐と同様、あくまでもその名目は「真田征伐」にある。

上田の真田昌幸・信繁勢を下したら、東海道の家康軍と連携しつつ、中山道を西上する予定であった。

ただし、そのことは麾下《きか》の将にも伏せられていて、榊原康政や本多正信ら、ごく一部の重臣のみに知らされていた。

むろん、三成らを油断せしめるためである。

真田信幸は家康の命により、ひとまず沼田へ帰っていた。

その地理上の位置からして、上田ばかりか、上杉方の拠点・会津にも睨みをきかせることが出来る。そうして双方を牽制していたのだが、八月も下旬になって、秀忠から、

「信州真田表仕置《しおき》のため明二十四日出馬せしめ候」

との書状が届いた。ついては、

「かの表へ御出張あるべく候」

というのである。

そこで急きょ、信幸は新調した萌黄《もえぎ》絲毛《いとけ》引縅《ひきおどし》二枚胴具足《ぐそく》を身につけ、手下の軍勢を引き連れて秀忠軍に参加。一行は宇都宮から上州路をへて、信濃との国境の碓氷《うすい》峠を越え、九月二日、小諸城に到着した。

秀忠が信幸をよんだのは、付近の地理地勢に通じているということもあったが、いちばんの役割はほかにある。

「多勢に無勢……ふつうならば容易に勝てるはずでございますが、真田は手ごわい。攻めるまえにやはり、打てるだけの手は打っておくべきでしょう」

智略に長けた本多正信の意見を容《い》れて、秀忠は信幸を召しだし、上田城の動静をさぐり、父・昌幸に降伏を勧めるように、と命じた。

「言うことを聞かぬとあらば、一挙にひねりつぶす、と伝えよ。われらは圧倒的な多勢……いかな一徹者の安房守でも、この不利な情勢を実子のそちから諭《さと》されたとなれば、膝を屈するに相違ない」

使者にはほかに本多忠政があたり、九月三日、上田城外の信濃国分寺で二人は昌幸と対面した。

このとき、昌幸はひどく低姿勢でいた。

「仰せのとおり、ここで戦うても、わがほうに勝てる道理はない……徳川さまのご一行に歯向かうどころか、黙って城を明け渡すしかありますまい」

それが証しとばかりに、頭を見事に剃《そ》りあげている。そんな父の様子に、信幸は首をかしげ、
妙だ、と思った。いったん敵対した以上、こんなに簡単に折れてでる父ではない。

なおも何かを策しているのであろうか。

今日は嫡男の信幸一人でなく、忠政もいる。縁者とはいえ、信幸と同様、敵方の使者として来たのであり、何しろ「喰えぬ」と思っている忠勝の伜にして、小松の実兄でもある。

そのままで、余計なことを言うはずもなかった。

交渉を終えての立ち去りぎわに、昌幸は信幸の耳もとでつぶやいた。

「父子、兄弟が別個の道を歩むのも良いじゃろう」

古来くりかえされてきたことでもある、とつづける。

「これで内府か、治部少輔か、いずれが勝とうと、わが家は安泰……」

「はっ」

と、信幸は父のほうに怪訝《けげん》な顔を向けた。

「いま、何と?」

「いや、何でもない。わしの独《ひと》り言《ごと》じゃ」

気にするな、と手を横に振って、昌幸は小さく笑った。

何か、ある……父は何かを策し、それを隠している。しかし同道した忠政も、昌幸の降伏受諾

の返答をはっきり耳にしている。

信幸としては、そのままに伝えるしかなかった。もとより数を頼みにしている秀忠は、さもありなんと言って信じこんだ。

だが一日たち、二日たっても、昌幸方は上田を開城する気配はない。ばかりか、何の連絡もしてはこなかった。

焦《じ》れた秀忠は、べつの使者を立てて、上田城に送りこんだ。すると、こんどは強気一点張りで、降伏する気など毛頭ないという。

どうやら、さきの返答は武器、弾薬をそなえるべく時をかせぐための方便だったようである。

少なくも秀忠は、そうと読んで、

「おのれ、昌幸め。余をたばかりおったか」

激怒したが、信幸はちがうことを考えていた。

あわよくば天下をうかがおうとまで、たくらんでいる父のことだ。このわずかのあいだにも、東西の情勢をさぐりつづけていたのではないか。

だいいちに本気で豊臣方の、否、三成の味方をする気なら、もっと早い段階で上方に向けて、出陣することも出来たはずなのだ。

少なくとも治部少輔に対し、全面的な加勢はしないつもりでいるような気がする。

自身が言っていたように、まずは今の自分の本領を守る。それが先決で、つぎにどれほどの利が得られるか——領地の拡張をはかる。あくまでも「比興」で行こうとしているのではないのか。

信幸には明かさなかったが、事実として昌幸は、たしかに戦さ支度をしてもいた。が、一方で、周囲の形勢を見ていた。とりわけて、三成の側の態度を、である。

その昌幸の要請に応える格好で、ここへ来て三成は、ほとんど毎日のように彼のもとへ書状を送ってきていた。

おのれに加担した西国大名の様子や軍勢、いざ徳川軍と戦ったときの勝算など、こまめに書いてよこしたが、もっとも昌幸の眼をひきつけたのは、つぎの文言である。

「信州の儀は申すに及ばず、甲州までも貴所御仕置これあるべきの旨、（毛利）輝元をはじめおのおの申され候事に候」

最初のころ、三成は沼田二万七千石を領する独立した大名である信幸のことも、気にかけていたのだろう、

「豆州《ずしゅう》儀如何《いか》に候や」

と問うたりもしていたが、そのうちに書いてこなくなった。

すでにして父子は袂《たもと》をわかち、伊豆守信幸が迷うことなく家康についたことを悟ったのであろう。

六

九月五日、ついに秀忠は攻撃を開始して、まずは上田の北方にある戸石城を奪いとった。ここ

は信繁が守っていたのだが、信幸が先陣となって押し寄せると、どういうわけか、一兵もまじえることなく、本城の上田に向かい、撤退してしまった。

「左衛門佐さまも、さすがに血をわけた兄ぎみであられる殿とは、争いたくなかったのでござりましょうな」

信幸の側近の一人、矢沢頼幸が感心したように、そう言ったが、これまた信幸には信じがたかった。

上田に向かったということは、籠城戦の心積もり……信幸もふくめた徳川勢が、さきに戸石を攻めるであろうと、はなから読んでいて、信繁は昌幸と合流。父と計って、何らかの策をこうじているのにちがいない。

まさかに信幸の寝返りを惧れたわけではあるまいが、秀忠の命により、信幸は上田城の攻撃にはくわわらず、そのまま戸石の城の警固につくことになった。が、先行き、どうなることやら、気がかりでならなかった。

昌幸に信繁、何をやらかすつもりなのか……いの一番に考えられるのは、真田氏伝来の遊撃戦法である。

これより十五年まえの天正十三年の夏にも、上田の城をめぐっての徳川と真田の攻防戦があった。

攻める徳川勢は七千。対するに、城方の兵は二千あまり。

数のうえでは大きく後《おく》れをとっていたが、昌幸は奇策に出た。少数のおとりの兵で、徳川勢を挑発。戦いながら城へと退き、手狭な曲輪《くるわ》のなかに敵兵をおびき寄せた。身動きのとれないようにしておいて、逆襲し、ついには大勝したのだった。

あのときは、信幸みずから真田兵の先頭に立って、徳川勢をさんざんに翻弄《ほんろう》しつづけた。信繁は当時、上杉方に人質に出されていて、戦さ場にはいなかったが、あとでその様子を昌幸や信幸らにたっぷりと聞かされている。

これはまずい。うかつに攻めこんだりすれば、父と弟の思うつぼ。罠にはまってしまうぞ……しかも、である。さきの戦いで徳川方を主導していたのは鳥居元忠に大久保忠世、平岩親吉《ちかよし》らだが、このたびは、それらの将が一人もいない。

つまりは将にも兵にも、ほとんど上田攻めの体験者はおらず、総大将たる徳川秀忠にいたってはなんと、これが初の本格的な戦さ——初陣だと聞く。

「なれば、いっそうのこと、危ういではないか」

そう思い、信幸は注進に及ぼうとした。が、時すでに遅かった。

信幸がまだ戸石城にとどまっていた六日の朝、秀忠は小諸を発っていたのだ。彼は上田に間近い染谷馬場台に陣を進め、榊原康政や仙石秀久、牧野康成らに命じて、敵陣を視察させた。

そこへ、待ちうけていたかのように、真田側の偵察隊が忽然《こつぜん》と城外に姿を現わした。

見れば、昌幸自身が信繁を伴って騎乗しており、引き連れているのは、わずかに四、五十騎でしかない。

「なんと無防備な……手柄を立てるのは今ぞ」

徳川の兵たちはさきを争うようにして、真田勢めがけて突進する。すぐさま昌幸らは城へと退却していき、それを徳川勢が追いこむかたちになった。

ところが、徳川勢が城内の曲輪にはいったとたん、伏兵《ふくへい》が待ちかまえていて、いきなり鉄砲を浴びせかけた。

徳川勢はひるみかけたが、兵の数は真田勢をはるかに上まわっている。さきの攻防戦どころではない。今は先陣だけだが、全軍をすべて合わせれば、三万八千。真田勢は二千五百だから、十数倍もの大勢力なのだ。

どう転んでも、負けるはずがなかった。

それを知ってか、城方の兵は逃走していく。これを徳川兵は追撃する。曲輪の奥深くまで迫ったところで、ふたたび横合いの林間にひそんでいた真田の狙撃兵が立ち現われ、急襲する。

徳川の兵がうろたえ、浮き足立った。そこへ、こんどは城の本丸から信繁のひきいる一隊が抜刀して、斬りかかった。

真田方では、伏兵を二段、三段に構えて用意してあったのだ。徳川勢は総崩れとなり、すでにして緒戦《しょせん》の敗北は明らかとなった。

自軍の物見の兵からの報告を受けて、信幸は嘆息をついた。言わぬことではないのだ。

「父上や源次郎が……いや、われら真田の兵が昔より、もっとも得意とする戦法ではないか」

いかなる大軍であろうとも、狭いところで敵と対峙《たいじ》するとなれば、その場で戦う者の数は限られる。互角か、ともすれば、味方が進撃の妨げとなるなどして、不利になることさえもあるのだ。くわえて敵が奇策奇襲をくりだしてきたなら、打つ手はあるまい。

「こたびは左衛門佐さま、新たな奇策を編みだしたようにござりまするぞ」

物見は告げる。

「……ほう」

榊原や仙石ら、視察の任をおびた先陣が敗走してきたので、秀忠は代わりに大久保忠隣《ただちか》や酒井家次らに命じて、さらに多くの兵を上田城攻略に向かわせた。

「いかに勝利したとはいえ、さすがに城兵らも疲弊《ひへい》しておるじゃろうからな」

信幸は言い、父や弟の苦境をおもんぱかって、こころもち複雑な気分になった。ところが、さにあらず、またもや徳川勢は大敗して、本陣に逃げ帰ったのだという。

「上田の城東に小高いお山がござりましょう」

「ああ、虚空蔵山《こくうぞうさん》じゃな」

「はい。大久保さま麾下の兵が城門をめざして押し寄せたところ、かの虚空蔵のお山から猪や鹿、野猿なぞが、いっせいに斜面を駆けおりてきて、兵たちに襲いかかったのでござりまする」

「それはまた、恐ろしい」

「……兵たちはだれも、物の怪《もののけ》にでも取りつかれたような顔をして、まるで戦意をなくしてしまったそうでござります」

その敗残の兵のなかに草笛のような音を聞いた者がある、と言われて、ふいと信幸は思いだした。

幼いころから信繁は器用な男で、口笛も上手く吹けるし、野の草を使っての草笛なども、お手のものだった。

さらに、である。兄弟ともに、智勇兼備と讃えられて育ったが、信繁には、信幸にはない不思議な力が、そなわっているようであった。

二人がまだ十二、三歳のころだから、甲州でのことだったと思う。邸内の厩《うまや》から馬が一頭、外に飛びだして、大騒ぎになったことがある。父は家来たちを連れて戦さに出ていて、いなかった。

「ここは、源次郎。わしらで何とかせねばならぬな」

「ええ、兄上。二人して暴れ馬を取り押さえ、無事に厩にもどしましょう」

まずは留守居役の家臣らに命じて、荒縄を数本用意させた。それを結んで長く伸ばし、半円形にする。両端を皆で持って、はじめは遠くから馬を囲み、しだいに狭めていく。

馬は当然、驚いて、その輪から逃れようとする。が、逃れるさきは、侍長屋と築地塀《ついじべい》にはさまれた手狭な一角しかない。その場所へと進むように仕向け、追いこんでゆくのである。

そこまでは兄弟二人で策を立て、見事に成った。

信繁の凄さは、それからだった。

狭いところに追いつめられて、馬は不安にかられたのか、いっそうに暴れ狂った。後脚を蹴りあげては激しくいななき、荒い呼吸《いき》をしている。そこに信繁はそっと近づいていき、馬の鼻先へと寄っていった。

頭やたてがみに触れ、背を撫でながら、何事か耳もとでささやきはじめる。

「何だ……あいつは馬と話が出来るのか」

おもわず信幸は、そばにいた家臣と顔を見あわせた。

たちまち馬はおとなしくなり、信繁はその裸のままの背にまたがって、狭所から出てきた。

家臣らが一様に手をたたき、喝采する。信繁はしかし、かくべつ得意げな顔をするでもなく、小さく笑うと、平然と下馬して手綱を厩番にあずけた。

あとで信幸は、馬に何を言ったのか、とあらためて訊《たず》ねたが、信繁は答えず、このときも、ただ黙って微笑を浮かべていた。——

狭いところに馬を封じこめて、おもむろに事をなしていく。

それはまさに、真田一流の戦術だ。

だが馬や猿や猪などと語るのはもちろん、心を通じあわせることなど、信幸には出来なかった。

「無理だ、そんな真似は金輪際なせぬ」

真田の父祖といわれる滋野《しげの》の一族には、忍びのわざを使える者があるという。「諏訪信仰」を奉ずる山伏として全国を巡り歩き、やがては近江国甲賀にたどり着いた「甲賀五十三家」の宗家、望月《もちづき》家がそうである。

もしやして、信繁には、その望月の血がいろ濃く流れているのやもしれなかった。

ひとたび混乱した大軍ほど、始末のわるいものはない。

圧倒的に多い数におごって、慢心し、何の策も立ててはいない。それでいて、将兵のだれもが功にだけはとらわれ、焦るから、他人の忠告などには、まったく耳を貸そうとしなくなる。

狭所に敵を誘導する戦法や、猪、鹿、野猿までも味方の兵のように使う一種の撹乱《かくらん》戦法――それらの話を聞いて、信幸はいそぎ智将・本多正信のもとへと参じた。

「これ以上、父上らの策に惑わされて兵を失ってはなりませぬ。ここは早急に、何とかすべきでござりましょう」

「伊豆、そちの知る妙手はあるのか」

「妙手というよりも、うかつに敵の挑発に乗らぬことです」

たとえば、と言って、以前の上田での攻防戦のおり、信幸自身が担った真田方の策を明かした。

上田城を攻めるには、必然的に渡らねばならぬのが、東一里（約四キロ）余のあたりを流れる神《かん》川《かわ》。この上流をせき止めて、

「故意に浅瀬をつくるのです」

「そうか。多くの兵が渡河《とか》出来るようにするのじゃな」

「仰せのとおり。これはたやすい、と敵の将兵らが、つぎつぎ渡りはじめたところを見計らって、堰《せき》を切る……」

「そいつは怖い。それこそは一兵残らず、溺れさせられてしまうわい」

正信はただちに各隊の旗奉行らのもとへ使いの者を走らせたが、間にあわなかった。いや、一部の隊には「進撃中止」の命が届いたのだが、おおかたが、

「さようなことをすれば、他に手柄を奪われる」

と一蹴して、予定どおり、浅瀬の渡河を続行した。

結果、突然に増水し、流れも急になった川水に手足を取られ、溺死した兵がおびただしい数に上ったのである。

かつて信幸がつとめた堰を切る役を、こんどは弟の信繁がつとめたのだった。

第二、第三陣をまかされた大久保忠隣隊、酒井家次隊に犠牲者が多く出たが、信幸の義兄たる本多忠政の部隊も例外ではなかったらしい。

この日、本多正信は自軍の将兵の軍令違反に厳しく対処した。

命令を待たずに交戦したとの理由で、刈田《かりた》奉行の朝倉宣正《のぶまさ》らに減俸・降格の処分を科し、神川の渡河を続行させた旗奉行の杉浦久勝らには切腹を命じたのだ。

十一日、秀忠は上田攻めをあきらめ、逃れるようにして南下をはじめたが、敵兵にくらべ、圧倒的に多数の戦死者を出したことが、秀忠にとっては、いちばんの誤算だった。

ほかにも誤算があった。

上田城攻略の間、秀忠はずっと家康からの書状を待ちつづけた。つぎに自分がどう動けば良いのか。父・家康の指令を仰ぐつもりでいたのに、それが届かない。

じつは九月にはいってから連日、上信一帯は降雨の日がつづき、各地で深刻な水害にみまわれた。そこかしこの河川で増水騒ぎが起こり、橋が壊され、渡船が動かなかった。

そうして足止めを喰らい、八月末に江戸を発した使者が信州上田に到着したときには、九月も九日になっていたのである。

ようやく秀忠が手にした書状によれば、同月朔日に家康ひきいる徳川の本隊は、西方に向けて進撃を開始している。

「そうとなれば、今ごろは……」

三河や尾張あたりまで進んでいるやもしれぬ。

「これは、西上をいそぐべし」

だが、しかし、秀忠の別動隊は家康ひきいる本隊に合流して、ともに三成らを相手に戦うことを命ぜられているのではない。

あくまでも「後詰め」であり、合戦場の手前で待機することになっている。そうであればこそ、この一隊の中山道進軍は秘されていたのである。

じっさい奥羽の上杉勢に対しては、宇都宮にいる家康・二男の結城《ゆうき》秀康を総大将にして、伊達《だて》と最上《もがみ》の軍勢が牽制。これも三成と内応した常陸《ひたち》水戸城の佐竹義宣《よしのぶ》は、松平信一、保科正光らの関東勢が秀康と連携しながら封じこめる。秀忠に課せられていた役割も、基本的には真田を抑えることにあった。

ただ、いざという場合には、三万八千の兵力は絶対的な強みとなる。

それを知っていたから、秀忠は慌てた。

一行は諏訪から中山道に出て、そのままいっきに上方をめざした。信幸も手兵《しゅへい》をまとめて、これにしたがった。

かくて、九月十五日。――

当初は互角だった天下分け目の関ヶ原合戦が、小早川秀秋や吉川《きっかわ》広家らの寝返りによって、家康軍の大勝利に終わったころ、なおも秀忠らの軍勢は信州の木曾谷を進んでいたのだった。

第七章　大坂の陣

一

古今東西を問わず、いかなる戦さでも、それが終われば、かならずや勝利者の側からの裁断がくだる。

当然のことに、関ヶ原合戦でも同じだった。

徳川秀忠ひきいる中山道隊が草津に着いたのは、合戦が終結して五日後の慶長五（一六〇〇）年九月二十日。二十三日、大津で秀忠は本隊の家康と面会し、遅参《ちさん》についてはだいぶ叱責《しっせき》されたものの、ほどなく譜代の重臣をまじえて、「信賞必罰」に関する評定をはじめた。

豊臣を擁して戦い、敗北した三成方の諸大名に対する処分は、

「かつてないほどに大規模で、厳しいもの」

となった。

領地をすべて没収されたのは八十八家、減封は五家である。

敵方の首謀者たる石田治部少輔《じぶしょうゆう》三成は戦さ場《いくば》からは逃れたが、七日ほどのちに伊吹山中で捕らえられ、十月朔日《ついたち》、京の六条河原で打首獄門《ごくもん》となった。小西行長、安国寺恵瓊《あんこくじえけい》らも同日、同河原で首を刎《は》ねられ、大谷吉継はさきに戦死している。

三成らによって御輿《みこし》にのせられた格好の豊臣秀頼には、さすがに死罪や流罪などの重い罪は科されなかったが、摂津《せっつ》・河内《かわち》・和泉《いずみ》の三ヵ国六十六万石に減封。禄高だけでいえば、

「加賀前田百万石より格下」

となった。

吉川《きっかわ》広家の内応で、とりあえず安泰かと見えた毛利輝元は、

「敵方の総大将」

という立場上、責めは逃れられず、安芸《あき》広島百二十万五千石から周防《すおう》・長門《ながと》の二国（三十六万九千石）に減封され、輝元は隠退をよぎなくされた。

島津義久は成り行き上、やむなく三成方に加担したが、

「三成軍、敗色濃し」

と見て、徳川の陣中を突破して国もとへもどった。その義久には、蟄居《ちっきょ》ならびに隠居が命ぜられたが、本領の薩摩三国（五十六万石弱）は、かろうじて安堵されている。

敵陣営の首脳の一人と目され、天満山《てんまやま》に布陣した宇喜多秀家は所領没収後、薩摩に逃亡したが、

捕縛され、八丈島に配流《はいる》となっている。

関ヶ原に参戦せず、他の場所・地域で三成方にくみし、徳川勢と戦った者は、どうなったか。

まずは関ヶ原合戦のまえに、家康が征伐せんとしていた上杉景勝である。

近隣の最上《もがみ》義光や伊達《だて》政宗、結城《ゆうき》秀康らを相手に奥羽の地で善戦したが、関ヶ原での敗戦を知って撤退し、結局は家康に臣従した。それでも大幅に減封され、会津若松百二十万石から股肱の臣・直江兼続の所領であった出羽米沢三十万石に移封させられている。

なお信幸とは縁の深い前田慶次利益は、上杉勢の一員として、最上勢と対峙した「長谷堂《はせどう》城の攻防戦」に参戦した。例によって、黒具足に猩々緋《しょうじょうひ》の陣羽織という派手な装束《しょうぞく》。黄金の数珠《じゅず》に金の瓢箪《ひょうたん》を肩からぶらさげ、いろ鮮やかな朱槍を手にし、背には「かぶき者」ならぬ「大ふへん者」と記した旗指物《はたさしもの》を負っていた。

「武辺とも、不便とも……どう読んでも構わぬぞっ」

そう叫びながら、さんざんに敵を蹴散らし、大暴れしたが、上杉勢は退却。米沢に移されたとき、利益も景勝らについていき、郊外に庵をむすび、終《つい》の住処《すみか》としたという。――

さて、もう一人は関東の佐竹義宣《よしのぶ》だ。彼は、伏見で三成が加藤清正ら武功派の面々に襲われかけたとき、庇《かば》ってやった盟友の一人で、徳川方の召集に応じなかった。

かといって、三成方につくわけでもなく、在国したまま中立をたもちつづける。戦後には凱旋《がいせん》する秀忠を相模まで出迎えに行ったり、家康の帰陣を江戸で待ちうけ、景勝と同様、臣従を誓う

石などしている。しかし家康は、

「かの観望反覆《かんぼうはんぷく》の輩め」

と言って、快く思わず、合戦から二年をへた慶長七年、義宣に対し、常陸《ひたち》水戸五十五万五千石から出羽久保田（秋田）十八万石への国替えを命じた。

差し引き、三十七万五千石もの減封となる。

そして信州上田の城で、最後の最後まで秀忠指揮下の徳川軍に抵抗した真田安房守《あわのかみ》昌幸・左衛《さえ》門《もんのすけ》佐信繁の父子である。

二人ともに俘虜《ふりょ》の身となり、上方へ護送されることとなったが、当初は、

「領地は余さず没収のうえ死罪」

との裁断がくだった。

はたの者の目からは、それはごく当たり前の処分と見えた。

秀忠に託された別動隊は後詰めとはいえ、いざ戦さとなれば、決戦場の最寄りの位置にひかえて、いかようにも対応できる態勢でおらねばならない。万が一にも本隊が負けて引きあげるような場合には、そこに退路をしつらえておく必要がある。

「勝利したから良かったものの……」

やはり、遅参はゆるされない。それも一日、二日ではない。天下分け目の合戦の日より、じつに五日も遅れたのである。

家康が怒らぬはずもないが、それよりも、秀忠の真田父子に対する怒りのほうが、はるかに強

かった。

いや、ただの怒りというより恥辱、恥辱から来る瞋恚《しんい》の思い、といったほうが正確だろう。三万八千もの兵を有しながら、その十分の一以下、たった二千五百の兵に六日間も釘付けにされ、翻弄されつづけたのだ。

上田城の真田は、上杉や佐竹のように途中で降参するようなこともなかった。おのれの拙《つたな》い采配ぶりは、不慣れということで棚に上げるしかない。それだけにいっそう、秀忠としては、敵対した真田父子の態度に非難の矛先を向けて、

「こたびの昌幸・信繁の振るまいは、万死に値いする」

そう断言するほかなかった。


自軍の将をあつめての論功行賞《ろんこうこうしょう》も、敵将への処分・断罪とほぼ同時におこなわれた。その席で、自分の番が来たとき、信幸は一貫して徳川勢に尽くしたみずからの功績などは後まわしにして、父と弟への処分の撤回を検討してほしい、と申しでた。

「内府さまのお怒りは、ごもっとも……なれど、この伊豆守に免じまして、父上らの生命《いのち》ばかりはお助け下さりませ」

秀忠の失敗をあがなうにも、真田の父子を死罪にするしかないし、ここで彼らを見逃せば、他の者への示しがつかないことにもなる。家康の頭には、撤回などという言葉はなかった。そこを曲げて、ゆるしてほしい、と信幸は言いつのる。家康の面前に額《ぬか》ずいて、請いつづけた。

「それがしに対する恩賞なぞ、一石たりとも要りませぬ……それどころか、沼田の領地も返上つかまつりまするゆえ、ぜひに」

「さようなわけにも参るまい……」

家康は困った顔をした。上田勢には、たしかに煮え湯を呑まされた。だが信幸は、肉親の情に流されることなく、実の父と弟の離反をきちんと家康に伝えてきた。戦さの場でも、まったく裏切る素振りをみせず、徳川勢の一員として相応に立ちはたらいたのだ。

そのことは岳父の本多忠勝はもとより、本多正信、井伊直政などの重臣……秀忠でさえもみとめている。

「昌幸らの罪は罪、そちのはたらきははたらき……双方は別儀ではないか」

「なれど、このまま黙して父上の死するを看過《かんか》したとなれば、それがしは末代までも不孝の汚名をこうむることになりまする」

「ふむ。余《よ》への忠義をえらんだがために、不孝者となった、とな……」

「それに……」

口にしかけて、ちょっと躊躇《ちゅうちょ》したが、

「父上はけっして治部少輔の側に、くみしたわけではござりませぬ」

思いきって信幸は言った。

「治部の味方はせなんだ、と？」

「はい。下野《しもつけ》の犬伏《いぬぶし》で語りあいましたとき、はっきりと申しておったのです……おのれは真田の本領を守りたいだけなのじゃ、と。だから、ここを動かぬ。上方の戦さ場なぞに行くつもりはない、とも言うておりました」

嘘をついてはいない、と信幸は思う。ただ父はあのとき、本領を守るのみならず、さらに拡大し、甲州や上州、関東……あわよくば、天下をも狙いたい、とまで告げていた。

さすがにここでも、その事実は明かせなかったが、

「内府さま、憶えておいででしょうか」

「…………？」

「亡き太閤殿下が父・安房守昌幸を指して、表裏比興の者と仰せでしたことを」

「ああ。申しておられたな」

「あれなのです。表裏はともかく、比興……比べて興ずる、ということで」

「わしと治部少輔とを、か」

うなずくわけにはいかない。ほんらい、比べものになど、ならないはずの両者なのだ。信幸は低く頭を下げてから、家康は怒るか、とおそるおそる顔を上げた。

家康はかすかながら、眼で笑っていた。

「まぁ、良い。初めは安房守も、伊豆の申すとおりであったやもしれんでな……じっさい、そのあとで治部にあれこれと馳走の数々を吹きこまれて、変心したのやもしれぬ」

「……有り難き仕合わせにござりまする」

「ま、待て……余はまだ安房や左衛門佐をゆるすとは、一言も申してはおらぬぞ」

「ならば、やむを得ませぬ。この伊豆守、一死をもって釈明をいたすのみ」

わずかではあるが、家康があとじさった。その心に迷いが生じた証しである。信幸は彼の気に入りの将の一人だった。先行きを見る目があり、これまでも家康の膝下《しっか》でひたすら忠節をつくしてきた。何よりも家康は、信幸のその律儀さを愛している。

「いかにしても、ゆるすことまかりならぬ、と仰せならば、ご内府、まずはこの信幸の首を刎ねて下さりませ」

「伊豆、そちはそこまで申すか」

じつは本多忠勝や井伊直政ら徳川家の重臣たちも、家康に真田父子の助命を願いでていた。忠勝はとくに、実娘の小松からも執拗《しつよう》に口説かれていたから、熱心に動いた。

さらに、である。もっとも強くはたらきかけてくれたのが、意外や、秀忠軍の先鋒をつとめた榊原康政だった。

康政は何よりも父を思う信幸の孝心に打たれたらしいが、家康のまえで信幸が弁じたことにも一理あった。

真田昌幸・信繁の父子は、関ヶ原で戦ったのではない。あくまでも自領を守ろうとした——その点では、上杉景勝も佐竹義宣も、同じではないか。それなのに、彼らには死罪を科してはいない。

いささか牽強付会《けんきょうふかい》とも取れなくはないが、それを承知で一同、口をそろえて助命を懇請した。

家康は故意に憮然《ぶぜん》とした表情をしてみせて、

「ええい、余は多忙じゃ……この一件は平八郎、そなたに任せるぞ」

よいか、とそばにひかえた本多忠勝に申しわたした。むろん、この普段は謹厳一途の老臣が、いかに裁断・処理するか、重々承知してのことであった。

二

結果は、信幸自身の予想をはるかに超えていた。

家康は、合戦まえに信幸にあたえた宛行状《あてがい》のとおりに事をなした。

従来の沼田二万七千石にくわえ、父・昌幸の旧領である上田三万八千石、さらに小県《ちいさがた》全域の三万石を加増されて、十万石近い所領を有することになったのだ。

しかも、それとは別儀のこととはいえ、昌幸と信繁は死罪をまぬがれ、高野山への流刑と決まった。

もっとも、信幸の尽力を知ってか知らでか、流謫《るたく》の身となるとわかったとき、昌幸は、

「口惜しいぞ、内府をこそ、かような憂き目にあわせてくれるつもりであったのに……」

そう言って、おおいに嘆き悲しんだ。

ひとづてにそれを聞いて、信幸は、いかにも親父どのらしい、と苦笑させられたが、半面、豪勇をうたわれた父の行く末をおもんぱかり、暗澹《あんたん》たる思いにかられもした。

その昌幸ら一行は、慶長五（一六〇〇）年の師走半ばに上田城を発ち、池田長門守《ながとのかみ》や高梨内記《ないき》、

青木半左衛門ら供の者十数名を連れて、はるか紀州の高野山へと向かった。剃髪《ていはつ》して寒松院《かんしょういん》を名乗った山ノ手殿は上田にとどまったが、信繁は正室の安岐《あき》をはじめ、すべての妻子を伴っていた。厳寒の時季であり、道中そこかしこで風花《かざはな》が舞い、大人の膝のあたりまで積雪のあるところもあった。

一行はとりあえず北方の細川をへて、高野の町のとばくちの一心院谷にある蓮華定院《れんげじょういん》にはいった。高野山行人方《ぎょうにんかた》の知行所で、古くより真田とは縁の深い寺である。

しばらく昌幸らはそこに寄宿していたが、やがて蓮華定院の管理下にある山麓の九度山《くどやま》に移った。紀ノ川の支流、丹生川《にうがわ》沿いの村であった。

その九度山村の山の斜面を切りひらいて、昌幸らは家を建てた。

とても屋敷とはよべぬ、つましい草庵もどきの家屋ではあった。が、父と子と、それぞれに造営され、居室に書院、台所、厠《かわや》と、人並みの暮らしが出来るようにととのえられて、家来たちの住居もべつにしつらえられた。

蓮華定院や監視役たる紀州藩主・浅野幸長《よしなが》も多少の援助はしたが、基本的に父子らの生活費は、ほとんどすべて信幸がまかなった。

信幸は年ごとに一定の金子《きんす》を送り、音信もおこたらなかった。室の小松も気をつかい、食糧や雑貨、衣服を送りつづけた。

あるとき、小松は塩漬けにした鮭の子を使いの者の手にゆだねた。信州の名産にはなっていたが、山国だけに、塩に漬けるべき魚介じたいが、容易には手にはいらない。上方では、いっそう珍重されていた。

食膳に供され、眼をほそめて食しながら、

「沼田の城門まえでわれらを押しとどめ、追いかえした、あの気丈な嫁がのう」

昌幸は眼をうるませた。

御料人(小松)への鄭重《ていちょう》な礼状までも、書き送っている。

「……殊にこの方珍しき鮭の子御越候。賞翫《しょうがん》いたし候。よくよく例(礼)申し候て給《たま》ふべく候」

そんなふうに信幸夫婦は昌幸らへの出費、援助を惜しまずにいたが、それでも一行の暮らし向きは楽ではなかった。信繁の妻子をふくめ、主従あわせて二十余人もの大世帯が、無為徒食《としょく》のままに日をすごしているのである。

昌幸は国もとにあてて、ひんぱんに文《ふみ》を送ったが、その内容の多くは金品の無心だった。日々の糧《かて》にも窮する、と書いてきたこともある。

慌てた信幸はそのとき、側近の矢沢頼幸に命じて、領内一ヵ村の年貢の二割近くまでをも臨時に届けさせた。

いまや付添いの家臣らの仕事は、仕送りの催促が中心になっている。それだけのために、昌幸は池田長門守を江戸へやったり、川野清右衛門を国もとの上田へと遣《つか》わしたりもした。

老いて、涙もろくなったものか、父の自分あての書状に信幸は落涙《らくるい》の跡を見つけたこともある。

「此の一両年は年積もり候ゆえ、気根《きこん》くたびれ候」

謹慎蟄居の身とはいえ、拘束はさほどに厳しくはない。村内の一定の区域ならば、出歩くことはおろか、山狩りや川釣りを愉しむことも出来た。

しかし、やはり際限もなく配流されているのは辛い。昌幸としては、国もとの上田へ帰りたくてならなかったのだ。


父のそういう心情を察して、信幸は折りを見ては家康に、父の赦免を願いでた。岳父の本多忠勝やその息子の忠朝《ただとも》、そして井伊直政などもいっしょになって、はたらきかけてくれた。

慶長六年七月の直政から信幸への書状には、こうある。

「是非是非罷《まか》り上り候て内府に卒度申し聞かせ、有増《ありまし》の儀申し談ずべく候」

むろんのことに、「申し談ず」べき事柄とは、昌幸の赦免についてである。

「父は昔の剛毅《ごうき》な父ではござりませぬ」

信幸はそう言って家康を説いたが、じっさい昌幸は時をふるにつれて弱気になっていった。いつしか当初の勇ましい雑言も口にしなくなり、恨みつらみの言葉も絶えて、ひたすら恩赦を待ち望むようになった。国もとの信綱寺《しんこうじ》住職にあてて、こんな文までも書いている。

「……よって内府様、当夏中、関東御下向《げこう》のよし風聞候の間、拙子事《せっしこと》（自分のこと）本佐州（本多正信）定めて披露《ひろう》に及ばるべく候か、下山に於いては面拝を以て申し承《うけたまわ》るべく候」

この夏中には、家康公が関東に下向なさるというが、その折りに、本多佐渡守正信どのが取りなしてくれると聞いた。下山をゆるされたなら、家康公に拝謁し、直々に御礼を申しあげたい——

昌幸は、もしや赦免がかなうかと心底、信じていたのである。

それというのも、信幸が関ヶ原合戦後の論功行賞のさい、家康に弁じたとおり、昌幸は、

「おのれはかくべつ秀頼を擁したわけではなく、三成に強く味方したというのでもない」
と思っていたからでもあろう。天下を寄こせ、とまでは言わず、三成方より好条件を出してさえいたら、家康方にくみしていたかもしれない、との気持ちがあったのだ。

じつのところ家康の側でも、あながち偽りではなかろう、と受けとめていた。「忠臣」伊豆守信幸の言であったこともある。

ただ家康は昌幸に、
「まかり間違えば、ほんとうに天下を狙いかねない」
という怖さを感じていた。前田や上杉と同様、豊臣につづく第三、第四の勢力として「真田」を意識し、それだけに警戒していたのだ。何しろ、
「あのちっぽけな上田の城へ、二度大挙して押しかけ、二度ともに追いかえされた……」
となれば、家康にとって、安房守昌幸は「生涯の天敵」よりほかの何ものでもなく、無罪放免などという寛容さを見せられるはずもなかった。

論より証拠、というべきであろうか、上田城はその後、いったん徳川方が撤収して麾下の諏訪頼水《よりみず》らに預けられ、破却された。そのうえで、攻防戦から一年近くをへた慶長六年の夏になって、ようやく信幸に引きわたされたのである。

信幸としても、そういう家康の心の動きを見通している。

昌幸に連なる「幸」の一字を「之」に変えて、公《おおや》けの文書などには「信之」と記すことにした。

それによって、あらためて家康に対する忠心を表わそうとしたのだ。

しかし私的な場では、あくまでも信幸で通しつづけた。それが証しに慶長十三年三月、自領の小県郡にある下之郷《しものごう》大明神に掲げた扁額《へんがく》には「真田信幸」と明書している。

ともあれ、天下人となった家康は、すでに「過去の人」でしかない昌幸の減免を思うには忙しすぎた。さらには、

「他の咎人《とがにん》をどうするか」

釣り合いをとることへの配慮もある。

つまるところ、他の大名への「見せしめ」の意味も、かなりの比重をしめていたのだ。

そうして十年あまりの歳月が流れ、慶長十六（一六一一）年の夏、昌幸は配所におかれたままに逝《い》った。享年六十五であった。

信幸は父の逝去を知って、いかにしたら良いものか、と迷った。せめて葬儀くらいはおのれの手ですませたい、と考えたのだ。

そこで、たまたま江戸城に登っていた本多正信のもとを訪ね、相談すると、正信は、

「知己の安房守どのの室……寒松院どのよりのご依頼もあって、それがしも安房どの赦免の件、尽力してき申したが、事が成るまえにお亡くなりになろうとは、残念至極《しごく》」

手をあわせ、瞑目《めいもく》して、昌幸の冥福を祈ったのち、信幸の気持ちはわかるが、昌幸は今も「公儀御はばかりの仁《じん》」であることを忘れるな、と釘を刺した。

「当面は見あわせて、大御所《おおごしょ》さま、将軍《くぼう》さまのお許しが出たならば、ご本葬をとりおこなうとい

うことで、いかがかな」

　このころすでに家康は将軍職を秀忠にゆずり、「大御所」として駿府にあったが、なおも実権は手放さずにいた。一子・正純《まさずみ》とともに、いまだ家康に重用されている正信の忠言だけに、信幸もこれを受け入れざるを得なかった。

　結局、昌幸の遺体は信繁が現地で荼毘《だび》に付して、分骨し、上田へ移送。それを真田の長谷寺《ちょうこくじ》に埋葬して供養することとなった。昌幸らが居住していた九度山にも、善名称院《ぜんみょうしょういん》なる尼寺に、ささやかな墓所がしつらえられている。

　かくして昌幸の密葬を終えると、信繁は昌幸に扈従《こじゅう》していた者の大半を国もとへ帰した。

　それらの者たちを信幸は喜んで迎え入れ、翌慶長十七年の八月には、青木半左衛門や窪田角左衛門、川野清右衛門らに対し、

「昌幸御在世中は常に付き添い、別して奉公、奇特千万《きとくせんばん》に候。いよいよ向後身上の儀、取り立つべく候」

　として、謝意をささげ、相応の知行をあたえている。

　あとには高梨内記ら二、三の家臣と、信繁の家族だけが残された。

　九度山での暮らしは、いっそう静かで、寂しいものとなった。

　信繁は土地の文人や墨客《ぼっかく》、老僧とまじわり、好きな焼酎を飲みながら談笑をしたり、囲碁双六《すごろく》をしてすごした。ときには狩りをしたり、高野山での連歌会に顔を出すなどもしたが、平素は独

り、自室にこもって深更《しんこう》に及ぶまで兵書を読みつづけた。

父・昌幸の三回忌の前後に、昌幸の後室で、信繁にとっては育ての母の寒松院も病没。このころに彼は、入道して「好白《こうはく》」と号した。

昌幸の生前にも、信繁はいくどとなく、老父の代筆を買ってでていた。

信幸への便りにも父の言辞をかりるかたちで、おのれの身を「万不自由」「大草臥者《おおくたびれもの》」などとつづっていたが、父母の死後には、さらに細かく、みずからの様子を記すようになった。

「……とかく年のより申し候こと、口惜しく候。我々なども、去年より俄《にわか》にとしより、殊の外病者に成り申し候」

あるとき、姉婿の小山田茂誠《しげまさ》にあてた書状のなかに、そういうくだりがあるのを信幸は眼にとめた。

小山田家は元は武田の遺臣で、茂誠はかつてのお涼、嫁《か》した現在《いま》は「村松殿」とよばれる昌幸の長女の夫、すなわち信幸の義兄にあたり、本領・上田の家老職にある。

同様に信幸が重臣扱いしている嫡子・之知《ゆきとも》とともに、小山田茂誠はこれまで何度も九度山と江戸、あるいは国もととのあいだを往き来し、昌幸や信繁からの言伝《ことづて》や書状を信幸のもとに届けていた。

「歯なども抜け申し候。ひげなどもくろきはあまりこれなく候」

さきの文面に、そうつづくこれを読んで、信幸は、はて……と首をかしげた。

信繁もすでに、四十半ばを超えた。歯も抜けようし、黒いところがないほどに髭《ひげ》も白くなろう。

一つちがいの信幸自身、昨今では、だいぶ衰えを感じてはいる。配流の身であれば、なおのことであるのにちがいない。

しかし、あの芯の強い信繁が、これほどまでに自分の老衰ぶりをさらけだしてみせようとは……何かある、と信幸は思った。事実は事実としても、

「ここには信繁一流の滔晦《とうかい》のにおいがする」

と、信幸は踏んだ。

信幸は姉・村松の夫婦とは、日ごろから親しく接していた。

信繁もまた、信幸以上に二人とは親しい。それというのも、信繁を産んでまもなく亡くなった彼の生母の村緒《むらお》も、姉のお涼こと村松の生母も武田の一族につながり、実の姉妹だったともいわれている。ともに早死にしたが、お涼が「村松殿」と称されるようになったのも、嫁ぎ先の小山田家の所領にちなんだほか、「村緒」の名をもからめたものらしい。

いずれにしても、彼女の夫——信幸・信繁の義兄たる小山田茂誠は武田家の遺臣にして、今は信幸がもっとも信頼をおく真田家の家臣の一人になっているのだ。

彼にあてて送られた文の内容は、おのずと信幸に伝わる。

信繁はそうと察したうえで、故意にこのような便りを書いてよこしたような気がする。

左衛門佐信繁は父親ゆずりの、いや、父・昌幸にまさるほどの策士なのだ。智恵があり、勇気もある。このまま山深い配所で朽ちはてるはずもない。ひょっとして信繁は、今また何かをたくらんでいるのではないだろうか。——

信幸は、そんな弟の身を危ぶんだ。と同時に、ある種の期待で妙に胸が高鳴るのを禁じ得なかった。

三

はたして、信幸の予感はあたった。が、それを感じさせるだけの空気が、またぞろ世上に兆しつつもあったのである。

関ヶ原の合戦で石田治部少輔三成らは敗れ去ったが、彼らが擁した豊臣秀頼は存命している。合戦時には、まだ物心もつくかつかぬかの幼子だったものが、今や成長して、二十代初めの堂々たる青年となっていた。

「これは……このまま放置しておくわけには行くまいのう」

古来希《まれ》なる古希《こき》七十の峠をすぎて、家康は少々焦りを覚えはじめた。

家康はしかし、一挙に事をなそうとはしないでいた。

豊臣恩顧の大名は数多い。いまだ秀吉の遺児の秀頼に肩入れして、彼を立てようと計る者も少なくはなかった。

それらの大名を刺激するのを避けつつ、彼は実質的に天下の政事を掌握していった。

関ヶ原合戦より三年をへた慶長八（一六〇三）年、家康は征夷大将軍の位を得、その二年後の十年には、あっさりと世子《せいし》の秀忠に、これをゆずってしまう。

それこそが、家康一代の「大芝居」であった。

将軍職が徳川家の世襲であることを天下に示す一方、江戸の幕府を秀忠にゆだねて、おのれは駿府に移住し、大御所として、なおも実権を握りつづけたのだ。

いわゆる「二元政治」であるが、大坂の豊臣方としては、面白かろうはずがない。不平不満がくすぶっていた。

そうと見て、家康はそろそろ頃あいだ、と判じた。比較的健康ではあったが、彼としてもむろん、自分の年齢《とし》を自覚している。

「おのれの目の黒いうちに、すべての形《かた》をつけてしまわねばならんがや」

年の途中で慶長と改元されたので「慶長伏見地震」とよばれる文禄五（一五九六）年の大地震。これにより堅牢を誇った大坂城の天守閣も崩落したが、京都東山・方広寺《ほうこうじ》の大仏殿の被害のほうが大きかった。

わずかばかりの修復作業では、どうにもならないくらいに崩壊してしまったのだ。

もともとは故太閤秀吉の肝煎《きもい》りで造営されたものである。

「殿下の追善供養のために再建されたら、どうか」

と、豊臣方に勧めたのは、家康だった。

同時に醍醐《だいご》寺《じ》三宝院金堂、東寺《とうじ》南大門などの修復や改築も勧進《かんじん》したが、当初の目的は、豊臣家に残る莫大な財産を社寺造営で使わせることにあった。

それがたまたまといえば、たまたまではあるのだが、慶長十九（一六一四）年八月初め、本堂、仁王門などとともに完成した方広寺鐘楼《しょうろう》の鐘銘に関する大工頭《だいくがしら》からの報告に、家康は注目した。吊される予定の鐘に「国家安康　君臣豊楽」なる銘が刻まれているというのだ。これを家康は、お抱えの儒者・林羅山《らざん》の入れ智恵により、

「わが名を分断して徳川家を呪い、ただ豊臣家の栄えることのみを祈っておるのではないか」

と、難癖をつけて、秀頼の江戸参勤、母堂・淀殿の人質、豊臣家の移封などを大坂方に要求。少なくも、どれか一つを実行しなければ、

「力をもって廃絶させる」

と迫ったのだった。

供養は延期されることになり、秀頼の傅役《もり》で社寺の造営奉行でもあった片桐且元《かつもと》が八月下旬、弁明のために駿府へおもむいたが、家康との面会すらもかなわず、すごすご帰城した。何の成果も得られなかった且元の周辺にわいたのが「内応疑惑」である。

以前に且元は、家康から知行の加増を受けたこともあり、

「なにがしかの密約があるのではないか」

と疑われ、生命までも危うくなって、彼は大坂城を離れ、自城の摂津茨木《いばらき》城にこもってしまうこととなる。

その機を待っていたかのように、本多正純が大坂城をおとずれ、鐘銘の不適切を指摘。浪人雇い入れの停止を求め、さらに、

「お国替えを、ぜひにご受諾なさるよう……」

あらためて申し入れる。

これを拒絶して、大坂方は諸国の大名に徳川討伐の檄《げき》をとばし、傭兵《ようへい》とすべく公然と浪人たちを募りはじめた。家康の威光をおそれて諸大名は参じなかったが、浪人衆は多数あつまり、つぎつぎと大坂城に入城した。

十月にはいってすぐに募集を開始し、ひと月後には十万人に達したといわれる。

そのなかに、真田左衛門佐信繁がいた。

彼に会うべく九度山をおとずれた使者は、秀頼直筆の手篤い懇請の書状とともに黄金二百枚、銀三十貫文を持参した。それだけでも信繁ら一族郎党、一生遊んで暮らせるほどの大金だというのに、こう付けくわえたのだ。

「こたびの戦さに勝利したあかつきには、五十万石を進呈いたす、とのご伝言でござる」

何という厚遇か。

まさに、亡父・秀吉並みの「大盤振舞い」であった。


十月九日、信繁は一子・大助（幸昌）、側近衆のほか、日ごろ馴染《なじ》んだ近在の地侍を伴い、夜陰に乗じて九度山を脱出した。

九度山から大坂までは十五里（約六十キロ）ほどの距離で、三日後には大坂城にはいることが出来た。

屋敷を出たときには数十名の供人《ともびと》しかいなかったが、噂を聞きつけ、途中で待っていた者も多く、ともに入城したのは三百名ばかり。

そういうみずから引き連れてきた将兵に、城方からあたえられた雑兵《ぞうひょう》をくわえて、真田の軍勢はたちまち六千にふくれあがった。

信繁は大助や、今や彼にとっての筆頭家老ともいうべき立場の高梨内記をよび、

「小者どもに命じて、大坂の町中を走りまわらせ、これだけのものを揃えさせよ」

物の名を記した紙片を渡した。内記が受けとって、

「幟《のぼり》に指物《さしもの》、具足、甲冑《かっちゅう》、母衣《ほろ》……いずれも赤。すべて赤一色に統一するのでございますね」

「さよう。全将兵、同じ色じゃ。一人でも、抜かりがあってはならぬ」

豊富な支度金を使って、六千人分の武具や装備品を買いそろえようというのである。

それも、かつての主すじたる武田にあやかったかのように、赤色に統一する――もっとも、その武田の遺臣を多く雇い入れた徳川譜代の井伊家も「赤備え」に徹しているようではあるが。

真田信繁のほか、はせ参じた主将は、長宗我部《ちょうそかべ》宮内少輔《くないしょうゆう》盛親《もりちか》、毛利豊前守《ぶぜんのかみ》勝永《かつなが》、仙石権兵衛秀範《ひでのり》、後藤又兵衛基次《もとつぐ》、明石掃部助《かもんのすけ》全登《てるずみ》といった面々である。

長宗我部盛親は元は土佐二十二万石の大名であったが、関ヶ原合戦で三成方について敗れた。ほんらいならば彼もまた死罪のところ、井伊直政の取りなしで生命だけは助けられ、浪人の身となった。その後、京で寺子屋の師匠をしていたが、そこへ豊臣の使者がおとずれたのだ。

盛親もやはり、秀頼の名で、勝利の折りには土佐一国の安堵を保証されていた。

ほかにも大名家や小名家の出身者が多いが、ほとんどが関ヶ原の敗者であり、あるいは父や祖

父の代に何か粗相《そそう》あって失脚するなどして、浪人をよぎなくされた者たちであった。

信繁が入城してまもなく、秀頼の股肱《ここう》の臣で城中惣奉行《そうぶぎょう》の大野修理治長《しゅりはるなが》を中心に、御前会議がひらかれた。

治長には治房《はるふさ》、治胤《はるたね》と二人の弟がいたが、この三兄弟はつねに意見を異にし、あまり仲は良くなかった。

大野兄弟に限らない。大坂城内にひしめく将兵は、だれがどう見ても、

「寄せあつめの烏合《うごう》の衆」

でしかなく、まとまりに欠けていた。

城中の総人数は十万近くにもなるが、うち鎧武者《よろいむしゃ》は八千七百、あとは雑兵とお女中衆なのである。

総大将の秀頼は二十二歳だが、幼少時より城の奥で甘やかされて育ったとみえ、政事にも軍事にも疎《うと》い。何もかもを淀殿にあやつられていると言われていて、じつに心もとない。

それかあらぬか、最初の会議で、もう激しい対立があった。

かたや真田信繁で、彼はこう主張した。

「後詰めの兵なくして、城にこもるは無為無策というものでござる。徳川の兵は目下、長の旅路をへてきて疲弊しておるはず……やつらが備えをととのえるまえに、先制して攻めるべきでありましょう」

城を出て、総大将の豊臣秀頼自身が采配をとり、天王寺《てんのうじ》に旗を立て、宇治《うじ》や瀬田《せた》に陣を構える。

「……拙者《せっしゃ》ども、真田の兵が先鋒をつとめ、まずは徳川勢の鼻をあかしてやり申す」

この訴えに、後藤又兵衛などは賛成したが、大野治長や甲州浪人・小幡勘兵衛らが反対し、そちらの意見を淀殿が支持したので、しりぞけられることとなった。

小幡の反論はといえば、源頼政、木曾義仲、承久《じょうきゅう》の乱の皇軍など、

「古来、宇治や瀬田で防戦して勝った者はござらぬ」

というものである。

面と向かっては言われないものの、

「真田の一族は左衛門佐どのの兄者の伊豆守をはじめ、もはや大抵の者が徳川の軍門に下っておる……左衛門佐どのじゃとて、いつ寝返るか、知れたものではないぞ」

そんなふうに陰口をたたく者までいて、それが信繁の主張が通らぬ理由の一つになっているらしい。

憤るよりまえに落胆の気分が強く、これは負けるぞ、と思いはしたが、ここまで来て、今さら引くわけにも行かない。大坂方の全体としては籠城策だが、信繁は、

「わが真田隊だけは独自の戦法をとる」

と、まさに不退転の決意で言い張って、これは容《い》れられることとなった。

大坂は西が難波《なにわ》の海で、北は天満川、東は深田になっている。南方のみが丘陵で、ひらけた台地が天王寺方面へと延びていた。

大軍を展開させるには、そのあたりしか考えられない。すなわち徳川勢が真っ先に攻めてくる

のは、そこであろう。堅牢鉄壁といわれる大坂城のなかで、唯一の弱点であるとも言えた。

信繁は、その玉造《たまつくり》御門の南面、平野口とよばれる惣構えの外に出城《でじろ》を築くことにした。

三方に堀や塀をつくり、その内側に三重の柵を設けて、東西百二十三間（約二百二十メートル）、南北七十九間（約百四十メートル）と、東西に長い半円形の砦を築造したのだ。

出入り口は両脇と、後方にしかなかった。

これが、のちに「真田丸」とよばれるようになった出城である。甲斐武田流の築城術を見事に受けついでいる。城外に突きだしていて、見るからに孤立しているが、東方、南方の敵の動きを見はるかせた。

「本城を攻撃させず、ここで敵勢を十字砲火にして喰い止め、死守するのだ」

熾烈《しれつ》な決戦の場となるは必定《ひつじょう》。あえて信繁はその無謀にして危険きわまりない守将役を買ってでたのである。


独自に放っておいた間諜から、この報告を聞いたとき、信幸は子どもの時分に、弟の源次郎が自分の止めるのも聞かず、切り立った断崖にかけられた橋の上から、難ケ沢《なんがさわ》の急流へと飛びおりたことを思いだした。

「やつめ、いまだにおのれは不死身だと信じておるのか」

おもわずつぶやいて、いや、そうではあるまい、と信幸は首を横に振った。このたびこそは、無事ではすまぬ。源次郎信繁は、死ぬ気でいる。弟は死に場所を求めているのだ……。

　このころ信幸みずからは持病の瘧《おこり》が頻発して、寝所《しんじょ》にこもる日々を送っていた。信繁の大坂参陣の報も、自分への徳川方からの出陣の命も、彼は臥所《ふしど》のなかで受けた。

　彼は枕頭に侍臣の出浦上総之助《いでうらかずさのすけ》をよんで、相談をしてもいる。

「上さま直々の召集なのじゃ。ここは病いを押してでも駆けつけるべきであろう」

「いえ、ご無理は禁物にござりまする。じつを申さば、大御所さまも危うんでおられると聞いておりますれば……」

「何、家康公が？……出浦、それはどういうことじゃ」

　出浦は一度深く頭を下げ、おもむろに顔を上げると、

「ここで無理はせずとも、すでに勝敗の見えた戦さである……いずれ殿には委せるお仕事がある、と」

　そう言われては、信幸としても、曲げて出張ることは出来ない。家康は、さらに何かを案じているようにも感じたが、信幸は黙っていた。ただ出浦には、

「日々、銃砲は改善されていると聞く。これからの大戦さは、鉄砲を上手く使うたほうが勝つ」

と告げ、鉄砲方に特別の扶持《ふち》をあたえよ、とだけ指示した。

　そして信幸は病臥中であることを理由に出陣を辞し、かわりに長子の信吉と次子・信政を上方にやることにした。ただし、これに百戦錬磨の矢沢頼幸や鎌原《かんばら》重宗らを随伴させることを忘れなかった。

　このことに関して、信幸の正室の小松が、これも信幸の側近の木村土佐守綱茂《つなしげ》にあてた書状で

こう記している。

「伊豆殿お目見へ候て、一段の幸せにて候。煩（患）ひ候まま、こなたにて養生申し候べく候。伊豆殿は御陣へお発ち候はず候。河内（信吉）殿、内記（信政）殿ばかり御陣へ発ち候」

また当の「伊豆殿」こと信幸自身も、息子たちに付き添わせた矢沢頼幸のもとへ、

「河内守は若く候間、万その構へこれあるまじく候間、何事にも念を入れられるべきこと専一に候」

との文を書き送っている。

みずからは参戦し得ぬだけに、なおのこと、若年の息子らの出陣が心配でならなかったのである。

ともあれ、慶長十九年の十月半ば、七十三歳の大御所・徳川家康は年齢を思わせぬ、しっかりとした騎乗ぶりで駿府を発ち、途中、鷹狩りをするなどの余裕をみせながらも、同月下旬には京都・二条城に到着した。

こちらの将兵のなかに、昌幸の弟で本多正純の組下となった真田隠岐守信尹《おきのかみのぶただ》や、村松殿の長子の小山田之知などがいる。

ほとんど同時に、将軍・徳川秀忠の軍勢六万余が江戸を出立。真田信吉・信政兄弟や仙石忠政ら信州の諸大名は、本多忠朝《ただとも》の後陣相備えとして、この秀忠軍に属していた。

秀忠は十一月十日には伏見城にはいり、翌日、二条城で家康と会見、大坂城攻めの策戦を立てた。このとき齢《よわい》三十六と、秀忠は男盛り働き盛りであった。

家康を総指揮とする徳川軍は、あわせて十九万四千余り。対するに大坂方は、婦女子もまじえて九万六千。半分にも満たない。

続々と届けられる報告を聞いて、信幸は弟の信繁らの身上に関し、いささか不安になった。息子らはともかくとして、彼は叔父の信尹や従弟の小山田之知、矢沢頼幸らに託し、信繁の無茶無謀をいさめることも考えた。

が、そんなことで志を曲げる信繁でないことは、実の兄である信幸がいちばんよく知っている。

「ここは、ただ黙ってそれぞれの天命を生きるしかあるまい」

発熱による、おのが手の震えをもどかしく感じながら、信幸は臥所に横たわったまま、そっと両の掌をあわせた。

四

夜半、信幸はおのれの寝所にあったが、容易に寝つかれずにいた。

上方でまた大戦さが起ころうとしている。信幸みずからは出陣をあきらめたが、二人の息子が参ずる。ともに初陣であった。

それに対する心配と緊張、さらには大坂城にこもり、ふたたび敵方となった弟・信繁らのことを気づかいつづけたゆえでもあろう。何でもこのたびは、信繁の嫡子・大助までが参戦しているらしいのだ。

今宵、信幸の臥所には小松が侍《はべ》っていた。が、彼はただ小松の膝を枕に横たわり、心の静まるのを待つのみである。

戦さ場では、

「獅子よ、虎よ」

と恐れられ、他のだれよりも果敢なはたらきをしてみせる歴戦の将も、ここではただの幼子にもどってしまっている。

小松のほうでも、それは承知していた。今のおのれは、ひたすら赤子をあやす慈母と化し、少しでも早く信幸を安らかな眠りへとみちびけばよいのだった。

信幸の背に手をまわして、ゆっくりと撫《な》でさすりながら、

「殿……やはり、お眠りになられませぬか」

小松が言う。

「眠れぬ。ひどく気が昂《たかぶ》ってしもうとるようじゃ」

表向き、信幸は平静でいる。だが頭のなかには、つぎからつぎとさまざまな想念がよぎり、彼の眠りを妨げていた。

「殿はお考えがすぎるのでございますよ。お頭《つむ》がよろしすぎるのです」

「…………」

「ご兄弟ともに賢こい。賢こすぎまするゆえ、気の病いにもおかかりになるのでございましょう」

「ふむ、信繁か……たしかに、やつは聡明な男じゃ。それに度がすぎるほどに果敢でもある」

つぶやくように言って、小松の膝に頭をおいたまま、眼をつぶる。ふいと弟の信繁の風貌が脳裏にうかびあがった。

父はいっしょでも母を違《たが》えているせいであろうか、大柄な信幸にくらべ、信繁はからだも小さく、顔も小作りだった。

似ているところはといえば、二人ともやや面長で、額がひろいということぐらいだろうか。

その額を汗と川水とでびしょ濡れにしながら、ふいと信幸のまえに現われて、信繁は言ってのけた。

「わしは不死身よ……これしきのことでは死なぬわい」

難ヶ沢の急流に一人、橋の上から飛びこんでゆき、そのまま波に呑まれたかと思われたときのことだ。

あのとき、信繁は本当に自分は不死身だと確信していたのかもしれない。しかし信幸には、そうは見えなかった。どう考えても、あれは一種の自殺行為ではないか。

そんなふうに信繁には、いつも何か危うさを好み、愉しんでいるような節がみられる。とりもなおさず、それは生きいそぎ、死にいそぐことにつながる……信幸は、弟の信繁のほうがおのれより早くこの世を去ってしまうと予感し、やつは「滅び」に向かっている、と思った。

このたびの大坂での合戦についても、言えることではないだろうか。——

かくて慶長十九（一六一四）年十一月半ば、策戦のとおりに徳川軍は動いた。

大御所・家康は二条城から大和路へ向かい、城外の茶臼山《ちゃうすやま》に本陣をおいた。将軍・秀忠は伏見城から河内路をめざし、世にいう「大坂冬の陣」が開始された。

攻め入る徳川勢は直前になってさらに増え、二十万を超えた。これを迎え撃つ大坂方は、ほぼ十万――その優劣は明らかであったが、信幸の危惧に反して、信繁は死ななかった。

それどころか、このときも彼は徳川の大軍を相手に四ツに組んで戦い、きりきり舞させて勇名をはせた。

大坂城は真田丸で彼がとった策も、さきの上田城の攻防戦によく似ていた。

各所での小競《こぜ》り合《あ》いがつづいたのち、もっとも熾烈な戦いがおこなわれたのは、十二月の四日のことである。

早朝、真田隊の立てこもる砦の正面に陣取ったのは、加賀の前田利常ひきいる一隊で、松平忠直、井伊直孝、藤堂高虎、伊達政宗らの諸隊が連なっている。

砦の前方には、篠山《さきやま》という小山がそびえていた。信繁はその篠山の山中に鉄砲隊を潜ませて、徳川勢を挑発すべく、しきりと銃弾を撃ちこんだ。

そうして敵兵をさんざん焦《じ》らした挙句、砦の兵をすべて矢倉や井楼《せいろう》などの陰に隠し、

「徳川の兵力を恐れて、砦の兵は逃げ去った……もぬけの空になっている」

偽の情報を前田隊の斥候に摑ませた。ここぞとばかりに前田勢は砦へ向かい、突き進んでいく。

真田丸は三方に空堀をめぐらしてあったが、その堀の外側と堀のなか、内側と三重に柵がしつらえられている。前田の兵たちがその空堀に足を踏み入れたとたん、隠れていた砦の兵が姿を現

わし、一斉に鉄砲を発射した。

前田の兵らは慌てて退却しようとするが、柵が妨げとなって、思うにまかせない。

おまけに背後からは、松平隊や井伊隊、藤堂隊などの兵が続々と押し寄せてくる。前田隊としては前方に進むしかなく、塀ぎわの手狭なところに殺到した。

そこに砦の真田兵は用意していた大石や丸太を落とし、矢や銃弾をつるべ撃ちに浴びせかけた。

つまり信繁は、ここでも例の狭所に暴れ馬を誘いこんだ、

「真田氏一流の策である誘引伏撃《ゆういんふくげき》」

によって、圧倒的に多数の徳川軍を打ち負かしたのだった。


真田丸での攻防に限らず、徳川の諸隊は功を焦り、そこかしこで先陣争いをしていた。が、家康はといえば、むしろ「力攻め」を嫌い、

「早急に総攻撃をかけましょうぞ」

という再三にわたる秀忠の催促を拒みつづけた。

いわゆる「神経戦」によって大坂方を参らせ、講和にもちこもうとしていたのだ。

「大坂の城は堅牢にすぎる……なまなかなことでは落とせまい」

そうと踏んで、当初から家康は和戦両用の構えでいて、本多正純に命じ、城方の織田有楽《うらく》や大野治長などと和平交渉をさせていたのである。ちなみに有楽は織田信長の末弟で、淀殿の叔父（秀忠の室・お督《ごう》の叔父でもある）に当たるが、最終的には徳川方にくみすることになる。

さらに家康は、真田勢の手ごわさを聞いて、

「……やはり、そうであったか」

長嘆息をつき、信幸が考えたのと同じように、叔父の信尹をもちい、信繁を説得させようとした。

十二月半ば、家康の命を受けた本多正純は、事情《わけ》あって前田家に出仕していた実弟の本多政重にあてて、こんな書状を送った。

「真田左衛門尉（佐）儀、御忠節成られ候様に御才覚あるべく候。そのため真田隠岐（信尹）殿それへ遣はされ候」

ここは隠岐守信尹とよく協議して、すみやかに手配せよ、というものである。

いずれ、真田丸における信繁のはたらきもあって、徳川勢は大坂城を容易に落とすことが出来ず、ついに秀忠も賛成して、和議をもちかけることとなった。

ここで真田信繁や後藤又兵衛らは異議を唱えたが、異国から新式の大砲を入手した徳川勢の砲撃攻勢に淀殿やその侍女たちが怯えてしまい、結局のところ、同月二十日に和睦は成った。

この戦さでの左衛門佐信繁の活躍ぶりはしかし、敵味方のべつなく評判となり、ちまたの人びとは彼を「天下無双の智将」と褒めあげた。むろん、なかには妬《ねた》む者もあり、

「あんなものは場当たりにすぎぬ……左衛門佐はただ黄白《こうはく》（金銀）と功名がほしいだけであろうよ」

などという声も聞かれた。

信幸は上田の城にあって、そうした噂話を耳にするたびに、ちがう、と思っていた。

信繁の智謀の才は疑いない。が、やつは手柄をたてて、それを誇ろうというのでもなく、名声を求めているのでもない。

老いがおのが身を錆《さ》びつかせるまえに滅びたい、と願い、名前を残して死のう、と欲している。それだけのことではないのか。

信幸には、弟がすでに大坂城をこそ、おのれの死に場所と定めているような気がしてならなかった。

五

明けて元和《げんな》元(一六一五)年の早春、信幸は洛中のとある小寺の茶室にいた。対座しているのは、小野お通である。

若年のころから諸芸を語らうだけの間柄だった二人が触れあったのは、ただの一度、秀吉最晩年の「醍醐《だいご》の花見」があった夕のことであった。

最愛の夫「こうけん殿」こと渡瀬羽林《わたせうりん》に先立たれて、まる一年。秀吉の奥方衆の醜態などもからんで、お通の気持ちが混乱し、相当に入り組んでいたせいもあったのだろう。

それはまさに、一陣の風であった。いや、風花とでもいうべきものであったろうか。

お通はすでに若くはなかったが、三十歳をすぎたばかりで、女盛りとも言えなくはなかった。その肌のいろがいつに増して白く輝き、雪のようだと思ったのを、彼は昨日のことのように憶えている。

現実にはしかし、その日からでももう、十七年の歳月が流れている。

齢五十近くになった今も、お通の肌は白かったが、その身にはいくぶん肉《しし》がついて、かつての張りは失せ、目尻や鼻翼の小皺も増えていた。

お通は風炉《ふろ》釜《がま》から湯を掬《すく》い、黙って茶を点てている。

その顔から眼を逸らして、信幸は障子戸を開け放ってある脇の丸窓から庭を眺めやった。

深碧の水をたたえた瓢簞《ひょうたん》池で、しきりに鯉が跳《は》ねている。池のあちらの築山《つきやま》の植込みは一斉に蕾をふくらませ、なかで木爪《ぼけ》と白梅は早くも可憐な花をつけはじめていた。

「やはり、こちらのほうが春の訪れは早い……上田はいまだ冬のさなかでござるよ」

おもわず言葉を発すると、お通は微苦笑の面持ちで、信幸のまえに茶碗をおき、

「そのように寒いところへ、お殿さまはこの通をよぼうとなさりはるのどすな」

「ふむ。無理かな、そこもとには……」

身のまじわりは途絶えても、心の繋がりは絶やすまい。そう考えて、幾星霜、信幸はお通とのあいだの文のやりとりだけは欠かさずにいた。

ことに昨今は、お通の芸の才をつねに間近で見ていたい、と思うようになった。わざわざ京まで出向いてきたのも、一つには彼女の上田への移住を勧めるためだったのだ。

だが、用はそればかりではなかった。むしろ普通に考えれば、別件のほうがはるかに重要といえた。

それは大御所・家康直々の密命である。

さきの大坂方との和睦の折りに家康が出した和睦の主な条件は大坂城の外堀を埋め、二の丸、三の丸を取り壊すことだった。その代わり、淀殿や秀頼はもとより、城中にこもった譜代衆も浪人衆も処罰しない――これを大坂方は呑んだが、徳川方では約定に反して内堀までも埋めてしまい、大坂城は丸裸となった。

そうしておいて、家康はまたぞろ秀頼らに無理難題を吹きかけた。伊勢か大和への国替えと、大坂城につどった浪人衆の追放である。

家康の狙いが大坂方を怒らせ、再度、事を構えることにあるのは明らかだった。が、この挑発に秀頼らは乗せられ、あらためて戦さ支度に取りかかろうとしている。

すでに大坂は裸城、家康としては、赤子の手をひねるがごときものでしかない。ただ、真田左衛門佐信繁の存在だけが厄介であった。

信繁はせっかく築いた真田丸を出て、大坂の城内へはいっていたが、その智略・戦略の怖さは、

「亡父の安房守にまさるとも劣るまい」

と、家康はさきの戦いで思い知らされたのだ。

家康は側近の本多正純を動かし、さまざまな勧誘工作をおこなった。信幸と信繁兄弟の叔父・真田隠岐守信尹に命じて、信繁の説得にあたらせもした。大坂方からの離反をうながしたのだが、上手く行かなかった。

そこで、ひそかに信幸を駿府にまねき、信繁との交渉を託したのである。

「おそらく無理であろう」

と思い、信幸は家康にもその旨は伝えた。が、大御所の特命とあれば、断わるわけにもいかない。瘧の発作が間遠になり、ほとんど病いが癒えていたこともある。

個人的な心配事も、彼にはあった。

「源次郎、大坂ではだいぶ辛い目にあっているようですよ」

そう言って、この正月に、姉の村松が見せてくれた信繁からの二通の手紙のことである。一通は当の村松あての文《ふみ》。いかにも女性《にょしょう》に向けて書かれた優しい感じのもので、ひらがなが多用されている。

「たより御ざ候まゝ、一筆申しあげ候。さても〳〵こんどふりょ（不慮）の事にて、御とりあい（取り合い）に成申、われ〳〵もこゝもとへまいり申候。きっかい（奇怪）とも御すいりょう（推量）候べく候。たゞし、まづ〳〵あいすみ、われ〳〵もし（死）に申さず候。御けさん（見参）にて申たく候。あす（明日）にかはり候はしらず候へども、なに事なく候。……」

文中、今は無事だが明日は変わるか、と取れる部分があるのも気がかりだが、わずか十日あまりあとに、姉婿の小山田茂誠のもとに届いたという文の内容のほうがもっと気になった。

「殿様（秀頼）御懇比も大かたの事にては無之候《これなくそうら》へども、万気遣《きづかい》のみにて御座候」

どうも大坂城は、信繁にとって、そんなに居心地の良いところではないらしい。

「……さだめなき浮世に候へ者、一日さきは不知《しらず》候」

さっそく上京して、信幸は弟の信繁と会う方策をねった。

信幸からの依頼を受け、この密会の膳立てをととのえたのが、ほかならぬ小野お通だった。彼女はかねて徳川、豊臣の双方に信頼され、秀頼に輿入《こしい》れした家康の孫娘、千姫の教授役として始終、大坂城に出入りしている。

信繁は申し出を受諾、旅僧をよそおって舟で淀川をさかのぼり、この京の寺へと忍んでくることになった。

小野家の屋敷は依然、洛西にあったが、洛中の無名の小寺をえらんだのも、人知れず兄弟二人きりで会うためであった。


ふいと、お通が耳をそばだてた。

「……お出でになりはったようどす」

腰をあげ、丸窓の障子戸を閉める。

「わたくしはお暇《いとま》つかまつりまするゆえ、どうぞ水入らずで、ごゆるりと……」

言いおいて、出ていくお通と入れちがいの格好で信繁が狭い戸口をくぐり、室内にはいってきた。

「兄上、お久しゅうござりまする」

「ああ……久しゅうなるな」

関ヶ原合戦のはじまる直前、犬伏の苫屋《とまや》で別れて以来だから、十五年ぶりになる。

一つちがいの兄弟で、ともに齢五十に近い。長姉・村松の夫たる小山田茂誠への便りにもあったように、信繁は前歯が抜け落ち、髷《まげ》や鬢《びん》、髭《ひげ》もすっかり白くなった。老いたのは確かだろうが、それだけでもなさそうだ。

面《おも》やつれがひどく、眼は落ちくぼみ、頬の肉《しし》がごっそりと失せている。

そんな弟の顔を、信幸はじっと見すえ、何かを言おうとして止めた。そして、かたわらにおいた袱紗《ふくさ》を解くと、なかから素焼きの瓶《かめ》を一つ、取りだした。

「焼酎じゃ」

と、信幸は言った。

「……昔から、そなたは嫌いではなかったが、九度山にこもるようになってから、いっそうの好物になったとか」

国もとの知人に、信繁は二個の空き壺を送り、これに焼酎を詰めて送りかえして欲しい、と頼んだことがあるらしい。ひとづてにそれを聞いていたので、あらかじめお通に告げて用意させておいたのだ。

茶の湯にもちいるのとは別の湯呑み茶碗が二つあった。一方を信繁に渡して、なみなみと焼酎を注ぎ、

「まぁ、軽く一杯やろう」

自分も手酌《てじゃく》で、ぐいと飲んだ。さすがに強い。酒《ささ》にはない味わいだ。臓腑《ぞうふ》に染みた。

「……残ったら、いずこへなりと持ち帰るがいいぞ」

よほどに好きなのだろう。そうでなくとも、ほそい信繁の眼がさらに垂れて、ほそくなった。

信幸はふっと微笑してみせてから、

「お通どのの話では、大坂の城ではそなた、何やら気苦労が絶えぬというではないか」

信幸はさりげなく本題にはいった。

「まぁ。それは、まことですが……」

大野修理治長ら豊臣家譜代の重臣たちとは、こと戦略の面で対立し、武功の誉れが高いのは良いが、それが他の城将たちの妬みや僻《ひが》みを買う。

小山田あての書状のなかの「万気遣のみにて御座候」はまったくの本音で、誇張でも何でもなかったのだ。城内での信繁の気のつかいようは一通りではなかった。お通は信幸に、見るに見かねる、とまで言っていたのである。

「それでも、そなたは大坂の城を出ようとはせぬのか」

「はい。亡き太閤殿下への恩義もござりまするし、秀頼さまにも、良うしていただいておりまするゆえ」

秀頼は信繁を頼りきっていて、そのことがまた諸将の反感をつのらせるのだが、信繁はそれは口にしなかった。

「秀頼公へのご奉公……まさか、さようなことだけではあるまい」

わしは信じぬぞ、と告げて、信幸は信繁の側に膝を寄せた。信繁は肩を落とし、小さくため息をついて、

「お察しのごとく、ちまたの衆が噂をしているとおりにござりまする。功なり名をとげて、いずれ、しかるべき地位、身代を得ようと望んでのこと」

「……それも、嘘じゃ」

「嘘ではありませぬ。兄上がおられるかぎり、真田の家は安泰……それがしの出る幕はござらぬ。であれば、他に身を立てるべき道をさぐるは当然にござりましょう」

「ならば、何故に大御所さまに盾突《たてつ》く。家康公はそなたの武名を惜しみ、もしや徳川にくみしてくれるならば、わしとほぼ同格の十万石……それどころか、信濃一国すらも進ぜよう、と仰せなのじゃぞ」

「存じております。叔父上がいくども参られて、その旨伝えて下されましたれば……」

ふむ、とうなずいて、信幸はかたわらの風炉のほうに眼を落とした。釜の湯が沸騰して、音を立てている。

「しかし、左衛門佐、そなた、負けるとわかっている戦さをして、どうする?」

信幸はちょっと言い方を替えてみた。

「戦さ事に綺麗も汚いもないぞ。奇襲も調略も寝返りも……何でも、ありじゃ。ひっきょう戦さは、勝つか負けるか、どちらかしかないのじゃからな」

ふいとまた、短く笑って、つぶやく。

「……釈迦《しゃか》に説法のごときものかもしれぬが」

つられたように、信繁も頬をゆるめかけたが、

「それがしが欲しいのは大御所・家康公の首……公の御首級《みしるし》さえ奪《と》ること叶いますれば、形勢は逆《さか》しまになりまする」

信繁は言いつのる。家康が戦死すれば、いまだ逡巡している諸大名がこぞって大坂方につく。そうなれば、秀頼の覚えめでたき信繁の立場は絶大なものとなり、満天下をも動かせよう。――

「愚かな……」

信幸は吐き捨てるように言った。戦さで死なずとも、老齢の家康はほどなく逝く。それを考慮したうえで、将軍職を秀忠にゆずり、徳川家の世襲であることを明らかにしたのだ。幕府の体制もととのい、すでに盤石《ばんじゃく》なものとなりつつある。

「大御所が薨《こう》じられても、同じことじゃ。今さら天下の形勢が変わるはずもない」

「…………」

信繁は湯呑みに残った焼酎をいっきに呷《あお》ると、そのままうつむき、黙りこんだ。何をか言わんやだ、と信幸は思った。こんなことは自明の理、信繁にはとうにわかっていよう。

「……源次郎」

信幸は弟を幼名でよんだ。

「そなた、死ぬ気であろう。こたびの大坂での合戦をこそ、格好の死に場所と決めておる……どうじゃ、図星ではないか」

信繁は顔をあげて、喰い入るように兄の顔を見つめた。

「兄上も士《もののふ》、この源次郎左衛門佐も士……ただ、それだけにござりまする」

そう言ったきり、彼はまた頑《かたく》なに口を閉ざした。

六

六年後の元和六（一六二〇）年夏、信幸は同じ京の寺の茶室で、お通と語らっていた。

この春先に室の小松が亡くなったのだが、今際《いまわ》のきわに一つの遺言を口にした。

「ぜひに京の方をお迎え下さいませ」

小松は他の側室とは上手く行っていなかった。そんなこともあって、最期《さいご》のときまで、信幸の後添えのことが気がかりであったのかもしれない。他の者を奥向きの主にすえるくらいなら、お通をよんでほしい、と告げたのである。

その後も信幸は、何度かお通に書状をやって、上田への移住をうながしている。そのたびに彼女は和歌などに託して、やんわりと断わってきていた。

いかに小松の遺言とはいえ、こんども無駄足であろうとは思ったが、ほかにも上方に用事があり、ついでのかたちで逢うことにしたのだった。

案の定、お通は肯《がえ》んじようとはしなかった。笑いながらではあったが、

「姥捨《うばす》て山に参れとの仰せどすやろか」

そうまで言われて、信幸はきっぱりとあきらめることにした。

二人とももう、五十路《いそじ》の峠を越えている。もはや、男と女の仲にはもどれない。心を通わすだ

けの友ならば、文の交換でも事足りようし、たまさか、こうして逢えれば良い。

そんなふうに思いながら、信幸は丸窓の外を見やった。

以前に白梅が咲いていたあたりには、芙蓉《ふよう》が淡紅色の大輪の花を咲かせている。「夏の陣」といわれた大坂での戦さがあったのも、今時分のことだった。

弟の信繁が討ち死にした大坂・茶臼山の麓の野辺にも、このように美しい花が咲いていただろうか。大将の信繁を筆頭に、兵のすべてが赤備えでいたために、全山深紅《しんこう》に染まり、咲き誇る躑《つ》躅《つじ》の花のように見えたというが……。

「左衛門佐さまのことを考えてはられますな」

「ふむ。ここで会うたのが、終《つい》の訣《わか》れとなった……」

大坂での冬の陣が起こった翌年、慶長（二十年）から元和（元年）に改元された年の春のことだ。

大御所・家康と将軍・秀忠は京都二条城にはいり、軍評定《いくさひょうじょう》の結果、このたびも全軍を二手に分け、家康ひきいる一軍は河内口へ、秀忠軍は大和口をへて大坂城をめざすこととなった。

もとはといえば、この春先から大坂方が、徳川勢の埋め立てた堀を掘り起こし、ふたたび新たな浪人衆を徴募しはじめたことにある。これに対して、家康らは違約であるとして、秀頼が大坂城を離れ、大和か伊勢に国替えするか、もしくは雇い入れた浪人たちをすべて追放するか――二者択一を迫った。大坂方は、

「いずれも出来ぬ」

と返答し、防戦を決意した。

その「夏の陣」でも、信幸自身は出陣せず、信吉・信政の二人の息子を名代として参陣させた。そのとき信幸は、家康の直命で上方に急行し、もどったばかりだった。旅の疲れはあったが、こんどばかりはみずから徳川軍の一翼を担うつもりでいたのに、

「苦労じゃった。伊豆はこたびも休んでおれ」

と、家康に言われたのだ。要するに、いまだ病いは完治していない――仮病を使って休め、というのである。

信繁の説得に失敗したあとだけに、家康はともかく、秀忠のほうはたぶんに信幸の寝返りを疑っていたのかもしれない。

「あの折りには、力及ばず……というより、まったく何のお手伝いもして差しあげられなくて、えらい、すみまへんどした」

「いやいや、お通どののせいではない。たとえ、だれが、どのように尽力しても、あやつは首を縦には振らなかったはずじゃ」

「いちばん仲のよろしいお兄上でも、ご無理だったのですからね」

「…………」

返す言葉がない。ただ、信幸の脳裏には一瞬、自分がお通に頼んで用意させた焼酎を、信繁がじつに美味《うま》そうに飲んでいた姿だけが思いうかんだ。

夏の陣では、徳川勢は家康軍、秀忠軍それに他の諸隊が道明寺《どうみょうじ》付近で合流、総兵力十五万四

千余でのぞんだ。これに対して、城方は六万弱。多勢に無勢であるうえに、堀の修復もままならず、籠城は不可能と判断。徳川方の仕掛けた野戦に応ずることとなった。

緒戦がおこなわれたのは、五月六日。徳川軍の主力が大和方面から来ると見越し、後藤又兵衛や毛利勝永ら城方の将はそちらへ向けて討ってでた。

後藤隊などは早朝に到着し、道明寺西方の藤井寺にて、後続と決まった真田信繁の一隊を待ったが、連絡が遮断されていて、現われない。ほとんど孤軍奮闘して、又兵衛は討ち死にするに至った。

真田の軍勢がようやく道明寺に着いたのは、昼もすぎたころであった。

「なんと、間にあわなかったか」

いつも意見があっていた又兵衛の死に、信繁は落胆し、悔いも残ったが、悲しんでいる暇はない。誉田廟《ほんだびょう》の土手に陣を構え、伊達政宗と対峙する。

そのまま双方互角で膠着化したが、別動隊として河内口に向かった長宗我部盛親、木村重成らの諸隊の敗色が濃くなり、この日は全軍、いったん城へ退却し、翌七日の戦いに期すことにした。

そして運命の七日。信繁は緋縅《ひおどし》の鎧《よろい》をまとい、黒塗りの大鹿の角の前立《まえたて》に白熊《はぐま》付きの兜《かぶと》をかぶって、出撃した。

「者ども、行くぞ。もう、後もどりはきかぬ。覚悟を決めよっ」

勢いよく采配をふるって、いっきに茶臼山へ登り、頂きに陣を張ると、真田隊の幟《のぼり》を立てた。

徳川勢は南方ほぼ九町（約一キロ）のあたりに陣取っていて、松平忠直のひきいる越前隊一万五千と、本多忠政らの各隊一万六千余の兵がひしめきあっている。

信繁は十文字の槍をかざして、越前隊、忠政隊などの敵陣を突破。さらに奥の徳川の本陣にくりかえし突撃し、二度までも家康の間近まで迫った。家康は旗じるしを捨てて、ほうほうの体《てい》で逃れたという。

「……左衛門佐のやつめ、大御所さまの首を狙うと言うたは、本気であったのやもしれぬ」

おもわず声が出ていた。向かいあって座したお通は、黙ったまま、曖昧《あいまい》に首を揺すっている。

「まさかに、本陣に襲いかかるとはな」

その信繁もしかし、ついには力尽きて討ち死にする。翌八日には、さしも堅牢を誇った大坂城も炎上。淀殿・秀頼母子は本丸の北方、二の丸の山里曲輪《やまざとくるわ》に隠れていたが、

「もはや、これまでにござりまする」

側近の大野治長に告げられ、その母の大蔵卿の局《つぼね》や毛利勝永らとともども自刃《じじん》して果てた。

だがまた、一方の勝利者の側の家康もほどなくして病いに倒れ、大坂での戦さが終わって一年目に、この世を去った。むろん、それでも徳川の天下は揺るがない。将軍・秀忠を中心に、江戸の幕府は万全の体制をととのえはじめている。

過日、信幸が信繁に言ったとおりではあった。

お通を相手に、信幸は話をつづけた。

「最前も申したように、わし自身は出陣はせなんだが、伜どもは相応の軍ばたらきをして無事に

もどった」

幸いというべきだろう、信吉・信政の兄弟は、家康本陣に突撃した信繁とも、最期まで秀頼のそばに付き添い、殉死した従弟《いとこ》の大助幸昌とも対戦せずにすんだ。彼らは同じ「信濃衆」の小笠原秀政や仙石忠政、保科正光らとともに井伊直孝隊の組下として、河内の天王寺表で戦ったのだ。

大坂勢もしかし、みな死に物狂いである。信吉らは無傷で帰陣したものの、間近にいた小笠原父子や本多忠勝の一子・忠朝などは戦死している。それほど熾烈な戦さであったのだ。

戦前にそうと読んでいた信幸は、このときも息子らに随行した矢沢頼幸と木村土佐守に、

「河内守（信吉）の力添え、よしなに頼むぞ」

言っておいたし、室の小松もまた、これも供の衆の一人、安中《あんなか》作右衛門にあてて、こんな書状を届けさせている。

「……河内殿（信吉）ことは若くお入り候まま、伊豆殿（信幸）のやうには候まじく候。その上法度《はっと》方もきつく申し候はでは叶はぬ事にて候まま、何をきつく仰せ候とも、伊豆殿へ免じ、御陣中精を致し、御奉公頼み参らせ候」

わが子・河内守信吉が若気のいたりで軍令を厳しくし、どんなにきついことを言っても、信幸に免じてゆるし、どうかよろしく奉公してやってほしい――そう頼み、このあとの文面で小松は、何事もなく凱陣《がいじん》出来たならば、恩賞の件など相応に口添えをするし、わずかばかりで恥ずかしいが、ここに金子《きんす》を添えるので、皆で分けてほしい、と記している。

勝ち気なだけではなくて、四方八方に万遍《まんべん》なく気遣いを忘れぬ女性《にょしょう》であった。自分亡きあとは、

いま信幸の眼前にいるお通を後添えに……とまで言い遺して逝った。

そのことはもう口にはすまい、と思いながら、

「仵どもは敵の首級をいくつも挙げて、大御所さまにお目見えしたとか……おかげで忠心をみとめられ、父祖伝来の本領も安堵された。そうなるには人知れぬ苦労があったがのう」

「伊豆さまは賢こうございますゆえ」

「したが、お通どの」

信幸はあらたまったように、お通のほうに物問い顔を向けた。

「そんなこんなで、わが家をひたすら守ろうとしたわしが士《もののふ》か、斬り死に覚悟で大御所に向かっていった弟こそが、真の士か……いずれであろうか」

「はて、わたくしにはわかりませぬ」

と、お通は小さく首を横に振ってみせた。

「文の道、芸の道に生きるが、わたくしの定め……殿方のこと、お武家さま方の生きかたなぞを判じられるはずもあらしまへん。なればこそ、お殿さまをお慕いしつつも、上田へ参ること否み通してきましたのどす」

ただおそらくは、と告げて、ちょっとお通は口ごもった。

「敵と戦い、華々しゅう死するも士、生きながらえて家を守り、血すじを絶やさぬようにするのも、やはり士……いずれがまことの道とも申せぬように思われますなぁ」

あの日、別れぎわに信繁が言いたかったのも、それか、と信幸は思った。と同時に、自分がい

さめるのも聞かず、急峻な沢に飛びおりた信繁の姿が、またしても頭の隅によみがえった。

ふいと信幸は後ろをふりかえった。ごっそり歯の抜けた口を開けて笑い、白髪頭をかきながら、

「どっこい、兄上。それがしは生きておりまするぞ」

信繁が立ち現われるような気がしたのだった。

終章　「幸村」の墓

一

元和《げんな》八（一六二二）年、真田伊豆守信幸は幕命により、これまでずっと居城としていた父・昌幸の遺領・上田の地を離れ、同じ信州でもより北方の松城《まつしろ》（松代）へと移ることになった。

このときの自分の心境を、京のお通にあてた手紙に信幸は「あさ夕なみたはかりにて候」と書いた。それほどに悲痛な思いでいたのだが、一つだけ、有り難いことがあった。

お通からの返事は、なかなか来なかった。が、信幸が書状を出して三月《みつき》ほどたったある日の午後、一人の旅の僧が移転したばかりの城を訪ねてきた。

ふつう、一城のあるじが諸国行脚《あんぎゃ》の托鉢僧に目通りすることなどないのだが、門番からの報を受けて取り次いだ小姓によると、僧は小野お通からの言付《ことづけ》を伝えにきたという。

「いろいろ訊《たず》ねてみましたが、どうやら嘘偽りを申しておるようには思われませぬ」

信幸自身、何度かおとずれた洛西は妙心寺近くの小野屋敷の様子まで、知悉《ちしつ》しているようだと聞き、

「まぁ、とにかく、会《お》うてみよう」

信幸は言った。

居室にまねき入れて、面会してみると、たしかに長旅をしてきたとみえ、墨染めの僧衣は汚れ、あちこち破れたりもしていたが、面構えは立派で、なにがなし高貴ささえも漂っている。目つきはするどく、身のこなしなども敏捷《びんしょう》で、あるいは忍びの者かとも見えた。

だが、たとえそうだとしても、相応に高位の者であろう。

「京のお通どのの使いで参られたとな？」

「はい。さようでござりまする」

きっぱりとした返答ぶりに、信用出来る、と踏み、信幸は人払いをして、二人きりになった。

使僧はあらためて深く頭を下げると、かたわらにおいていた袱紗《ふくさ》をひらいて、なかから小さな木箱を取りだした。漆黒の地に螺鈿《らでん》を撒いた典雅な箱である。その箱を信幸のほうに押しだして、

「どうぞ。殿さま、御みずから、中身をおたしかめ下さりませ」

「……ふむ」

手に取り、開けてみると、薩摩ものらしい樟脳《しょうのう》が敷きつめられ、中央に畳紙《たとう》がおかれている。

その包みを解くと、白髪混じりの髪の束が出てきた。何者かの遺髪のようだ。

黙ったまま、信幸が物問い顔を向けると、僧は声をひそめて、

「お通さまよりのお言付を申しあげます……そのご遺髪は、ご公儀に御はばかりある方のもの」

「………？」

「……弟ぎみのお髪《ぐし》にございまする」

「弟……左衛門佐信繁のものか」

ゆっくりと顎をひき寄せると、使僧は、あまり詳らかには出来ないが、とまえおきしてから、お通に託されたという事情を語ってきかせた。

大坂夏の陣での戦勝後、大御所・家康は敵方の主な武将の首実検《くびじっけん》をした。信繁の番が来て、確認したのち、家康は近侍の衆に命じて信繁の髪をすべて刈りとらせ、立ち会い役の諸将に対し、こう告げた。

「さんざん余《よ》を苦しめた日の本一の兵《つわもの》の遺髪じゃ。おのおの、持って帰って励みとするがいいぞ」

さすがは三方原《みかたがはら》で大敗した武田信玄を生涯尊崇し、その遺臣を多く召し抱えた家康である。

居あわせた将たちは、競って信繁の遺髪を受けとり、それぞれの居城に持ち帰った。

「お名前は申しあげられませぬが、このお髪は、さる畿内のお大名が木箱におさめ、お城の書院の床の間に安置して、大切にしていたものだそうでござりまする」

お通の口調のままに使者は言う。

「それが何故、お通どのの手に？」

「そのお大名が世に名手として名高いお通さまに、書を所望なされたのです」

承諾して、お通がおのれの書を届けに行くと、くだんの書院に通され、礼は何が良いか、と相手の大名に訊《き》かれた。

「何なりと申して下され」

「それでは……」

と、お通は床の間のほうを指さした。信繁の遺髪のはいった漆黒螺鈿の木箱であった。その大名家の家臣の一人に聞かされて、お通はそれが何であるか、知っていた。まえまえから、折りあらば、と狙っていたのである。

むろん、お通としては「心友」の伊豆守信幸の手に渡したい、と願っていた。そこへちょうど、松城への移封を知らせる信幸からの手紙が届いた。

木箱に添えて、お通は経緯を明かした文《ふみ》をしたため、信幸への返事としようかとも思ったが、そうしたのではその書状が「証し」として残る。

首実検の場でこそ、家康は信繁を褒め、そばにいた大名らに遺髪まで配ったものの、その後は態度を一変させて、父の昌幸と同様に信繁を「御はばかりある者」とした。彼らに対し、家康の何倍も瞋恚《しんい》を抱く二代将軍・秀忠にとっては、なおのことである。

そうするうちにも時代は変わり、公儀・幕府は何らかの口実をもうけては外様《とざま》の諸大名に咎《とが》を科し、改易やお家断絶などに追いこむようになっていた。

そこでお通は、もともと真田の同族・望月家に繋がり、口の堅いことで知られる甲賀衆宗家の筆頭忍者に依頼し、信繁の遺髪のはいった木箱とともに信幸への言付を託したのである。

瓢簞《ひょうたん》から駒、という諺《ことわざ》があるが、信幸にとっては、まさしく「有り難い」話であった。

これより三十七年ほどもまえの天正十三（一五八五）年、父・昌幸が荒廃していた信玄の墓所を真田郷内に再興したことがある。それを真似る格好で、信幸も、信玄の実弟で川中島の合戦で討ち死にした猛将・武田信繁の墓を建立することにした。

松城は、かつて武田信玄と上杉謙信が数度にわたり、熾烈な戦いをくりひろげた川中島を領地としている。その川中島の八幡原で信玄の弟・信繁は戦死したのだが、すぐ近くに薬師如来を本尊とする瑠璃光山鶴巣寺《るりこうさんかくそうじ》なる古寺があった。

「その鶴巣寺を修復して、わしは典厩《てんきゅう》さまの墓所をおつくりしようと思う」

と、信幸は八歳年下の側近、鈴木右近忠重《うこんただしげ》に話した。「典厩」とは武田信繁の官職・左馬之助《さまのすけ》の唐名である。

「寺の名も変える……典厩寺とな」

「それは、まことに良きお考えでござりまするな」

と、信幸の近臣のなかでも、ことに聡明な右近は微笑んでみせる。右近は、かつて北条方との攻防戦で名胡桃《なぐるみ》城を死守しようとした城将・鈴木主水《もんど》の遺児で、関ヶ原合戦の折りには信幸に異を唱えたが、結局は東西のどちらにもつかずに、浪人。やがては信幸によびだされ、再出仕することになった。

今では他の家臣のだれよりも、信頼が篤い。そんな彼には、見えていたのだ。信幸の企みが……

武田信繁は、「公儀御はばかりの者」である信幸の弟と同じ名である。それもそのはず、もとはといえば、昌幸が、

「智勇兼備の典厩信繁さまにあやかるべし」

と、二男の源次郎につけた名前であった。

「けれど、典厩さまは典厩さま……左衛門佐さまとは別人でござりまするゆえ」

表向き、差し障ることは何もなかった。右近はしかし、その左衛門佐信繁の遺髪が、京のお通より届けられたことは知っていた。かの木箱ごと密かに埋めて、自分の弟の墓を建てる――あるじ・信幸の本当の目論見は、そこにあるのにちがいない。

じっさいに、信幸は改修成った寺の境内に武田典厩信繁の墓碑を建立した。山門をはいり本堂を右に見て、さらにその奥に建てた六尺（約百八十センチ）ほどの高さの自然石の墓で、「永禄四年辛酉九月十日秋　松操院殿鶴山巣月大居士　甲斐源氏武田左典厩信繁」なる銘が刻まれている。

その背後、向かって右手には「川中島の戦い」で討ち死にした武田・上杉両軍の兵の慰霊塔を築き、左手にはこころもち丈を違《たが》えた小さな五輪塔を二基建てた。

それこそが昌幸と信繁の墓で、そういうかたちで父と弟の菩提《ぼだい》を弔ったのだ。

墓碑に名は刻まなかったが、塔の左右と裏に、弔意をこめた梵字《ぼんじ》と線刻を描きこんだ。そのうえで信幸は、供養をする和上《わじょう》に頼み、護摩木《ごまき》に名を書かせて、それを焚かせた。

片方の護摩木には「真田安房守昌幸」と正直に記させたが、もう一方には、こうあった。

「真田源次郎左衛門佐幸村」

信幸は関ヶ原以後、公けの場では「信之」をもちいたが、私的な場所ではつねに「信幸」で通しつづけたし、他人に名をよばれたときに頭にかならず思いうかぶのは、祖父・幸隆、父・昌幸、そしてみずからの信幸にもある「幸」の一字であった。

その「幸」に、弟の信繁が自分に対するのと同じくらいに慕った長姉・村松と、ほかでもない信繁の生母たる村緒の「村」――それを重ねれば「幸村」となる。

その幸村の供養や墓に関しては、ごくごく身内の者にしか明かさなかったが、それだけですませたのでは面白くない。天下にはばかりある信繁ではなく、幸村とすることで、その名を残すことにしたのだ。

信幸は松城にとどめておいたお通の使者、甲賀五十三家宗家の忍者に対して、こんなふうに告げた。

「そこもとの手下《てか》にある望月一統の山伏どもに命じて、この誉れある幸村の名を津々浦々に流さしめよ」

結果として、日本全国の狂言師や講釈師、当時いくらか流行《はや》りはじめていた浄瑠璃《じょうるり》作者のあいだにまでも関ヶ原合戦、大坂の陣で活躍した「真田幸村」の英名はひろまっていくのである。

二

沼田や上田の城にあってもそうだったが、松城に移ってからも、真田伊豆守信幸は名君ぶりを発揮、善政をほどこした。
そのいくつかを、箇条書きにしてみよう。

一　公平無私で、万人に納得させる見事な知行割りをなした。
一　領内寺社への敬虔《けいけん》な喜捨《きしゃ》、寄進を惜しまなかった。
一　戦乱に紛れての一揆《いっき》や欠落《かけおち》（個人の逃亡）、逃散《ちょうさん》（集団の逃亡）なども多発していたが、民をなだめて村々に帰らせ（召し返し策）、諸役免除、年貢軽減などの処置・処遇をとった。
一　火付け盗賊・殺人はもちろん、人さらい・人買いなどに係わった者に対しても厳しい罰を科し、治安の維持につとめた。
一　たび重なる浅間山の噴火、その降灰による田畑の荒廃、飢饉《ききん》、日照りや川の氾濫《はんらん》など、他の災害への対策をもおこたらなかった。
一　それらの天災のせいもあり、藩の財政はけっして豊かではなかったが、それを確保するための新田の開墾・開発を勧め、成功した者は表彰したうえ、「本百姓」にするなど手厚く遇した。

まだ上田にあった元和二（一六一六）年、信幸は長男の河内守信吉に上野領をあたえ、沼田城主としたが、寛永十一（一六三四）年、信吉は疱瘡《ほうそう》を病み、四十歳の若さで急死してしまう。ために信幸は信吉の嫡子・熊之助に跡をつがせたが、いまだ幼少につき、おのれの二男の内記信政にこれを後見させることにした。

ところが、熊之助もまた三年あまりのち、わずか七歳で病死。寛永十六年、信幸は信政を沼田城主にすえた。このとき信吉の遺児（二男）の信利《のぶとし》には、沼田近くの小川城五千石をあたえて分家とした。

そのまま松城、沼田ともに大事はなく、十八年という歳月がすぎた。

徳川秀忠は寛永九年正月に没し、それより十年ほどまえに将軍職をゆずられていた三代・家光も、慶安四（一六五一）年に薨《こう》じている。すでに四代将軍・家綱の御代《みよ》になっていた。

その間にも、信幸はいくどとなく「隠居願い」を公儀に届けでたが、そのつど、

「そのほうは東照神君《とうしょうしんくん》より、天下を飾る者と称されたる身……それゆえ隠居なぞはゆるされぬ」

と拒まれつづけてきた。

じっさい、信幸は将軍家のみならず、諸卿諸侯にも贔屓《ひいき》にされ、なかでものちの御三家たる紀州家の大納言・徳川頼宣《よりのぶ》には崇敬された。

あるときは真田氏一流の軍略を問われ、扇をもちいて、かなめの部分をまえに出し、

「大将が先駆けとなり、かような陣形になれば、勝利は約束されたようなもの……これが逆《さか》しまになったなら、敗北を喫してしまいまする」

といった具合に、わかりやすく説いてきかせる。またあるときは、請われて、頼宣の二男・久松の「具足親《ぐそくおや》」――初めて具足を着用する幼子にそれを着せてやる役目をつとめたりもした。

それほどの人気者であったが、信幸も卒寿《そつじゅ》――九十という年齢をすぎた。さすがに幕府も許可を出さざるを得なくなったとみえて、明暦三（一六五七）年七月、ようやっと隠居することが出来

た。

齢《よわい》、じつに九十二である。

信幸は松城十三万石の藩主の座を信政にゆずり、今も真田領である沼田の地を、小川城主から昇格させる格好で信利にあたえた。

そして自身は近習、足軽から下僕まで三百五十名の供人を引き連れて、城の北方一里（約四キロ）の柴村《しばむら》に建てられた隠居所へと転居した。

かくして信幸は剃髪し、「一当斎《いっとうさい》」と号して勝手気ままに暮らすつもりだったのだが、なんと翌明暦四年の二月、新藩主となって半年あまりで信政が脳卒中で倒れ、身罷《みまか》ってしまったのである。享年六十二であった。

信政は重篤の床で家臣に向けての遺書をしたためたが、そのなかに、

「倅見届け、存じ寄り次第奉公頼み入り候」

とあった。

これを読んで、信幸は即決する。

信政の言う「倅」とは、当年とって二歳の幸若丸《こうわかまる》・幸道《ゆきみち》のこと。これを重臣らに後見させて、松城藩をゆだねようとしたのである。

ところが、その信幸の考えに異議を唱えた者がいた。

信政の代わりに沼田藩主となった真田信利と、のちに「下馬《げば》将軍」とよばれたほどに権勢をふるった縁戚の幕閣・酒井忠清《ただきよ》である。信利の母は酒井忠世《ただよ》の娘で、忠清の叔母にあたっていたの

だ。

「右衛門佐（幸道）どのはあまりに幼少につき、ここは伊賀守（信利）どのが松城へ行かれてしかるべきではないか」

こう主張する忠清に対して、信幸は真っ向から反撥した。老骨に鞭打《むち》つようにして登城すると、家臣一同をあつめ、

「幸若丸への家督相続、いったんわれらが取り決めたからには、忠清ごときの思うようにはさせぬ……皆の者、切腹を覚悟で血判してはくれぬか」

ふかぶかと頭を下げて、頼みこんだ。

「ご隠居さま、勿体ないことを……」

「お頭《つむ》を上げて下さりませ」

口々につぶやいて、家臣らは署名血判した。

その数、五百五十余名。在城した家臣の全員である。

この誓紙《せいし》血判書が江戸の幕府に届けられるや、最古参の老中だった阿部忠秋が、諸事評定の席で、その巻紙を掲げ、

「これにて一件落着じゃ」

言い放ち、こうつづけた。

「さきに亡くなられた内記信政どのは、東照神君のご養女・小松どのこと大蓮院《だいれんいん》どのを生母とされる……幸若丸どのは、その正統なお血すじでもある。松城の跡目は幸若丸、すなわち右衛門佐

幸道どののほかはあるまい」

　言い放ち、酒井忠清としては一言もなかったという。

　戦国から江戸期にかけて、真田信幸ほどに家臣を大切にした大名も類を見ない。みずから何度となく患ったが、だからこそ病んだ者があると聞けば、放ってはおけなかった。たとえば不治の病いにかかった部下に向けて、こんな書状をしたためている。

「その方煩（患）ひ、難儀の由、是非に及ばず候。この上ながら何とぞ養生致され、本復油断あるべからず候」

　また危篤状態にあった、べつの部下には、

「その方煩（患）ひ難治の由、千万心もと無く候。涯分《がいぶん》養生の儀肝要に候。万一相果てられ候はば、跡職（跡つぎ）の儀相違あるまじく候間《そうろうあいだ》、心安かるべく候」

と、死後の心配を払拭《ふっしょく》してやったりまでしているのである。

　信幸みずからは抑えようとしたのに、三百五十を超す家来が彼の隠居所についていったのも、そうした主の温かい心根のせいだといわれる。

　信幸を恋い慕ったのは、紀州公などの諸大名や家来たちばかりではなかった。

　城や居館に出入りする大工や左官、庭師などの職人たちに松城の町の商人《あきんど》、田畑をたがやす領内の百姓たちにも心底、敬愛されていた。

　明暦四（一六五八）年は七月に、万治と改元される。その万治元年の十月、松城藩の跡目問題が解決して四ヵ月後に、真田信幸は九十三歳という長寿をまっとうして、永眠する。

その臨終の床で彼が夢みていたのも、領内の民びとたちの楽しげにつどい、遊ぶ姿であった。


混濁した信幸の意識のなかに、まず浮かびあがったのは田園風景である。

亡くなるふた月ほどまえのことだろうか、一面、たわわに実った稲の穂が、柔らかな秋の陽差しを浴びて、光り輝いていた。

つきしたがっていたのは最後まで信幸に寄り添い、ついには追い腹を切って果てることになる鈴木右近のようだが、ずいぶんとさきに逝った矢沢頼幸であったかもしれない。

真田信幸こと一当斎翁は、柴村の隠居所を出て、近隣の村々を巡り歩いていたのだ。

そのうちに賑やかな祭り囃子《まつばやし》が聞こえてきて、季節がひと月ほども動いたのだと知れた。

黄金《こがね》の稲穂がたなびいていた野は一変していて、そこかしこに稲刈りの名残の藁《わら》しべの山が築かれていた。

鉦《かね》や太鼓《たいこ》、人びとの明るく談笑する声……六文銭の幟を立てた社《やしろ》の境内には大勢の老若男女がいて、信幸のように忍びでおとずれた城の者も混じっている。おこそ頭巾で顔を隠してはいるが、とうにこの世を去った室の小松や長姉・村松、小野お通までが昔のままの優雅な姿でいる。

「よう、そなたたち」

と、声をかけようとしたら、

「一当斎さまっ」

後ろから百姓たちによびとめられてしまった。

「おかげさんで、今年も豊作ずらよ」

「これから皆して、踊るだわさ……ご隠居さまも、いっしょにどうかね」

豊年万作で、だれもかれも、いかにも嬉しそうだ。

そのとき、ふいと周囲の景色が変わって、本茅葺きの寺の本堂が見え、苔生《こけむ》した三基の墓碑のわきに立っているのだと気づいた。

そうか……ここは松城移封時に、おのれが修築した川中島の典厩寺ではないか。手前の大きな墓は武田信繁典厩のそれで、背後の小振りな二つが父・昌幸と弟の信繁、いや、幸村の墓である。

何者かが、信幸のそばに立っている。右近でもなく、頼幸でもない。

「左衛門佐……」

寄り添う影に向かい、口にしかけて、

「幸村よ」

と、信幸は言い直した。社から寺へ、場所は変わったのに、鉦や太鼓、民びとたちの朗々と唄う声は聞こえ、愉しげに踊る姿も見えている。

「いま、わしははっきり、わかったぞ」

信長や秀吉、家康……そして秀忠、家光、家綱とつづいた徳川将軍家。とりわけて信幸は東照神君・家康公の寵愛を得たが、「天下」とは、そのじつ、彼らのことのみを指すのではない。

「天下とは、この天《あま》が下《した》に生きる、よろずの者たちのことよ。武家も百姓も商人も同じじゃ」

それらの人びとを照らし、輝かせる――そう、「天下を飾る」とは、そういうことだったのだ。

「えっ、ちがうかのう、幸村」

幸村は応えない。しかし、小さな眼をいっそうほそめて、素直に笑っている。笑いながら、しだいに彼は遠のいていき、それにつれて、信幸の意識もまた、ゆるゆると失せていった。

主要参考・引用文献

米山一政編『真田家文書』(全三巻)　長野市刊
信濃史料刊行会編『信濃史料』(全三十二巻)　信濃史料刊行会刊
小林計一郎校注『真田史料集』　人物往来社刊
中村元恒編『上田軍記』『沼田軍記』　上伊那教育会刊
信濃史料刊行会編『真田家御事蹟稿』『新編信濃史料叢書』　信濃史料刊行会刊
萩原進編『校注加沢記』　国書刊行会刊
桃井友直編『滋野世記』　真田町教育委員会刊
真田町教育委員会編『真田通記』　真田町教育委員会刊
清水茂夫他編『武田史料集』　人物往来社刊
上田市誌編さん委員会編『上田市誌』　上田市／上田市誌刊行会刊
上田市誌編さん委員会編『真田氏と上田城』　上田市／上田市誌刊行会刊
藤沢直枝編『上田市史』　信濃毎日新聞社刊
大平喜間多編『松代町史』(全二巻)　松代町／松代町役場刊
笹本正治著『真田氏三代　真田は日本一の兵』　ミネルヴァ書房刊
土橋治重著『〔新装版〕真田三代記』　ＰＨＰ研究所
丸島和洋編『信濃真田氏』(論集戦国大名と国衆)　岩田書院刊
田中博文著『真田一族外伝』　産学社刊
川村信二著『真田信之　弟・幸村をしのぐ器量を備えた男』　ＰＨＰ研究所刊

柴辻俊六著『真田昌幸』(人物叢書) 吉川弘文館刊
小林計一郎著『真田幸村』 人物往来社刊
山村竜也著『真田幸村 伝説になった英雄の実像』 PHP研究所刊
佐竹申伍著『真田幸村 家康が怖れた男の生涯』 PHP研究所刊
池波正太郎著『真田太平記』(全十二巻) 新潮社刊
池波正太郎著『獅子』 中央公論社刊
真田淑子著『小野お通』 風景社刊
小椋一葉『小野お通 歴史の闇から甦る桃山の華』 河出書房新社刊
歴史群像特別編集『前田慶次 天下御免の戦国傾奇者』 学習研究社刊
今福匡著『前田慶次 武家文人の謎と生涯』 新紀元社刊
歴史群像シリーズ④『関ヶ原の戦い』 学習研究社刊
東京都江戸東京博物館他編 徳川家康没後四〇〇年記念特別展・図録『大関ヶ原展』 テレビ朝日他刊
歴史読本臨時増刊『豊臣家崩壊』 新人物往来社刊
歴史街道総力特集『真田信之と幸村』 PHP研究所刊
小西四郎・奈良本辰也他編『読める年表 日本史』 自由国民社刊
岳真也著『家康 逃げて、耐えて、天下を盗る』 PHP研究所刊

著者略歴
岳　真也（がく・しんや）
1947年、東京生まれ。慶應義塾大学経済学部卒、
同大学院社会学研究科修了。66年、学生作家としてデビュー。
著書に『きみ空を翔け、ぼく地を這う』(角川書店)、
『水の旅立ち』(文藝春秋)、『骨肉の舞い』(河出書房新社)など多数。
近年は『北越の龍　河井継之助』(角川書店)、『逃げる家康天下を盗る』
(PHP 研究所)、『剣侠』(学習研究社)など、時代小説にも力を注ぎ、
98年刊行の『吉良の言い分　真説・元禄忠臣蔵』(KSS 出版)はベストセラー、
『吉良上野介を弁護する』(文藝春秋)はロングセラーとなった。
近著に『文久元年の万馬券』(祥伝社)、『日本史ほんとうの偉人列伝』(みやび出版)、
『此処にいる空海』(牧野出版)、『福沢諭吉』『生涯野人―中江兆民とその時代』
『幕末外交官―岩瀬忠震と開国の志士たち』(以上作品社)、がある。
現在、法政大学講師。日本文藝家協会理事、歴史時代作家クラブ代表幹事。

真田信幸《さなだのぶゆき》
——天下を飾る者

二〇一五年十一月二五日 第一刷印刷
二〇一五年十一月三〇日 第一刷発行

著者 岳 真也
装幀 小川惟久

発行者 和田 肇
発行所 株式会社 作品社
〒一〇二-〇〇七二
東京都千代田区飯田橋二ノ七ノ四
電話 (〇三)三二六二-九七五三
FAX (〇三)三二六二-九七五七
振替 〇〇一六〇-三-二七一八三
http://www.sakuhinsha.com
本文組版 米山雄基
印刷・製本 シナノ印刷(株)

ISBN978-4-86182-560-6 C0093